锐眼撷花
文丛

野
莽 —— 主编

幻影

黄文永 著

中国言实出版社

图书在版编目（CIP）数据

幻影 / 黄文永著 . -- 北京 : 中国言实出版社，
2020.9
（"锐眼撷花"文丛 / 野莽主编）
ISBN 978-7-5171-3518-0

Ⅰ . ①幻… Ⅱ . ①黄… Ⅲ . ①中篇小说－小说集－中
国－当代②短篇小说－小说集－中国－当代 Ⅳ . ① I247.7

中国版本图书馆 CIP 数据核字（2020）第 133731 号

出 版 人　王昕朋
责任编辑　李昌鹏
责任校对　代青霞

出版发行　中国言实出版社
　　　　地　址：北京市朝阳区北苑路 180 号加利大厦 5 号楼 105 室
　　　　邮　编：100101
　　　　编辑部：北京市海淀区花园路 6 号院 B 座 6 层
　　　　邮　编：100088
　　　　电　话：64924853（总编室）　64924716（发行部）
　　　　网　址：www.zgyscbs.cn
　　　　E-mail：zgyscbs@263.net

经　　销　新华书店
印　　刷　北京中科印刷有限公司
版　　次　2021 年 1 月第 1 版　　2021 年 1 月第 1 次印刷
规　　格　880 毫米 × 1230 毫米　1/32　9.25 印张
字　　数　190 千字
定　　价　42.80 元　　　ISBN 978-7-5171-3518-0

山花为什么这样红

——"锐眼撷花"文丛总序

在花开的日子用短句送别一株远方的落花，这是诗人吟于三月的葬花词，因这株落花最初是诗人和诗评家。小说家不这样，小说家要用他生前所钟爱的方式让他继续生在生前。我从很多的送别文章里也像他撷花一样，每辑选出十位情深的作者，将他生前一粒一粒摩挲过的文字结集成一套书，以此来作别样的纪念。

这套书的名字叫"锐眼撷花"，"锐"是何锐，"花"是《山花》。如陆游说，开在驿外断桥边的这株花儿多年来寂寞无主，上世纪末的一个风雨黄昏是经了他的全新改版，方才蜚声海内，原因乃在他用好的眼力，将好的作家的好的作品不断引进这本一天天变好的文学期刊。

回溯多年前，他正半夜三更催着我们写个好稿子的时候，我曾写过一次对他的印象，当时是好笑的，不料多年后却把一位名叫陈绍陟的资深牙医读得哭了。这位牙医自然也是余华式的诗人和作家：

"野荞所写的这人前天躺到了冰冷的水晶棺材里，一会儿就要火化了……在这个时候，我读到这些文字，这的确就是他，这些故事让人忍不住发笑，也忍不住落泪……阿弥陀佛！""他把荣誉和骄傲都给了别人，把沉默给了自己，乐此不疲。他走了，人们发现他是那么的不容易，那么的有趣，那么的可爱。"

水晶棺材是牙医兼诗人为他镶嵌的童话。他的学生谢挺则用了纪实体："一位殡仪工人扛来一副亮锃锃的不锈钢担架，我们四人将何老师的遗体抬上担架，抬出重症监护室，抬进电梯，抬上殡仪车。"另一名学生李晁接着叙述："没想到，最后抬何老师一程的是寂荡老师、谢挺老师和我。谢老师说，这是缘。"

我想起八十三年前的上海，抬着鲁迅的棺材去往万国公墓的胡风、巴金、聂绀弩和萧军们。

他当然不是鲁迅，当今之世，谁又是呢？然而他们一定有着何其相似乃尔的珍稀的品质，诸如奉献与牺牲，还有冰冷的外壳里面那一腔烈火般疯狂的热情。同样地，抬棺者一定也有着胡风们的忠诚。

一方高原、边塞、以阳光缺少为域名、当年李白被流放而未达的、历史上曾经有个叫夜郎国的僻壤，一位只会编稿的老爷子驾鹤西去，悲恸者虽不比追随演艺明星的亿万粉丝更多，但一个足以顶一万个。如此换算下来，这在全民娱乐时代已是传奇。

这人一生不知何为娱乐，也未曾有过娱乐，抑或说他的娱乐是不舍昼夜地用含糊不清的男低音催促着被他看上的作家给他写稿子，写好稿子。催来了好稿子反复品咂，逢人就夸，凌晨便凌晨，半夜便半夜，随后迫不及待地编发进他执掌的新刊。

这个世界原来还有这等可乐的事。在没有网络之前，在有了文学之后，书籍和期刊不知何时已成为写作者们的驿站，这群人暗怀托孤的悲壮，将灵魂寄存于此，让肉身继续旅行。而他为自己私订的终身，正是断桥边永远寂寞的驿站长。

他有着别人所无的招魂术，点将台前所向披靡，被他盯上并登记在册者，几乎不会成为漏网之鱼。他真有一双锐眼，撷的也真是一朵朵好花，这些花儿甫一绽放，转眼便被选载，被收录，被上榜，被佳评，被奖赏，被改编成电影和电视，被译成多种文字传播于全世界。

人问文坛何为名编，明白人想一想会如此回答，所谓名编者，往往不会在有名的期刊和出版社里倚重门面坐享其成，而会仗着一己之力，使原本无名的社刊变得赫赫有名，让人闻香下马并给他而不给别人留下一件件优秀的作品。

时下文坛，这样的角色舍何锐其谁？

人又思量着，假使这位撷花使者年少时没有从四川天府去往贵州偏隅，却来到得天独厚的皇城根下，在这悠长的半个世纪里，他已浸淫出一座怎样的花园。

在重要的日子里纪念作家和诗人，常常会忘了背后一些使其成为作家和诗人的人。说是作嫁的裁缝，其实也像拉船的纤夫，他们时而在前拖拽着，时而在后推搡着，文学的船队就这样在逆水的河滩上艰难行进，把他们累得狼狈不堪。

没有这号人物的献身，多少只小船会搁浅在它们本没打算留在的滩头。

我想起有一年的秋天，这人从北京的王府井书店抱了一摞西书出来，和我进一家店里吃有脸的鲽鱼，还喝他从贵州带来的茅台酒。因他比我年长十岁，我就喝了酒说，我从鲁迅那里知道，诗人死了上帝要请去吃糖果，你若是到了那一天，我将为你编一套书。

此前我为他出版过一套"黄果树"丛书，名出支持《山花》的集团；一套"走遍中国"丛书，源于《山花》开创的栏目。他笑着看我，相信了我不是玩笑。他的笑没有声音，只把双唇向两边拉开，让人看出一种宽阔的幸福。

现在，我和我的朋友们正在履行着这件重大的事，我们以这种方式纪念一位倒下的先驱，同时也鼓舞一批身后的来者。唯愿我们在梦中还能听到那个低沉而短促的声音，它以夜半三更的电话铃声唤醒我们，天亮了再写个好稿子。

兴许他们一生没有太多的著作，他们的著作著在我们的著作中，他们为文学所做的奉献，不是每一个写作者都愿做和能做到的。

有良心的写作者大抵会同意我的说法，而文学首先得有良心。

野莽

2019 年 9 月

目 录

1　幻　影

67　黑山有个白女人

114　香　水

137　幸福生活

194　苍山迷茫

205　『空中飞猪巴克利』

228　像人一样

幻 影

1

凉风像吹牛一样瞎吹着，凶狠地灌进车窗里。她冻醒了。早晨，在城里穿着羊毛衫还感到燥热，此时在山高水远的云雾岭加了外套却像什么都没穿。她想起男朋友张文化的俏皮话，心里涌起抹不去的湿热。张文化嬉皮笑脸地问她："你猜，女人穿什么衣服最好看？"林叶的话没经过大脑直接从舌尖跌落，当然是高贵、合身的衣服。张文化说，错。又猜，是那种既有好女人得体，又有坏女人风情招摇的衣服吧。张文化表情很失望，连说，错、错、错。她想死若干脑细胞，答案全被否定。最后他伸出修

2 | 幻 影 |

长的手指戳向她的鼻尖说，笨哪！女人什么都不穿最好看。丑的
东西需要掩盖，美的不必！你想想，一个女人穿上仙女的服装，
也没几个人看的，如果赤身裸体上街，保证无数男人的嘴巴要流
口水……他被自己虚妄的想象陶醉。林叶想压一压男朋友的气
焰，说，那我去裸奔吧。张文化吓得面如土色，紧紧搂住她。

汽车在颠簸，青枫树被山风摇到路边。司机一手握着方向
盘，一手打手机，没把车里的七条人命放在眼里。林叶头脑里的
物件也在颠簸：张文化这男人是可爱还是可恨？他在林区文化馆
搞群众文化创作，先是写剧本，不时向她炫耀，你就等着和著名
剧作家睡觉吧！等了三年，黄花菜都凉了，张文化还是那个张文
化。倒是山二黄剧团跑龙套的文三的剧本在省里得了奖。她挖苦
张文化，今晚是文三到我们出租屋还是我到文三家？张文化脸上
露出猴子被抓住睾丸那样难堪的笑，讨好说，你哪儿都别去。之
后，张文化果断转业，投入到民间文学的搜集整理。他不畏劳
苦、风餐露宿，跑遍全林区，挖地三尺，搜集手抄民歌、民间故
事共二十一麻袋。这些鼓囊囊的麻袋挤满了三十多平方米的出租
屋，加上家具、厨具，物质就挤扁了人。张文化为节约空间开始
打床的主意，抬走大床，换上窄床。一天晚上林叶竟然从梦中掉
在地上，摔伤后脑。她发誓再也不到倒霉的出租屋过夜，不买房
决不结婚。张文化在她的大脑上摸了又摸，仿佛他的手有魔法，
安慰说，先忍一忍，等我的民间文学工程成功，给你买好大一套
房。明晚开始，上半夜我睡你上面，下半夜你睡我上面。林叶的
心凉得像落了霜雪，神情凛凛地说，明晚哪个贱货再来。

　　男女间的狠话是当不了真的。她在教师进修学校学生宿舍睡了三夜，美其名曰给学生陪寝，到第四夜便坚持不住了，就找一个到出租屋拿东西的借口，见到张文化理都不理。该死的张文化知道她的心思，更知道此时谁投降谁就输定了。他神态自若地帮她找东西，之后送她出门。林叶满心委屈，站定说，你肯定有了相好，今晚我偏不走了。

　　汽车一个急刹，林叶的意识流被骤然切断。浓雾无孔不入地涌进车里，好像能搓成团、抽成丝，伸手一握就是满满一把水。窗外白茫茫的一片，淹没了山峦、沟壑，也淹没了植物。想到此行的终点——云雾岭小学是哪般模样，以后有怎样的曲折，一股寒气从她肺腑生成，等攀缘到口腔时，她全身都是冷。翘首南望，她急切逃离的原单位——林区教师进修学校，此时竟有几分不舍。

　　林叶问，到云雾岭小学还有多远？

　　司机说，还远着呢。那天司机如同一架年久失修的电唱机一遍又一遍重复着同一个句子："还远。"她的目的地像卡夫卡的《城堡》，高悬在远方，你永远无法抵达。

　　你是林老师吧？司机没头没脑地问

　　林叶满脸狐疑，你咋知道的？

　　司机说，早听李主任说了，他从城里请来一个美女老师，村里还要演大戏欢迎你。

　　她心里一愣。

司机自我介绍道，我也姓林，叫林昆，也有人叫我木棍。就讲起云雾岭小学，讲起小学老师吴仁义。

云雾岭小学有学生三十人，上面早想撤并到林场中心小学去。村主任李善益担心娃儿上学难，要走五十多里山路，路上有狼、有毒蛇。老李死活不肯撤并，一熬就是两年。今年夏天，村小的老师吴仁义出事了。

吴老师初中没毕业回家放羊，字认得不多，但在云雾岭算文化人。那时村里招民办教师，老吴就扔下羊鞭拿起教鞭。之后，他搞函授，搞了专科搞本科，弄了两个红彤彤的毕业证，转正成了公办教师。他教错了字，学生起哄，他用教鞭敲打桌子，说，你们反了，我堂堂本科生还教不了你们？俺是云雾岭历史上第一个大学生！有个叫锤子的学生翻开字典找他理论，老吴脸色大变，把字典一扔，吼道，这字典是盗版，这个字的读音以我读的为准！那种权威、那种霸道，就像他是造字的仓颉。

林叶直直地看着司机，不知他是恶意虚构，还是这是真实存在。她不相信，北京奥运会都成功举办了，山区教育还是这个鬼样子。

司机继续说，他也曾经是吴老师的学生。读三年级那年他从外地转回来读书，吴老师硬是把他的姓名林昆叫成木棍。关键是他管不住学生。他在讲台上口吐白沫，下面乱成一锅粥。

吴师母听说教室里闹翻了天，决定帮丈夫一把。她带着一个小板凳、一根竹棍，黑着脸走进教室，怒视一眼全体学生，凶神一样坐在后排，教室里顿时鸦雀无声。吴老师感激地望了一眼老婆。有老婆听课，吴老师想好好显示一下。他干咳几声，翻开讲义，一改从前的方言土语，开始用普通话高一声低一声地照本宣科。他老婆听到丈夫用普通话讲课，觉得丈夫很了不起，伸出拇指示意他讲得好。可讲着讲着，吴老师的声音跑了马，一半是方言，一半是普通话，嗓子也破了，难听得要死。学生坐不住了，有的交头接耳，有的偷笑。吴老师脸上开始冒汗，一滴又一滴，像是在下雨。吴老师自己也觉得丢人，开始用土话念经。吴师母瞌睡就来了，两个哈欠一打，就伏在课桌上睡着了。不久鼾声响起，涎水打湿了木桌。学生们开始滑稽模仿，教室里就像在进行打鼾比赛。调皮蛋锤子看到贪睡的师母上身前伸，露出背上的肥肉，就用毛笔在灰白的肉上写下“老母猪”。吴老师背着手走过来，看到那三个潦草的毛笔字，哐哐几耳光，打得锤子号叫不止。锤子半边脸是红指印，另外半边脸是墨汁。课是上不下去了，他摇醒老婆走出教室。

听着木棍司机添油加醋的讲述，林叶反驳的话在肚子里叽里咕噜翻滚，说出的却是：“后来呢？”

司机见仙女一样的女老师对他的话感兴趣，便讲得更起劲。

老吴见老婆吓不住学生，想出一招更绝的。他家有条看家的黑狗，有半人高，舌头有五寸长，一叫，瘆人。那天吴老师把黑得发光的看家狗带进教室，老吴不用扯着嗓子吼，不用挥舞教鞭，教室里只有笔的沙沙声。他得意地笑了，看来黑狗比老婆厉害多了。狗呢，过了一把当老师的瘾，在教室里东闻闻、西嗅嗅，威严得很。这是吴老师教学生涯中课堂纪律最好的一节课。

下课后，吴老师从伙房拿出巴掌大的一块猪骨头，鼓励他的助教。锤子从厕所里掏出一坨冒着热气的屎——那是狗的美食。他把美食往狗嘴里送，试图拉拢黑狗。狗知道拿了别人的手短，吃了别人的嘴软。锤子以为狗子讲客气，硬往狗嘴里喂。黑狗大叫一声，张开大嘴咬住锤子的手，惩罚这个贿赂者。

锤子的家长知道儿子被狗咬伤，手持木棍和弯刀冲进教室打狗，用木棍捅，用弯刀砍，教室到处都是纷飞的狗毛，最后狗子仓皇逃跑。上面知道这件事，给了吴仁义停职反省的惩罚。

故事刚讲完，汽车停在云雾岭。

农家的墙上贴满标语。最醒目的一幅是："热烈欢迎林老师！"每个字有肥羊大。突然，鞭炮潮水一样炸响，地上红云翻卷。唢呐哩哩啦啦吹起，曲调是《新嫁娘》。林叶想，吹鼓手脑子进水了？她不是新娘，为啥吹这不沾边的曲子？有个矮胖男人踏着乐曲走近，他穿着簇新的西服，系着鲜红的领带，走路的姿势怪异，如同刚学会走路，他是云雾岭的村主任李善益，之前他们见过一面。

李善益握住林叶的手，一阵"你好、你好"的寒暄之后，她看到李主任脖颈上的红领带胡乱地打了一个死疙瘩，差点笑出声来。李主任以为林老师对他有好感，手就握得越紧。

李善益身后站着一个肥胖的女人，脸大、奶大、屁股大。那女人在李主任的麻筋上捅了一下，警告老李放手。胖女人自我介绍道："俺叫刘兰芝。"

刘兰芝脸上挤出一丝笑，笑意刚上脸就瘪了；当她去瞧李善益时，那笑就不同了，嘴角上翘，像刚熬出的麻糖般黏黏糊糊。

林叶瞬间做出判断，这对男女不是夫妻，但是关系暧昧。

李主任说，我们到学校吧。他率领两个黑脸男人扛着林叶的行李往学校走。

云雾岭村小学没在公路边，沿着灰色条石铺成的石级左弯右拐三百米才看到校门。校门破旧，"云雾岭小学"中的"学"字脱落，门里一根杉木杆上飘扬着国旗，仔细一看还打了补丁。看到这般景象，林叶的脚就扭扭捏捏、拖泥带水不想进校门。

李主任的目光似乎穿透林叶的衣服、皮肉，看到了她的内心，说，国旗明天就换新的。我发誓，马上建林场最好的村小。走，去看看学校的光辉历史。

云雾岭过去的辉煌浓缩在一块木板上，展板上全是奖状，有林区发的，有林场中心学校奖的，有村上颁的。奖状五花八门、林林总总，有"农业学大寨宣传奖""灭鼠防虫先进奖""结扎贡献奖"……

校园里没有学生，一片寂静，能听到石缝里野草疯长的声音。地坝后面立着一幢石头砌成的房子，墙皮剥落，露出青灰的石块。墙角有啄虫的鸡，那条著名的黑狗失去了当助教的威武，落魄成丧家犬夹着尾巴走来走去。操场右边有块巨大的青石板，被学生的屁股磨得异常光滑，天光之下闪着云母的光亮。

林叶跟随李主任走进教室。教室里光线晦暗，玻璃上蒙了一层水垢，讲台由石块砌成，上面放了一个瘸腿的讲桌，下面摆放着几排课桌。看到破败的景象，林叶的心被分成两半，一半是留下来，在这里挣比城里多两倍的工资，早点在城里买一套房子；另一半是马上就走，回到清闲的原单位。这两股力量如同拔河的绳结，拉过来，扯过去。

2

安顿林叶住下，李善益一屁股坐下，目光像兔子一样迷离。林叶让他去忙，他说不忙，似乎要把板凳坐穿。刘兰芝拉起李善益的领带往外拽，他被拽出房门时，头伸向门里叮嘱林老师下午到村委会吃饭，晚上我们特地请了四川人耍猴隆重欢迎你。呵，你的脏衣服我拿走，让我婆娘给你洗。刘兰芝把他的领带拽得像拉一只羊，你到底走不走？

李主任和刘兰芝走后，林叶开始整理东西，有童话书、连环画，还有女生的发卡和头饰。她喜欢漂亮女孩，就像喜欢鲜艳的花朵。哪怕她们学习差一些，调皮一些，她照样喜欢。当她从包里掏出张文化的照片时，他们的目光在这陌生的环境里相遇，有了隔山隔水的恍惚。

是张文化把她推到了这里。

张文化的可悲不在买不起屁股大一间房，反倒欠了一身账。在他民间文学搜集整理期间，林叶帮他打字，困了就倒在装手抄本的麻袋上打盹。等醒来时，手抄本上的蛀虫爬了她一身，浑身都起鸡皮疙瘩。她用百倍的毅力克制自己不到出租屋。

张文化的民歌整理完工的那晚给她打电话，约她见一面，晚上好好庆贺一下。她窃喜，心跳得万马奔腾，恨不得一路跑过去，可是嘴上却说，她死也不到出租屋。张文化支吾半晌，说，那我们到地母庙野地将就一下。林叶对着电话吼，亏你想得出，又不是畜生……

张文化低三下四地哀求，信誓旦旦地保证，买了房你想怎样就怎样。

想到房子又戳到了她的痛处，同事们纷纷买房，一个比一个买得大，一个比一个买得豪华。她的一个闺密叫刘颖，在妇幼保健院当副院长，年纪轻轻就有十多处房产。每次参加同事乔迁新居的庆典，她都会受一次伤，一次又一次把她的心戳成无数洞眼。在单位她最讨厌的话题就是房子，可同事们似乎故意和她作对，天天谈房价、谈装修。林叶无地自容，如果有块遮羞布，她会整天面纱一样严严实实地罩着。

林叶对张文化说起了狠话，没有住房你找别的女人庆贺吧。张文化说今晚买房来不及了，我们去开一间钟点房吧。

他们来到银杏巷一家宾馆。开房时张文化与服务员讨价还价，最后谈成每小时二十元。轮到付款时他掏出手机打电话，那电话比流水还长。她怀疑张文化打电话是假，找借口不付款是真。这种鬼把戏不止要一次了。上次上街，她想吃炒板栗，他借口不干净，她呢，没有零钱便咽下口水走了。

她掏出钱放到服务台说，不开钟点房，住到天亮。

然而没到天亮，确切地说不到两小时就出事了。她来到一个陌生舒适的环境，洁白的墙壁，绣花的床单，宽大的席梦思，梨花般洁白的灯光，人就特别放得开。那晚张文化修长的手指在她身上煽风点火，每到一处她都想撞墙死去。不一刻，床单皱了、湿了，能拧出水。她再也抑制不住，叫声连绵不绝。在出租屋时她是淑女一声不吭，到此时她却堵不住这天籁之声了。

也该出事，公安那几天"扫黄打非"，听到客房里的声音，这些专业人员立即做出判断，这不是结婚之后的夫妻发出的声音。结婚之后的女人在床上发出声音用的都是假声，疲沓、拖拉，像受了潮似的。"扫黄打非"人员便敲开门，把他们带走……

从派出所出来，林叶满脸委屈的泪痕，心里冷冷地说，没有住处憋死也不出来开房了，发誓要在两年内挣够房钱，一块砖、一块地板地挣。装修可以朴素简洁，两人住着舒适就行。再说，张文化工作几年了，他那么抠门、保守，估计他的存款买阳台和厕所应该不成问题。她幻想在虚构小屋里弥漫着醉人的香气，张文化在书房里笔走龙蛇，她在厨房里烹制姹紫嫣红的美食。之后小两口大吃大喝，几口红酒入肚，屋里弥漫着浓如蜜糖的柔情。

她的美梦再一次破碎。张文化成功心切，带着民歌书稿跨长江过黄河，到好几个出版社游说，最后南方出版社接受了他的《巴山民歌》，条件是自销五千本书。他做梦都想出书，想着民歌封面上印着张文化搜集整理，便什么都不顾了，签了合同而归。

回到林区，他那样一个吝啬鬼竟开着流水席，大酒大肉招待四方宾客。其实他在炫耀成功。

张文化以作家自居，那是他人生最幸福的一段日子，居然放低身段回到他的启蒙小学，面对一群小学生大谈梦想和成功之道。谈完之后是签名售书，那些小学生对零食的兴趣远大于对民歌的兴趣，一本也没销售出去。他不好意思把书拉回去，便给母校赠上一百本。他走后，那些少儿不宜的民歌又被转卖给废品收购店。

张文化实现了出书的梦想，付出七万五千元的代价，其中两万元还借着高利贷。他一点一滴抠出来、省出来的积蓄全化作那一堆废书。林叶看到那些烂玩意儿恨不得一把火给他烧了。

她把张文化的照片嵌进镜框放在书桌上。生气的食指在他照片上猛戳一下，与他拌嘴："一个在城里买不起一间房子的男人你张扬个啥？再这样下去就打你的屁股，与你分手……"她知道与这样一个男人结婚前景晦暗，可这种知道是脑壳的知道，她的心是不知道的，心与脑壳在较劲。每次脑壳都管不住心。林叶对自己的内心进行过分析，虽然张文化其貌不扬，身体却蕴藏着惊人的能量，能把炕上那点简单不过的事弄得花样无穷。她没经历过别的男人，无从比较他与别的男人的区别，但是张文化靠他令人欲生欲死的雄性力量，彻底拴死了林叶。

窗外，太阳钻出云层斜照在木窗上，迷乱的树影摇晃得呼呼生响。估计欢迎晚宴的时间到了，林叶起身往外走。

电话铃声在冷清的屋子里回响，她以为是张文化，哪知是林区教师进修学校的同事蓝可打来的。她们在同一办公室共事两年。

蓝可身材细高，屁股微翘。她常说，女人长出丰乳肥臀就成功了一半，何况她还有一双黑如深海的眼睛，漫不经心地瞥哪个男人一眼，没有不魂飞魄散的。林叶见过蓝可的老公，有些老、有些黑，但人家是林区一个实权部门的头头，经常开着车送蓝可上下班。

蓝可在大学里学的是哲学，但从来没有见过她思考宇宙、人生和时间。其实她就是一个肤浅的妇人。喋喋不休地炫耀她的多处房产，炫耀她的老公，炫耀她的秘密。林叶的耳朵都听起茧子了。蓝可数次邀请她去参观她的房子，心又被戳痛了，嘴里说，有时间一定去。

在蓝可面前林叶有两个脑壳，俄罗斯套娃一样：外面的脑壳低眉顺眼，满是羡慕；里面还有一个头昂着，轻视、冷傲。她们表面亲如姐妹，内里却把对方看低到泥土里。其实她离开教师进修学校，除了钱，与蓝可有很大的关系，她忍受不了对方该死的优越感，一次次无形的伤害，心里是不知道疼痛的那种疼了。

蓝可好听的声音传到林叶的耳朵里，你呀，太任性了，这学校无数人削尖脑袋进不来，你倒好，一拍屁股就走了。我知道你为买房子才一意孤行到那鬼不生蛋的地方去的。你在这里不在意，你刚走姐就想你。买房子我支持你，只要你开口，我马上借给你。你想回来的话，我马上让老公去找学校。

林叶的脸有些刺痒，一抹是眼泪。有许多感谢的话往外冒，但是话比喉咙大，一句也没挤出喉管。末了说，我实在待不下去了再找你。

晚宴设在村委会。村委会的一班人，加上刘兰芝和停职的吴老师早已等候在此。刚一落座，吴仁义就急不可待地过来，俺想请教林老师一个字，昨晚认了半夜也没认得。

林叶接过写有那个字的纸，笔画繁多，是一个生僻的繁体字。她的目光被烫伤，这字她不认识。吴仁义脸上的皱纹四下游走一番固定在得意的表情上。他大声读出音节，卖弄道，这个字认得的人不多，是我读函授本科时，吴教授当面授教的我。那教授真厉害，天下没有他不认识的字，字典都是他老人家写的。我在他门下学到了不少知识……林叶知道吴老师在显摆，给她一个下马威，但不知道他昨晚翻遍字典才找出这个字，当作给她的见面礼。林叶说，以后还得多向吴老师请教。吴仁义嘴都笑歪了："我们取长补短共同学习。"

空气有些重，压得喘不过来气。好在开席了，满桌的山珍野味，中间留了一个空。等人们落座，刘兰芝嘘嘘吹着气端出压轴菜——龙凤汤放在空白处。李主任拿筷子点点汤水，这是菜花蛇炖野鸡，招待贵宾的。听到蛇，林叶胃里翻江倒海差点呕吐。她从来不吃脏东西，觉得吃了血液就脏了。为了不失态，她只好强忍着胃里和心里的不适，把脸转向一边。李善益大声吆喝："撤下去！"

任众人如何劝，林叶就是滴酒不沾，李主任甚是失望。刘兰芝端来一碗饭递给李主任，你胃不好，先吃饭再喝酒。他用筷子一挑，碗里藏着 个秘密——米饭盖着一对鸡卵，那是老李最喜欢的美食。李主任遮遮掩掩，其实都被食客看清了。

李主任不断地讨好林叶，给她夹菜就像鸡啄米，对着伙房喊，给林老师盛饭。刘兰芝脸色大变，醋意在心里翻滚，她舀了一勺潲水拌上米饭给林叶端过去。

有美人坐席，李善益的兴致高过了屋顶，变得特别饶舌。他想显示一下自己，怎么显示呢？显示自己富有？肯定不行，总不能把自己的钱用蛇皮袋装来摆到桌面上，请看我多有钱。那就显示自己的形象？更不行。他知道自己土得掉渣，其貌不扬，林老师不恶心就烧高香了。思来想去就剩下喝酒了。云雾岭的女人最崇拜酒场英雄。李主任不好意思自吹自擂喝酒传奇，就递话给吴老师。借别人的嘴吹自己才是聪明人。李主任对吴老师说，上次你喝两斤白酒，醉倒两个陪客，回家时酒气又把老婆熏醉了。吴老师，俺没有瞎说吧？

果然，吴老师投桃报李反吹李善益，还是主任你厉害，上次中心学校校长龚公公和写啥文章的黄文永来到云雾岭，你一共喝了七七四十九杯，当场把龚校长放倒在地，黄文永去猪栏边呕吐，一头栽进猪槽里。你也醉了，回家时，把猪栏当成家门，一头倒进猪窝里，不住地说，我没醉，兰芝我要喝水。你的手摸到老母猪的肚皮时，错把母猪当情人。你说，兰芝，这大热天还穿啥皮衣，快脱了，天哪，这纽扣还是肉做的。

一口饭从林叶喉咙里喷涌而出，她忙用手捂住。一席人笑岔了气。李主任不仅不怒，反而扬扬得意。能博得美人一笑值了。刘兰芝用筷子夹起一团肥肉，捅进吴老师鼻子下的红洞里说，堵上你的臭嘴。

林叶瞥了一眼刘兰芝，刘兰芝一只眼睛放出寒光射向自己，另一只眼发出火热的光,自然投向李善益。刘兰芝对自己有敌意,其实是对自己位置不保的恐惧。林叶想,你的李善益就是用外国进口的骨头和肉做成的,蒙上这样一张皮,我也不会动心的。

放下饭碗的林叶呆坐在那里,她在想怎样与李善益相处,怎样面对刘兰芝。一个念头浮上来又被另一个念头覆盖,念头与念头推推搡搡纠缠不休。突然,一个想法渐渐有了形状,认李善益为干亲,既断了他胡思乱想,又堵住了刘兰芝的嘴。

屋外响起了锣鼓声,李主任恋恋不舍地扔下筷子,蜻蜓点水般碰了一下林叶的衣袖说,看戏去。

院子里黑压压地坐满了人,绝大多数是老人和孩子,他们的脖颈都等直了,终于咚咚锵锵的锣鼓声响起,把孤寂冷清的云雾岭敲出斑驳的喜庆。

李主任拿起麦克风呼呼吹了几下,扫视一眼他的村民,用他从吴仁义那里学来的普通话开讲:“乡亲们,今天是我们村大喜的日子,学校高价从城里请来仙女一样的林老师,我们拍响巴掌欢迎吧!”

掌声响起,就像洪水拍打河岸。李主任的双手鸭子浮水一样压了几下才把掌声压下去继续讲,乡亲们可以放心了,娃儿们有福了!后天请大家送学生入学,一个都不能少。都给我发一个誓,谁不送娃上学谁是狗娘养的。今晚为欢迎林老师,特包猴戏一场,请大家欣赏。

锣声哐哐,鼓声咚咚,公猴登场亮相。它先前脚立起抱拳作揖，之后绕场一周，不时挤眉弄眼。突然，它干拔腾空屈伸转体360°落地。人们呆了，竟忘记了拍巴掌。公猴伸爪一招，打扮得花枝招展的母猴登台，公母二猴明星一样牵手，两块红布从天而降，二猴伸手抓住耍成两朵花。二人转的唱腔从后台响起，两猴演起了二人转。

林叶走向李主任，说，我累了，先回去。他从好戏里回过神来说，我送你。

刘兰芝插入两人中间，盯住李善益说："你敢！"

3

学校门外是高耸的东岭，岭头堆积着晦暗的浮云，连绵的山岭缠绕着青灰的雾。空气甜润，吸一口五脏六腑都像被洗了一遍。林叶是今天云雾岭起得最早的人，必须把一切收拾妥帖迎接学生。

扫过教室，擦完窗户，阳光透窗而入，满屋是银灰色的粉尘。她关上教室门去贴欢迎学生入学的标语。

不到八点，有个男孩背着木枪，手里舞着木头马刀一路砍杀进了校门。林叶问，你是来报名的学生？

男孩胖成了一坨肥肉，眯着眼说，嗯。

"你叫啥名字？读几年级？"

胖男孩回答："读五年级，叫锤子。"

林叶忽然想起司机林昆的话，这就是贿赂黑狗、在吴师母背上写"老母猪"那个大名鼎鼎的锤子。她的目光黯淡下去，头也大了。锤子面对老师，吸溜着若有若无的异香。这香气比兰花清淡，比百合花酥软，他的鼻孔被逗弄得无比舒服。锤子闻惯了吴仁义身上的馊味、烟味，猛地闻到无法形容的女性香味，恨不得长出象鼻子。

林叶上下打量着锤子，这名字不好，在四川话里是骂人的，老师给你改一改。

锤子头一扭，我不改，谁欺负我，我锤子就砸碎他。名字越贱越不生病，这里还有人叫牛尾、朱肠和苟屎。笑容从林叶的嘴角浮现，又生生地把笑纹压下去，目光直视锤子。锤子的目光被压弯了，嚣张的气势变得绵软。林叶不知道她的目光、她的香味成了征服锤子的先进武器。当林老师让锤子把木枪、木马刀放到伙房以免伤人时，锤子一声叹息，如同战败的士兵乖乖缴械投降。他知道他横行霸道的好日子不多了。

校门里又走进一个小女孩，背着沉重的书包，背都压驼了。女孩手里拿着一朵花，有饭碗大，林叶从来没有见过如此硕大的花朵。她疾步走下石级，越靠近花香越浓。金黄的花蕊簇拥，像是保守一个天大的秘密。四周粉红，边上粉白，颜色之间没有过渡，水乳交融在一起。香气飘进林叶的鼻孔，身上的每一个细胞被激活，如同从梦中醒来。女孩把花枝和养花的罐头瓶一起递给林叶，老师，送给你！

林叶没说谢，一公斤谢字都表达不了。女孩清亮的眼睛，秀气的鼻子，微翘红润的嘴唇，长大一定是个大美女。女孩似乎走了很远的路，累得喘息不止。她穿着发白的牛仔裤，裤脚湿了半截，那是路边草丛里的露水打湿的。

林叶拉起女孩的小手，女孩手臂上有一道道血痕，手指上还有刺手的茧子。女孩不等老师问话，那红润的嘴巴便一张一合，我叫娜仁花，今年九岁，读二年级。我爹在山西挖煤，我妈在广东打工。我和奶奶在家，我读书还要照顾奶奶，我什么都会干，洗衣裳、做饭、打猪草、捡柴。

林叶眼角有些湿。她想说一箩筐话，却是无语，只是抚摩女孩的脸。娜仁花拎起沉重的书包往教室走，林叶接过来："这是什么，这么重？"娜仁花说，石子。林叶问，带石子干什么？娜仁花从书包里掏出石子，那是拇指大的光滑的鹅卵石子，她告诉林老师，是吴老师布置的任务，用鹅卵石做教具，数石子做加减法。老师，我们现在学一百以内的加减法，这些石子背得起，到了高年级学大数字，我们在哪里去弄石子？

林叶说，我教你们，不用数石子。

校门外有人喧嚷。一听，是李主任在吼，你再跑，我就把你的小鸡巴割了。吼声近了，李善益把一个脏兮兮的大男孩推到林叶面前说，这家伙是个傻子，十四岁了还没启蒙。今天我把他捉来了，这个傻子坐在教室就行，学会写名字，会算一百以内的加减法就谢天谢地了。

傻子翻一个慢吞吞的白眼问："读书干啥？"

李善益回答："挣钱。"

傻子问："挣钱干啥？"

李善益极不耐烦："活命。"

傻子继续问："活命干啥？"他永远追问。

李善益愣住，林叶也愣住，想破脑壳也回答不出这个问题。

傻子挣脱李主任的手，他要回家帮疯爷爷从大便里炼金子。李主任把傻子的手捏得更紧，声音大得像国王，再挣我把你捆在教室里。他向林叶介绍说，这傻子是疯老头捡狗屎捡来的，傻得不知道自己的姓名，更不知爹娘是谁。他经常在路上游荡，见人就问回老家的路。

林叶感叹，一家人一疯一傻，这日子咋过？李主任说，爷孙俩吃着低保。疯子以前不疯，是土屋倒塌砸疯的。都黄土埋半截了，还和小孩一起玩盖房子的把戏。今年疯子上了一个大项目，隔十天半月来要钱，要村上支持他从大便里炼金子。

听到土墙倒塌，林叶心里一沉。她在城里买不起房子是轻伤，而疯老人是血淋淋的重伤。与老人相比，她要幸运百倍。

阳光穿过云雾，校园里暖风阵阵，蜜蜂也赶热闹，划出一条条金黄的痕迹。学生娃陆续来到学校，开始了在云雾岭的第一堂课。

三十个学生一个都不少，按年级坐成五排，一双双眼睛望着林老师，而老师的目光比梨花还要洁白。她为尽快买到房子而来，而此刻她把目标忘了，卑微感打几个滚沉下去，神圣感水中的猪油一样浮上来。

林叶清清嗓子，微侧着身子，头与身子有点错位，给学生造成一种幻觉，老师面对的是我，关注的是我。教室里响起了好听的普通话，学生不像坐在教室里，倒像住进了一个巨大的收音机里。"同学们，我叫林叶，从现在开始我们一起学习，一起成长。我知道大多数同学的父母去远方打工了，你们既要读书，又要料理家务。有很多苦老师愿与你们分担，我愿成为你们的好姐姐、好妈妈，尽管我也是一个无依无靠的女人……"

教室里先是小声抽噎，像是滚雪球一样，声音越来越大。林叶知道父母长期远离，学生的泪腺就特别发达。哭一哭是好事，不然将来就不会哭了。

半晌，林老师的声音重新在教室里回荡，别哭了，我们唱支歌吧！不会？《国歌》大家肯定会，"起来——不愿做奴隶的人们——"教室里唱响《国歌》。声调虽然不准，但有发自内心的激情。唱完《国歌》，她问学生还会唱什么歌，三十颗脑袋摇成风中葵花。锤子说，吴老师没教，他只会唱丧鼓歌，像吼野猪。

林叶心生怒气，但是她选择了隐忍，说，学生不能说老师的坏话。以后每星期给你们教一支歌。

快乐的时光总是短暂，一节课被一双蛮不讲理的手压缩成一会儿那么短。从前，吴老师的课没完没了的讲叙，没有尽头的背诵，干柴一样枯燥的声音，一节课比永远还长。林老师这节课怎么短得只有几寸长呢？

下课了，孩子们围着林老师问这问那。她感到自己是像释迦牟尼一样被围绕的人。

突然，外面传来惊叫："厕所里淹死人了！"

林叶头脑哐的一响，脑壳里什么东西碎了，眼前金星闪烁，她的脚似乎脱离了身子向厕所飞奔。

云雾岭小学的厕所跟农家的茅坑一样，埋进土里的大缸上横放几块厚木板，人就蹲在木板上拉撒。粪缸半满之时，拉屎是一件危险的事，弄不好粪水溅你一屁股。

哭叫声是从女厕所里发出的，里面光线昏暗，但是可以看见长了苔藓的木板，大腹便便横行斜走的蛆虫。林叶掀掉木板，把手伸向惊叫的孩子。惊慌失措的手抓住了孩子的发辫，如同拔萝卜一样，把孩子拔出来。孩子身上屎尿沾了一身。等把孩子抱到天光下才看清，失足滑入茅坑的是娜仁花。

娜仁花嘴里是粪水，林老师拿食指刺激女孩的口腔，娜仁花吐出一口又一口恶臭的泡沫。林老师像爱护心肝宝贝一样把娜仁花抱进自己的寝室用温水洗。臭气浸入了女孩的皮肤。林老师洗了一次又一次，再喷一点香水……

听说学校出了大事，李善益吓得面无人色赶到学校，当他看到娜仁花穿着老师的衣服，宽大得不用穿裤子，林老师正用吹风机吹着娜仁花的头发时，他乌木色的心脏才落到可以依托的实处。

娜仁花扑闪着眼睛，那神态就像受惊的鱼，说，老师都是我不好，解手时，我把给奶奶买的止痛片掉了，我去抓止痛片就掉到茅坑里。她从换下来的脏裤袋里掏出被屎尿浸湿的十元钱，展开放在秋阳里。她笑了，好看的酒窝能盛半杯酒，她告诉林老师，她奶奶不认得钱了，把冥币拿给她，硬要她在商店买油买米，有次疯病发了，给她一张废纸，硬要买药。我们家我当家，我把账记得好好的，家里开支清清楚楚。

　　林叶把娜仁花抱在怀里，她想用自己的体温去温暖那颗小小的心。李善益用衣袖拭了一把汗，也去抱娜仁花。他手指颤抖得像在抽疯。他去抱娜仁花是假，真实动机是借女孩身体的掩护去摸又白又嫩的手。如果不反抗，他就紧紧握住；如果她反抗，他就佯装无意触摸。这样的试探可进可退，机会千载难逢。当他的手触到她的手时，她没有退缩，只是放下娜仁花，自然挣脱了李善益纠缠的手。林叶的手似乎张开嘴巴说，不是我挣脱的，是娜仁花的重量挤开的。李善益咧嘴傻笑，右手摸着左手交流美妙的快感。

　　娜仁花打了一个响亮的喷嚏，林老师又把娜仁花搂住说，该死的厕所，你掉下去淹死了咋办？厕所不改建，我带你去城里读书好吗？其实是说给李善益听的。

　　李善益生气地说，去年村上给学校两吨水泥和一千元钱，可是吴仁义把水泥卖了，在一个小报上买了巴掌大一个版面，发了一个啥子论文。姓吴的边教书边做生意，越有钱越抠门。学校的厕所马上改建，明天就拖水泥来。

　　太阳滑进西山，放学的时间到了，但是学生娃不想回家。

　　林叶把孩子们集中到那块硕大的石板上，先说路上安全事项，之后放缓语调，今天老师给你们讲一个故事，让故事陪你们入睡吧。"从前印度有一个富商……"

　　孩子们的好奇心被逗弄到嗓子眼，大气都不敢出。讲到要命处老师突然打住："想知道后来怎样，明天再讲。"这里学生入学难，来到学校也留不住。林叶要用《一千零一夜》这些磁石一样的故事吸引孩子。山鲁佐德能用故事保住性命，她要用那些故事留住娃儿们。

锤子问，老师这个故事叫啥来着？明天我早点来听。林老师告诉他叫《商人与魔鬼的故事》，以后的故事一个比一个好听。

学生们走了，校园里冷清下来。林老师估计她的学生今晚的梦里有故事，明天上学一个孩子都不会少。

4

林叶到云雾岭的第一个周末大雾浓稠如糨糊，屋里是浓如米汤的惆怅。这玩意儿好像有重量，呈弥漫状，塞满每一个角落，她倦意上来便爬上床。身子在哭天抢地呼唤睡眠，脑子却不肯关门，身子拗不过就做了大脑的奴才。一些稀奇的念头不住地闪现，脑壳里出现张文化似笑非笑的脸，可身子却不是张文化，腿子短粗肚子微凸，分明是刚见几面的李善益。这组装的怪物把她吓了一跳，连忙用意识齐齐切断。一个星期的辛苦，年轻的躯体也忍受不住劳损，能听到骨头吱吱哑哑的声响，每条筋都是疼痛。

更疼痛的是心，是那种难以形容的胀痛。她来云雾岭一个多星期了，张文化没给她打一个电话，发一条短信。不打电话可以理解，他怕花钱，而短信成本加上手工费用不到两毛，这家伙也舍不得花。他要把钱攒着买荣誉。如果他打电话过来，她要给他讲这里的孩子，硕大的花朵，呛人的浓雾，然而他似乎已将她遗忘。她在心里恨恨地说，你不打，我也不打，看谁厉害。

　　然而每次都没有结果，她那不争气的手不听使唤把电话打了过去。张文化不问她的冷暖，更不问她的学生，一开口就是自吹自擂：民歌收入什么宝典啦，他被入选中外文化名人名录啦。其实那些都是骗人的鬼把戏。

　　云雾还没散去。林叶越想越气，便拿出扑克牌独自开打，左手输了打左手，右手输了打右手。在这里没有朋友，没有网络，她能用什么打发寂寞漫长的大雾天？她想起锤子的话，大雾天或阴雨天他们不敢待在家里，因为老挨打。那些冷清得要命的父母借打孩子制造一点欢乐。

　　李善益也在找欢乐。喝了几口烧酒，重病患者般躺在床上，欲望在身上咚咚锵锵敲击着进军的锣鼓。林老师狐媚的脸，牛仔裤包裹的屁股，年画一样贴在他脑壳里。裤衩里有东西开始造反，他撸撸短裤，酷似警察用头套罩紧犯罪嫌疑人，语重心长地对它说："你呀，思想觉悟低，要加强学习……"那东西哪里听得进他的劝阻，兀自高昂着头。

　　一股邪火从心中蹿起，他没孩子可打，就用老婆李桂英代替。李善益的耳光在老婆脸上哐哐扇响。李桂英忍住泪水，幽幽地说，你想打就打吧，只要你心里快活，只是莫打我的脸巴子。李善益耳光力道减弱，但内心的火没有消，抱着李桂英布袋一样扔在床上。李桂英不知丈夫中了啥邪，吃惊地望着他。他要她快脱衣服。李桂英没能为李主任生出一个小李主任，一直低声下气，小声说，晚上干啥去了？手上却麻利地脱得精光等他去骑。李善益用毛巾蒙住老婆的脸说，我喊一声你答应一声，必须用普通话。

他叫道："林叶——叶子——"

她如同撒了盐的蚂蟥缩成一团，她知道了李善益想吃嫩草，把天仙一样的林老师盯上了。丈夫要把自己的老婆当别人，搞精神通奸。她担心的不是丈夫得到林叶，那是不可能完成的任务。相反，丈夫得不到一定会伤心伤神。那颗要强的心会碎的。

他又叫了一声："林叶——"李桂英心扭成了麻花，能听到心尖的血水不住地往下滴答。她松开咬住的毛巾，蚊子一样应了一声。他嚷道："大声点！"她央求，我不能生，但给你洗衣做饭，当牛做马，莫再刁难俺行不？他在她身上拧一把，不行！把老子惹毛了就跟你离婚。这话点住她的穴位，便柔声连连应着。

她身下是一种古怪的舒适，抖出了一片久违的潮湿。红润的嘴唇吐出含糊的声音。他对老婆的方言土语甚是不满，怒斥，又不是母猪，光会哼哼。城里的小姐叫声多好听，你就是不晓得学。她百般无奈中尖叫一声，他停止动作，眼里的火能点燃老婆的头发，说，你这蠢婆娘，死不开窍。

刘兰芝来串门，在门外站了半晌，喊道，老李，我家出大事了，你去一下。随后，李善益穿好衣裤，走进他千百次进出的门。

李善益站在刘兰芝的堂屋。她的目光在他身上上上下下像杀猪匠刮猪毛一样刮一遍，从墙角扔过搓衣板："跪下！"他的腿抖了抖，一股视死如归的气概。刘兰芝踢动雕着十字纹的木板，不跪也行，以后永远不准进俺家的门。

李善益像被攥住尾巴的驴，表情十分难看，嘴巴却硬，不进就不进。他拔腿就走。刘兰芝对着背影呸一口,走没那么容易。实话告诉你,我女儿刘巧巧是你的种。我又怀上了,都三个月了。

面对猝不及防的袭击,一向能说会道的李善益嘴里像放进了面团,说,不会吧,世界上不止我一个男人。

刘兰芝嗤的一笑,我男人打工三年没有回来!李善益的身子一截一截地软下去,说,你没有别的男人?刘兰芝声音变得毛刺刺的,不给你费口舌了,你滚!我要把你的种生下来,你这个村主任当到头了。

李善益失去了在村民面前的嚣张,目光变得散乱,你要我咋办?

刘兰芝说,你给我写保证,一要跟你老婆分床,二是不准与姓林的妖精勾搭。你当我没看出来,在她面前你的尾巴都摇断了。

李善益又找借口,我没笔。刘兰芝从红色木柜里找出一支圆珠笔扔在桌子上,说,写吧!李善益在一张白纸上写道:

保证书

兹有云雾岭李善益,保证不再与老婆李桂英发生两性关系,从今晚起分床。并接受刘兰芝的检查监督。

2008 年 9 月 9 日

他把保证书交给她,神情就像学生面对考官,企图蒙混过关。刘兰芝的目光在纸上扫来扫去，说，重要的一条没写。便把保证书扔过来。李善益只好接着写："保证不与林叶单独相处，决不勾引，本人痛下决心，立字为证。"最后盖上指印——是一个肥腻的螺纹。

刘兰芝酷似得到一幅藏宝图，眼光要把保证书戳成窟窿，企图识别里面是否有暗道机关。终于，她把保证书叠好，揣进衣兜。

李善益看着刘兰芝鼓胀的胸脯，那是他过去神魂颠倒的所在，此时成了挂着的两个老南瓜使他生厌。他正要起步走，刘兰芝似乎看透了他的花花肠子，说，老李，保证书你白纸黑字写了，如果胆敢胡来你小心点儿。

李善益听到她没完没了的啰唆，就像瓦片刮他的耳膜。想快点儿溜掉，说我要去搞工作了。

刘兰芝还要婆婆妈妈，幸亏山梁上传来隐隐哭号，李善益就借机外逃。望着他逃离的背影，她明白老李的心挪了地方，用绳子拴不住，用铁钉也钉不住他的花花心了。她喉咙里涌起一股怪味，恶狠狠地嘀咕，小妖精，总有一天俺把你撵走。

李善益越发糊涂。原来爷爷炼金子忙得团团转，一刻不得消停。今天一大早爷爷掏到两坨金黄色的屎，便高兴得合不拢嘴，爷爷相信那里面含金量高。他顾不得吃早饭就地架铁锅炼黄金。

傻子实在受不了恶臭，想去学校找老师玩。刚到地坝边，一眼看到散养的大黑猪，就当马骑上去。开始猪很配合，没走多远，猪就成了烈马，乱扭乱蹦没几下就把他摔下了山坡。

李善益拉起傻子背在背上，气喘吁吁地向学校走。这是找林叶的最佳借口。

林叶正在床上做着白日梦，那些梦荒诞不连贯。她和张文化有了一幢三层小楼，砖木结构，花园式风格，开放的露台。屋里装饰华美。罗马风情的家具，墙上是土耳其细密画，画上闪亮的叶子，弯曲的中国古典卷云。客厅的一角放着一株硕大的植物，开着头颅大的花朵。那花的形状和颜色在哪儿见过——正是娜仁花开学的那一天送给她的那种花。张文化把她抱着放在云朵一样松软的床上。突然，张文化变成一条鱼，嘴巴啄着她的耳垂，一扭头游向肚脐，越游越下……

门被敲响，三长两短就像间谍接头的暗号。林叶不愿从美梦中醒来，紧闭眼睑试图挽留美梦。然而敲门声渐渐大了，她扫兴至极，慵懒地穿上裤子披上衣服开了房门。

李善益背着满脸血污的傻子倚着门框。林叶的梦被彻底惊醒，说："快送到医院去！"他放下傻子说，医院离这儿有三十里，今天怕是晚了。

林叶抱起有她耳门高的傻子，费劲地进了寝室。她想放到床上，可是床单上有她遗留的湿痕，于是惊慌地拽起被子的一角盖住。傻子被放在椅子上。傻子睁开眼问："我死了没？"

李善益凶巴巴地说："你还活着。"

"活着干啥？"

眼下，她不想在烧脑的问题上费神，提议先请村医看看。李善益说，村医老谢眼睛坏了，有个屁用！去年我给老支书杀猪得了重感冒，拿着老支书送的猪屁股，顺道请谢医生打青霉素。你猜咋啦？我脱了裤子撅起屁股等，等了好久，一点感觉都没有，回头一看，他把针往我身旁的猪屁股上戳。还说，主任的屁股像猪肉，气得我想扇他几嘴巴。

没有别的办法，只好自己动手，她用温水擦拭傻子脸上的血污，清水变成了一盆乌红的血水。好在是皮外伤，嘴角刺进了一颗锋利的石子。林叶说："幸亏我带了一些常用药，来喷点云南白药。"林老师的手真柔，这里按按，那里揉揉，他舒服得直哼哼。

李善益看到傻子没事，就失去了在她寝室待下去的借口，很是失望。他们的关系至今毫无进展，李善益心里火烧火燎的。他想创造一个单独相处的机会，便邀请林叶去看稀奇。林叶不去，他便兀自讲起来。

他说的稀奇其实是极力渲染的恐怖。林叶听着，恐惧从脚尖升起蔓延到全身，不由得抱紧双臂。

看到吓得魂儿出窍、不住地拍打胸口的林老师，李善益趁机摸摸她的手以示安慰。她忘记了挣扎。他脑壳里一个念头烟一样升起，用恐怖的传说、吓人的鬼故事吓唬她，说不定她会主动投怀送抱的。

有摸手垫底，他越发顺杆爬了，就去捏她的胸，林叶推开他的手。她既要坚决拒绝又不想撕破脸皮，说，主任，论年龄您是长辈，论工作您是上级，你把我当侄女行吗？或者干脆当女儿。

李善益的手抽风一样抖。心里的那张嘴说，这丫头了不起，既想得好处又不想付出，用攀亲戚给自己做保护。对当侄女他没有正面回应，继续讲惊悚故事。

今年清明前后，有个叫黄文永的人来云雾岭，请我带他去看龙蛇洞，他要把龙蛇洞写进书里。我把他带到洞口，那家伙胆大无比，独自一人打着手电进洞，很快逃出，尿水流了一腿。什么时候我带你去洞口，听听洞里古怪的声音。

5

时间打了几个结，又抹掉一些空闲，云雾岭的深秋到了。树叶变得色彩斑斓。林叶穿上羽绒服在秋风中还冻得瑟瑟发抖。

那天放学之后，林老师照例给学生讲《一千零一夜》里的故事，学生们个个伸长脖子，生怕漏掉一个字。

突然，故事戛然而止。学生们沿着老师的目光望去，吴老师率领老婆到了学校。他俩抱着被子还带了用具，看来他又回到学校教书了。

林老师送罢不忍离去的学生，来到吴老师的寝室。寝室里那两口子正在扫蛛网堵老鼠洞，满屋飞舞的粉尘。吴老师见到林老师殷勤让座，高兴地说他明天又上班了。他边说话，边擦着一个破镜框，里面镶着一页发黄的奖状，隐约可以看到是奖给优秀函授学员吴仁义学习刻苦、成绩优异的。林叶知道吴老师擦镜框是假，展示他函授大学辉煌是真。

吴仁义埋怨道："凭我的学历早该到城里重点高中教火箭班

了。如果有留学的函授大学，我还要搞。"

林叶说，留学函授怕是没有。吴仁义一声叹息，吴师母抱怨连连，凭啥停老吴的职？咬伤学生的是狗，又不是老吴；要停职也是停狗子，哪能停老吴！这些领导眼睛长到屁股上了。好在我们在城里买了房子，一百五十平米，光装修都花了几十万。等搬到城里再疏通关系，让老吴调到重点中学去。

房子这个话题刺痛了林叶，没想到吴仁义能做到她做梦都做不成的事。她早就听说吴老师有经济头脑，教书之余就挖狗骨头、党参、海螺七，然后做起了中药材生意。她感到生命在虚度，自卑感弥漫全身。吴仁义偏不知趣，郑重邀请她回城去参观他的新居。她无言退出房门。

吴仁义跟出来说，两个人也是一个单位，我们把校长选一选。林叶的话没经过大脑，我选你。吴仁义推辞几句便欣然接纳。

吴仁义闪电般成了校长，很快布置工作："上面对教研活动抓得很紧，马上要到下面小学搞检查。明天我带头讲一节示范课。"吴师母也跟着起哄说，也要来听。吴老师断然拒绝，这是示范课，又不是耍猴，你听得懂个狗屁！

第二天吴老师拿着他用过若干年的旧教案开始讲二年级的数学示范课。这天他刮了胡须，穿上他最新的皮夹克上了讲台。他把纸烟屁股优雅地扔下讲台，开始扯着嗓子讲解，在黑板上写下一片白，接着让学生背例题，于是教室里响起七长八短的背诵声。

终于下课了，吴老师急切询问，课上得好吗？林叶不好回答，便转移话题："以后课由我上，你安心当校长。"其实她怕老吴上课误了这些孩子。

吴老师求之不得，说，那我就把握全局，教学工作就辛苦你。

这天放学前十五分钟，林老师正在青石板上给学生讲《阿里巴巴和四十大盗》——由于《一千零一夜》的吸引力，至今没有一个学生流失。林叶突然发现多了一个人，一抬眼看清是李善益在青石板旁边偷听。他有一段日子没到学校了，一是刘兰芝看得紧，有一点风吹草动就寻死觅活拿"保证书"要挟；二是他拿老婆的镜子照了又照，知道自己把心想烂也不可能达到目的，他日夜不停的相思是自我折磨。

等到学生全部离开，他嘿嘿一笑说，我免费听了一回故事，就像喝了好酒一样。她说，那我下次卖票。他说，好哇，那我天天买票来听故事。她生怕惹上麻烦，便把话题岔开，主任来检查工作？李善益说，我给你带来了惊喜，走，到你屋里细说。

进屋，他跷上二郎腿宣布，村委会决定马上盖新学校，我私人捐款五万。林老师这样的老师能住这样的破屋吗？林叶道，我倒其次，孩子们得谢你！他对她不领私情很失望，脸上一片秋色。林叶在屋里转来转去，焦躁的神情暗示他快点离开。

老李没看懂暗示，或者说假装没看懂，点燃香烟，似乎在熏黄鼠狼。她用手掌作扇子，击碎几个烟圈，轻咳几声表达不满。李善益抬抬屁股，她以为他要识趣离开，谁知道他欠屁股挪一个地方又粘上去。林叶从窗口望去，吴仁义正眯着眼鬼头鬼脑地往屋里瞅。她生气地喊，吴校长屋里坐。吴仁义说，我可没往屋里眼。李善益站起来要把衣服带走让他老婆洗，其实他是想找借口嗅嗅她的体香，尤其是内衣，对他来说是浓郁的花香，是陈年老酒。她自然不同意。

"我要去杂货店买东西。"林叶下逐客令了。

一进杂货店，林叶看到娜仁花站在柜台前。小姑娘买了火纸和檀香，还有一堆吃的东西。小姑娘看到老师就迎上去说，老师，我在等妈妈的电话，我请你吃辣条。林叶给娜仁花买了水果糖，二人推来推去。店主说，仁花痛人心，九岁的女孩还是撒娇的年龄，她就是一家之主了，给她奶奶洗衣、做饭、喂药……唉，仁花的奶奶真折磨人，每晚不是哀号就是鬼话连篇，一会儿说吊死鬼拿绳子勒她脖颈，一会儿说死去的老头子摸她脑壳。仁花有时整夜整夜不敢睡，她只好烧着柴火壮胆等天亮。老师，你看看这女娃儿的腿烤成什么样子。林叶卷起娜仁花的裤脚一看，那细瘦的腿上布满花纹，一块紫红，一块深褐，一块乌青。林叶摸着揉着，胸腔里一阵又一阵揪心的痛。

娜仁花反过来安慰老师，你莫伤心，我长大就好了。我买了火纸求鬼神，别索奶奶的命。奶奶舌头老了，吃啥都没味，所以我给她买了辣条。林叶的眼眶湿了，把娜仁花越抱越紧，她想用自己的体温给九岁的女孩加热。娜仁花挣开，掏出一张揉皱的纸送给老师，这是我写的作文：

　　　安静的村庄里，除了云雾
　　　水牛和紫云英

就剩下冰凉的西北风

我要走好远的路上学

山里的野花野草

比妈妈陪伴我的时间长

咬着舌头写完家庭作业

我把影子紧紧抱在怀里

林叶的心被击中，这也许是诗，从孩子心底自然流出。她赞美娜仁花写得太棒了。

杂货店柜台上的电话骤然响起，娜仁花踢倒板凳奔过去，拿起话筒喊了一声妈。话筒里传来一个粗喉咙、大嗓门的男人声音："谁是你妈？我是收猪毛的老龚。"娜仁花似乎拿不动沉重的话筒，抖抖地递给杂货店的老板。

林叶抚摩着娜仁花的肩膀说，天晚了，老师送你回去。以后用我的手机给你妈妈打电话。娜仁花说，长途很费钱的。林老师坚持送娜仁花回家，刚走出门，电话又响，娜仁花又回去，话筒里传来的还是那个老龚的声音："猪大肠、小肠我都收……"娜仁花绝望了，小小的身子在秋风里如一片叶子在抖动，声轻如落发，请老师给我妈妈发一个短信，让我妈妈回来一趟，奶奶不行了，我爸腿子受伤还不能下地。

发罢短信林叶送娜仁花过了河、爬上半坡，娜仁花指着山下一块闪亮的水潭说，老师，哪天有太阳，我带你去看稀奇。潭里有漂亮的花园、好看的楼房，还能听到里面的歌声呢！林叶想起李善益说要带她去看西洋景，想必就是那地方。

　　她们边说边走，眼前豁然开朗，一块荞麦正在开花，那花儿芬芳无比，洁白如雪，渲染出无尽的忧愁和哀伤。荞麦地旁是块小麦，麦苗出土不久，还没青地。其间有个熟悉的少年正用黄牛耕麦垄。走近了发现耕地的少年竟是傻子。傻子见到老师便抖动牛绳，牛停止前进。看到眼前的景象，林老师的眼珠快要跌出眼眶。黄牛的犄角上拴着铁丝，牛嘴前挂着两棵鲜嫩的白菜。林老师知道，牛耕垄喜欢偷吃麦苗，东一嘴西一嘴，慢吞吞的耕不了多少地。而傻子却创造性地在牛嘴前吊着白菜，牛便奋力向前又永远吃不到白菜，身后便泥浪翻滚。

　　傻子搓干净手上的泥土，掏出两根弯曲如香蕉、皮上裂开一张大嘴的水果送给林老师。娜仁花说，这是秋天山上长的，叫八月炸，酸甜酸甜，很好吃的。林老师收下了，让傻子早点收工回去。娜仁花对老师说傻子干农活聪明得很。他家的农活都是他干。

　　走过麦地回头一望，她想破脑壳也想不明白为啥傻子干农活如此聪明，而读书蠢笨，更想不通他的提问："活命干啥？"

　　天色渐晚，日头落进西山坳口。前面一个空屋场抹上了血色。住户搬走了，瓦砾遍地，土墙即将坍塌，木桩上长满了菌子，看了让人心慌。走过空屋场是竹林，林子里是横七竖八的坟场，有的是乱石垒成，有的是一个圆形土堆，有的立了一碑，风吹过竹林发出窸窸窣窣的声响。有条花蛇钻进坟墓的裂缝。到处是野山、野水、野坟，只是没见到野人。林叶的心越缩越紧，脸色越来越苍白。娜仁花看到老师恐怖的神情说，老师别怕，有我给你壮胆！她们魂不守舍地穿过坟场，娜仁花停住，她担心老师恐惧，坚决要送老师回去。

娜仁花折回送老师穿过坟场，老师又送小女孩。这样送来送去没止境不行，她们在正中的石碑前分开，一路互相呼喊着向相反的方向而去。

林叶原路返回，腿如同假肢不听使唤，一路跌跌撞撞，速度变成风声呼啸而过，惊动了树丛里的乌鸦，乌鸦嘎的一声惊叫，带飞几片枯叶飞进黄叶萧萧的树林里。路越来越窄了，茅草横在路上似乎很久无人行走。她停下来往回处观望，才发现自己慌不择路已经误入歧路。夜雾汹涌而至，淹没了山林道路，压弯了野草。她意识到今晚难以走出茅草坡了。踟蹰良久，她掏出手机给张文化打电话。

人在危机时刻最先想到谁，谁往往是最亲的。电话通了，张文化语气平静如镜面，说，我正在与廖老板谈租房的事，你过一会儿打过来。

林叶的手如果能无限伸长，她会扇张文化几耳光。滚烫的泪水从她眼眶里咕嘟咕嘟冒出来，刚被风干，又被濡湿。这家伙只会享受她的躯体，从不过问其他。她对自己说，再过一会儿你怕再见不到我了。我送一个孩子回家，回来时迷路了。雾好大，我好怕。

过了好久，张文化破天荒把电话打过来，喋喋不休地说起给他租房子的女老板，一百多平方米的房子装修很好，厨卫齐全，只象征性地收点房租。女老板人好还热爱文学，把他赠送的《巴山民歌》宝贝一样放在世界名著中间。他在全新的环境里一定能写出杰作。眼下他正在干一件惊天动地的大事，采用纳博科夫《微暗的火》的天才结构写一本新书，这本书将博尔赫斯给《聊斋》（西班牙语版）作序时引用的那首小诗作注释，注释与诗句的展开构成一篇小说。他用低沉的声音朗诵起来：

> 寒夜读书忘却眠，
> 狐裘不暖玉生烟。
> 美人含怒夺灯去，
> 问君这是几更天？

林叶几次都想挂断电话，但是挂断电话又如何呢？有个声音壮胆也聊胜于无了。

张文化吹够了嘻嘻一笑，说起他前些日子做了一个荒唐的梦：他变成了一条鱼，先用嘴啄她耳垂，之后摇摆尾巴游到她的肚脐，越游越下，最后钻进她的身体里。他被融化了，变成了幸福的液体。

林叶以为自己又在做梦，掐掐大腿感到疼痛。证明这不是幻觉，也不是梦境，而是与张文化在同一个晚上做了同一个有关鱼的梦。

挂断张文化的电话，她回想他的样子竟是模糊一团。记忆这东西真是混账，你想唤醒它的时候，它躲在某个旮旯任你千呼万唤就是不肯冒泡；你不需要它的时候，却在八竿子打不着的地方呈现。

夜风冰凉，秋叶飘落呼呼作响。林叶想向李善益求救，马上被另一个念头覆盖：这样的黑暗荒野让他来救，弄不好自己逃出荒野又会跌进深渊。

她没有吴老师的电话，只能凭那张嘴了，她对着茫茫夜色呼喊："吴老师——快来接我——"

没有人答应。她在茅草上颓然坐下，脸上一阵疼痒，如同沾了卤水，一抹才知道是被泪水咬的。绝望中她胡乱地在茅草坡上奔跑，猛地，眼前出现一团火光，火苗暗绿。她沿着险象环生的黑暗边沿，碰撞着毛骨悚然的枯枝败叶攀缘，嘴里呼叫不止，可是没人回应。当她靠近绿光时，一群秋天的最后一批萤火虫飞起，在暗夜里织出一条条光带，把夜晚衬托得更加幽静可怖。伸手去取暖，火焰没有一点热度。她掏出手机按亮屏幕，借着屏幕的微光才隐约看到，发出绿光的是几个骷髅，她误入了乱坟岗，她"呀"的一声昏厥过去。

6

林叶躺在床上，三天三夜不吃不喝，时而昏睡，时而胡话连篇，身子软得如同煮坏的面条，脸上的粉色变得苍白。第四天李善益做出了一个惊人之举，请林区著名巫师来辟邪。

巫师秃顶鹰钩鼻，身上文着古老神秘的符号，嘴里念着谁也听不懂的咒语。

　　李善益伸手去揭林叶的棉被，被刘兰芝一手打开。刘兰芝嘴巴里叹息，脸上却是掩饰不住的幸灾乐祸，相信经过这场变故林叶会滚蛋的。而李善益的老婆李桂英大不相同，送来金黄的蜂蜜一瓶，黑褐色母鸡一只。她坐在林老师床前像是呢喃又像自语："好可怜！巫师做了法事就会好的。你安心调养，想吃啥我给你做。"她俩的手握着，握出了潮湿，传达语言无法传达的秘密。

　　最伤心的是娜仁花，无声站在老师的床前，睫毛上挂着草尖上的露珠一样的泪珠。

　　巫师让人舀来一盆清水，把一粒灰不溜手的药丸丢进去。神迹出现了——水里出现山峦、河流、云朵、长尾巴的修女、偷情的狗男女……炫耀完法术，巫师舞动马刀抽疯一样追杀野鬼。林叶从床上爬起，秀目圆睁，说，不要，快出去！声音很低却很坚定，把所有的讨价还价拒之门外。

　　村民想看驱鬼好戏，可是戏刚开场就已谢幕。众人安慰几句各自散去。

　　李桂英却留下来，她要给林叶端端水，壮壮胆，说说话。李善益自然高兴，有老婆服侍他可以自由出入，同时堵住了刘兰芝的嘴。

　　刘兰芝尾随巫师出了校门。追到一棵香樟树下，巫师停下来。刘兰芝对巫师说，学校那个小妖精勾了老李的魂，她在这里一天，我心里就像木棍捅。巫师说，这我帮不了你！我的法术不能主宰魂魄。刘兰芝不死心，说，你能驱邪当然能招鬼。你让邪气缠住小妖精，让她每天都不得安宁。

巫师问，那你咋谢我？

刘兰芝回答，你开价。

巫师淫邪一笑，伸手去逗弄她胸前好几斤重的奶，我要你！

刘兰芝落荒而逃。被这恐怖的怪物睡，她会做噩梦的。

回到家插紧房门，刘兰芝点燃檀香跪在观音像前求观音，大慈大悲的观音菩萨，看在我天天烧香拜佛的分上，你帮帮我，让林叶得怪病离开！保佑我，菩萨……她看到观音像似乎笑了，以为观音被她的甜言蜜语打动，愿意跟她同流合污。

患病的第七天，是个难得的好天气，林叶下了床，来到青石板上坐下来。秋阳挂在肥羊一般的云朵之间，白晃晃的阳光抹在操场上，没有风，遍地生暖，她在等待下课的孩子。

李善益的影子到了脚边，她才抬起头。他是来请她去看新学校建设的。林叶脚步趔趄，李善益撅起屁股要背她，想重温从乱坟岗背她回来的幸福。她拒绝了。

新学校建在公路边，地基已经打好，工地上堆满了钢筋、水泥、木料和红瓦。他向林叶展示林区设计院设计的学校效果图：一共五间两层建筑，有围墙、假山、花园、操场。教室门前还别致地设计了一个巨大时钟。李善益讨好说，这么快建学校都是为了你。只要你在这里，我保证教室安空调，给你买电脑壳。她笑道，是电脑。李主任辩解，电脑壳、电脑意思都一样。

林叶不懂工程建设，只能在工地走一走，看　看。　所漂亮的小学清晰出现在眼前。她自己没有房子，总有一种漂泊感。新学校建好，在这里有间住房也许会有落定的感觉。

　　从工地回到学校，林叶心情格外好，准备放学时给学生讲故事。但是，教室里出事了，先是小声吵嚷，接着是号啕大哭。

　　她病倒的这些天，吴仁义接管了全部教学工作。前几天听着吴老师扯着嗓子讲课，教室里风平浪静，没想到平静里潜藏可怕的风暴。

　　听到教室打斗吼叫，林老师的疲惫烟消云散，像是血液和筋络都注满力量，一股无形的绳子牵着她走进教室。在墙角，锤子与傻子螳螂斗法一样纠缠在一起。吴老师声嘶力竭地叫喊："松开——快松开——"但对打斗正酣的两个家伙来说就像屁一样轻。林老师奔跑过去，一双眼分两处使，一处怒视锤子，一处盯着傻子。随后，锤子眼里的怒火熄灭，傻子的目光变软。

　　很快弄清了打斗的缘由。

　　她病倒之后，吴老师想在她搞得风生水起的教学工作上锦上添花，教书就用蛮力。锤子所在的五年级语文课，课文要背，生字抄写一百遍。锤子写了十遍不愿写了，吴老师罚他再写一百遍。锤子拼命写了两百遍，可数学作业无法完成，两道例题不会背。烦琐的计算过程逼得他把脑壳背麻了，把头皮抓乱了，得数就像一条鱼越游越远。锤子就开始搞鬼，把运算过程写在巴掌上。吴老师发现锤子作弊，叫来锤子父亲说，你娃儿背数学搞鬼，长大了只能挖煤、捡垃圾、劁猪……领回去莫让他吃饭，教育好了再送到学校。

　　锤子的父亲把锤子弄回去凶神一样督促，不会背硬是不让他喝水吃饭。就这样饿了一天零两夜，锤子说他去学校背书。其实他根本不会，他要去找吃的。当他发现傻子的书桌里有两个烧山芋时就去抢。傻子护宝一样护着。锤子火了，说，狗东西，那天你吃了我的爆玉米花，一共三十颗，给我吐出来，少一颗我就打死你……

林老师把锤子和傻子带到寝室，掏出巧克力递过去。吴仁义挡住，打架还吃巧克力，以后怕要打得头破血流！我是校长，有权阻止你。

林叶说，总不能让他饿坏吧，让他吃饱再说。她把巧克力塞到他俩手里，转身来到厨房，一阵锅碗瓢盆的响声之后，变戏法一样变出一盆热气腾腾的酸菜肉丝面。

锤子提醒自己慢慢吃，可没用，舌头牙齿不听他管。食物一挨到舌尖，牙齿就凶猛地扑上去。还没等牙齿使劲，食物就像糖一样化了，化成一股细细的液体，顺着喉咙流下去，流进一个不可知的无底洞。食物的溶液所到之处都干涸已久，张开一张张小嘴拼命吮吸。傻子也像八百年没吃过肉丝面，几次都险些把舌头吞进去。

锤子吃完面条，舔舔嘴唇上的油水，甚至把牙缝里嵌的肉丝扯下来喂进嘴里。他打一个饱嗝想站起来，肚子里的汤汤水水像泡涨的饼干，充满了胃里每个缝隙。他在泥地上蚯蚓一样扭曲，鼓胀的疼痛酷似难产的妇女。林老师伸手一摸，锤子肚皮硬邦邦的。

吴老师听到喊声走进厨房，脸比锅底还黑，对林叶发脾气：胀死学生了责任你负！转过身揉揉锤子闪亮的肚皮说，胀死比饿死还羞先人！他把肮脏的手指捅进锤子的嘴里搅着，勾着，刺激出一股巨大的粘稠物。锤子开始呕吐，肚子渐渐瘪下去……

7

林叶命运滴溜溜拐一个弯，发生在接待"外宾"的那一天。

一大早，吴校长通知林老师，今天学校配合村委会工作，组织学生欢迎外宾杜鲁汀先生。

上午九点，村委会院坝里挤满了人。老头子们拄着拐杖占有利位置，老太太更是铁树开花，灿烂得有些过头。

激动人心的时刻到了。

汽车卷起烟尘停下。吴校长指挥学生高喊："欢迎——欢迎——热烈欢迎——"

其实杜鲁汀不是人，是一条壮硕的美国公猪。县畜牧局搞科技下乡就拉着杜鲁汀在全县巡回配种。老杜每到一处都引起轰动，享受明星待遇。

杜鲁汀傲慢地走下防滑板，村民看清了外宾满身披挂：前胛缠着红绶带，上面印一串英文字母，颈上戴着闪闪发光的金质奖章，象征它的高贵血统。毛发请专业理发师精心理过，那几撮猪毛是乡下人从来没见过的花样。左肚皮用红颜料写着"为你配种"，右肚皮用橙色字写着"包你满意"。

李主任拿着麦克风喊："让我们用最热烈的掌声欢迎吴局长和杜鲁汀先生！今天是我们村大喜的日子，二位给我们带来了科技，也给我们带来了精神食粮。现在我们不缺吃，不缺穿，缺的就是快乐。马上，请杜先生作精彩演出。"

杜鲁汀嗯哼几声，吴局长立即作翻译："杜先生说，你好！"

李善益示意刘兰芝牵来花母猪，开始花母猪还矜持，等靠近杜鲁汀时，屁股扭着，尾巴甩来甩去，甩成一朵花，双眼发射出两颗色情炮弹，杜先生却不解风情，傲慢昂着头。

林叶扭头望着远方，她有一种受愚弄的痛感，示意吴老师立刻带学生回学校。吴老师的目光把她的眼光砍成泥，剁成渣。

李善益急了，配不成种事小，不能满足人们精神文化需求事大。他把花猪的头扭过来，把花屁股推上去。杜先生还是无动于衷。

村民纷纷献计献策："把杜先生抬上去。"

"把猪食放在母猪背上，把杜先生勾引上去。"

正在危急时刻，花母猪呻吟几声，主动把屁股撅到杜先生眼前，尾巴立起。

林叶高喊学生："向后转——起步走——"

吴校长唱反调："向前转——"他走近林老师说，村上组织活动你中途离开是拆台，是砸场子。惹毛了李主任，学校建设一停，责任谁担？你就忍一忍。

林叶的话带火带烟，这是侮辱老师，毒害学生！

吴仁义说，别假正经，你把这当社会实践课。林老师不想再听老吴胡扯，亮开嗓子喊："女生向右转——起步跑——"一同离开的还有锤子和傻子，他们也喜欢看热闹，但他们更愿意跟着林老师走。

　　林叶看到李善益又来了，以为他来兴师问罪，可他似乎把林叶的对抗忘了，他是来邀请她去妖姑潭看稀奇的。

　　为缓和上午愤怒离开的紧张关系，便带着锤子、傻子，拉着娜仁花跟着李善益去妖姑潭。

　　沿着开满野花的山路步行三里就到了。妖姑潭的面积约四个篮球场大，就像巨大的冷眼看着世事。前方就是龙蛇山，有种种恐怖传说的龙蛇洞里冒出一股银子一样的水，一路哼唱，带着落花飘着枯叶注入妖姑潭。四周长着绿竹和香樟树。绿荫漏下斑驳的光影，光亮投在长满青苔的岩石上。此时，夕阳斜照，潭水如同稀释的血水。

　　娜仁花伸出小手指着潭的正中央给林老师看，小鱼游进了云朵，鸟雀飞进了水底。傻子在血水里看到自己的影像，微动的水一时把他的脸拉成一根线，一时又揉成一个大南瓜。鼻子上了额头，眼睛挪到下巴，弄得他傻笑不停。

　　李善益登上一块斜插在水中的褐色岩石，那是看水中奇景的最佳位置。他喊快来看。林叶像小鹿一样在石头上跳跃，到了褐色岩石边却上不去。李善益找到了摸手的最佳时机——伸手去拉。两手接触，李善益头脑充血，心跳如鼓。他顺着惯性把她搂到怀里，林叶奋力挣开。李善益的手指枪一样指着潭中说，快看。

　　顺着那根手指凝神静观：水底清晰出现一幢美丽的房子。白墙红瓦，微翘的屋檐，窗户上还雕着喜鹊寿桃。从敞开的窗子里看进去，古朴典雅的家具，墙上贴着古画，给人老旧的温暖，质朴的舒适。屋外是花园，园中种着奇花异草，树开花，花开花，繁花压弯了枝条。墙边一棵阔叶树开着脑壳大的花朵，那不是娜仁花开学那天送给她的那种花吗？她喊娜仁花来证实，小女孩早来到她身后。娜仁花指出老师忽略的景物：院子外有一条小河，河里还流着牛奶呢！林老师赞美学生的想象力，更赞叹水中河的奇观。

傻子在水边用手作瓢，拼命把水向外抛洒，也许他想把水浇出去舀干了住进那幢房子里吧。

林叶四下观望，周围没有任何建筑物，倒影根本谈不上，那美轮美奂的房子是水无中生有了。如果不是亲眼所见，就是打死她，她也不会相信妖姑潭的一切。

起风了，吹皱了一潭血水。水花溅在潭边的岩石上，石头活了，每个皱纹都绽放出风情万种的笑意。水中的房屋弯曲、摇摆、破碎，花园消失，树木隐去。一切瞬间梦幻一样没了。

林叶情绪急转直下，水中房屋刀一样刺伤了她。

她心情阴郁地跳下岩石返回学校。学生尾巴一样跟着，尾巴尖就是李善益。途中，她接到蓝可的电话。先是蓝可抽泣，林叶说，你给我打哭什么？蓝可要林叶帮帮她。她老公在外面乱搞，已经搞到她家床上了。今天洗他俩在床上的脏物，她恶心得呕吐一地。蓝可老公给小婊子在十字街买了一套房，有一百二十多平方米，林叶若肯帮她，就把那套房送给她。

林叶如同坠入大雾里，问，我怎么帮你？蓝可不哭了，回答说："只有你有能力帮我，老公一直夸你美得勾魂，早就暗恋你。你把他从那骚货那儿夺过来，然后把他一脚踹开。你要知道情感是这个世界上最可怕的杀人武器。"

林叶说："亏你想得出，太荒唐了。"蓝可哽咽着，声音轻得像一张揉皱的纸条。林叶知道蓝可现在掉进一个黑窟窿里，若自己用这个方法救蓝可，弄不好双双跌进黑窟窿。此时，她不忍推辞又应承不得。只好说，星期天我回城了劝劝你老公，安慰一下你。

挂断电话，他们一行来到岔路口。学生们各自回家。可是李善益影子一样紧随她。到了寝室门口，她说："你快回去，刘兰芝找来很不好。"他此时不再惧怕刘兰芝，昨晚他成功偷回"保证书"。没有把柄被人抓着显得牛气冲天，进了林老师屋里一屁股坐下，眼睛被她高耸的胸脯打昏、惊醒，再打昏、再惊醒。死去活来的他，花花心脏里如同架了一蓬干柴，"嗖"地燃起大火，喉咙都快冒烟起火了。他坐啊坐，坐到天黑终于赤裸裸地摊牌："林叶，我完了！只有你能救我，我高价请老师是为你，盖新学校是为你。等学校第一层建成时，你能陪陪我吗？"

林叶无语。

突然，窗户上一团黑影晃过，接着一声野猫叫春的声音穿过夜幕，顿时她浑身紧缩，牙齿咯咯乱响。一个在乱坟岗吓得灵魂出窍的女人，面对暗夜黑影，惊悚的叫声，怎能不胆战心惊？一道灵光闪过李善益的脑壳，何不趁机渲染恐怖让她神志昏迷投怀送抱。女人不可理喻，天不怕，地不怕，但是怕老公出轨，更怕鬼，因为人人心里都有鬼。

李善益说起学校就建在坟场上，基脚就是坟砖砌的。从前日本兵追击游击队，迷失在云雾岭，两个日本鬼子把一个猎人的妻子先奸后杀。猎人设计把两个鬼子引进陷阱，割下的头就埋在你脚下。阴雨天能看到两个无头鬼在林间穿行，有人看到那两个小鬼子把脑壳当篮球，在篮球架下练习投篮呢⋯⋯

林叶吓昏过去。李善益趁机搂住她，舌头试图撬开她的嘴。

窗外，刘兰芝的眼睛发出幽光，先前那团黑影是她，那声猫叫也是她。其实李善益一进寝室她就跟踪而至。当李善益的手伸向林叶的裤腰时，刘兰芝心里像注射了烈性毒药，心脏要肿胀爆裂，血水从心尖滴答、滴答，不住往下滴答。她再也看不下去了，从窗口潜行到门前，贼一样拉紧门板，扣上铰链。她要点火烧掉这幢土木结构的房屋，让里面的男女变成骨灰，变成青烟。她手中的打火机冒出蓝色的火焰，照亮她愤怒扭曲的脸。心脏被切成两半，一半要立刻点火，把屋里的男女变成烤肉，烧出油才解恨；另一半却是水，试图灭掉心中的怒火。两块心脏绞杀，腔子里是一团血糊糊的腥气。渐渐，打火机的火苗变得奄奄一息，刘兰芝"噗"地吹熄，蹲在墙角，双手抓挠着疼痛的心脏，越抓越痛，难受得要死。她渴望安宁，渴望昏迷。突然，刘兰芝披散着头发撞向石墙，一下两下，三四下，如同锤子猛击石头。在即将昏迷的那一刻，她站起来恶狠狠地说，凭啥你们快活让老娘受罪？刘兰芝扑向木门拔上铁锁高喊："学校出人命了——杀人了——"最终她选择了让众人目睹林叶偷人，然后灰溜溜地滚出云雾岭。

很快门前黑蚂蚁一样聚集了一群男女。

有个女人挤破人墙来到刘兰芝面前，她是李桂英。耳光在刘兰芝脸上炒玉米一样炸响，说，都是你作怪，你勾引老李我忍了，今天你给林老师泼脏水，我忍不了。我陪老李来找老师，刚转身上茅坑就被骚婆娘从外锁了门。林老师，身正不怕影子歪，我开门你光明正大出来。

刘兰芝摸着疼痛的嘴还要申辩，又被李桂英的耳光打回去。

众人没想到"杀人现场"是这样一个结局，作鸟兽散。

8

星期天一大早，林叶起床了，她要回城里看张文化，还要应付蓝可委托的不可能完成的任务。

打开房门，操场上有了白霜，树叶上如同撒了盐粒。她返回屋里收拾行李，把东西放进包里又拿出来，然后又放进去，犹豫回去后是否再回这梦魇一样孤寂恐怖的地方。在等车来接的时刻，她想起了无穷追问吃饭干啥、活命干啥的傻子，调皮的锤子；令人心痛又可爱至极的娜仁花；每天亲手升起，傍晚降下的国旗……一张张笑脸，一双双渴望的眼神。《一千零一夜》还没讲完。最终，她把行李箱里的东西掏出来放在屋里。

早晨七点，那个叫木棍的司机来学校接客。上车后她看见吴老师夫妇也在车上。

下午两点才到市区。蓝可早到车站迎候。两人夸张拥抱，蓝可拉着她如同拉住救命稻草不愿松开，一直拉到金龙饭店，蓝可在城里最好的饭店为林叶洗尘。

偌大的饭桌只坐了两人。蓝可直奔主题，我请你办的事不要推辞，把我老公与那个妖精搞散，你的任务就算完成。来，这是订金。一个鼓胀着肚子的信封塞到林叶手里。林叶躲闪着。蓝可不高兴了，说，事成之后把妖精的房子收回送给你。二人推搡间，蓝可的老公，实权部门头头来到包间客气地跟林叶打招呼。

开始上菜，满桌的姹紫嫣红六畜兴旺。头头殷勤地布菜，客气地敬酒，礼数很是周全。他也给蓝可夹菜，甚至碰杯，局外人还以为是一对幸福夫妻。几杯美酒下肚，林叶与头头的目光对视，他眼里的林叶就像街头胖妞或买菜的大姐，没有引起他的兴奋。那双男人的眼是一面镜子，把林叶照老了，也照丑了。她有了彻骨的自卑，发觉自己满身是灰，头发打绺，身上嘶嘶冒着热气，还带着一股馊味——那是难堪。怎么下车后没打理一下自己？

蓝可拿起电话嗯几声便要离开，说有急事，要老公帮着陪一下客人。林叶当然知道蓝可的鬼把戏，蓝可要留出时间和空间，让她对丈夫下钩。

头头突然起身，说声抱歉，省里的客人已到单位，他得马上过去，大喊一声服务员，把账记到他们单位账上。

头头刚离开，蓝可立即现身。两个女人呆坐桌边，陷入谁也推不动的茫然。林叶有片刻解脱的轻松，马上又被轻贱覆盖，她明白蓝可精妙的计策已经是流水落花。

蓝可拍拍她的手背，神秘兮兮地说，没事的，他不上钩我再想其他办法。你要小心张文化，有可靠消息，张文化与他的女房东在勾勾扯扯。

　　林叶脸色大变，心如同一片桑叶，被一条条蚕虫来回啃咬，并发出沙沙的响声。她再也坐不住了，拦了一辆摩的直奔张文化的出租屋。

　　张文化门前放着两双鞋，一双破鞋还是林叶买的，另一双崭新的女式皮鞋刺痛了林叶的眼，她想对着门呸一口然后走开，然而她的脚如同鬼牵着怎么也挪不开，就弯曲手指东一下、西一下、神一下、鬼一下敲响了出租屋的门。张文化粗声大嗓地问，谁？

　　林叶捏着嗓子用假声回答，挂号信。

　　开门的是一个女人，有点老，有点瘦。身上的香水味道很迷人。林叶跟进去，一眼看见枕头上两个脑壳压下的凹痕和一地的纸巾，就站立不稳。

　　她心里仿佛有一双蛮不讲理的手在撕扯，还搅动，有些眩晕，但她强行忍住。张文化看清来人是未婚妻，脸上露出猴子被抓住睾丸般的笑。林叶没有怒骂更没有撒泼，转身走出出租屋，速度快得连影子都追不上。

　　张文化喊，你等等——等等我——他一路追着赶着，直到十字路口终于追上了。她眼睛的余光扫了他一下，似乎不值得拿整个眼睛看。他捏住她的手。她愤怒斥责，别碰我！张文化越捏越紧，小声说，到文化馆去，我俩谈谈。

　　随张文化到了文化馆。走廊里没有人，办公室人毛都没有。

张文化有失措的殷勤，低三下四的客气，用手掌作抹布抹去椅子上的灰尘，扶着林叶坐下。然后花血本买了一瓶矿泉水双手递给她。他恶心证明自己的清白，我和她就是租客与房东的关系。我向你发誓，我没与房东乱搞，唉，我浑身是嘴也说不清。

林叶做呕吐状。张文化扭转话题说，其实我是为房子着想。我们买不起房，就租她的，象征性地给点租费，比买房还合算。退一万步讲我和老廖有不正当关系，你更要懂道理。记不清啥时候读了一篇文章，有个小故事讲得很高级："丈夫出轨，妻子闹到居委会。居委会主任拉着女子的手，语重心长地说，只要枪杆子在手，浪费几颗子弹有什么要紧，何况打的是你的敌人。"

林叶欲走，说，我见过无耻的，没见过你这么无耻的。张文化死死搂住她往办公桌上抱。

她知道凭力气是斗不过张文化的，大声呼叫会闹得满城风雨，得智取，便努嘴示意他拉窗帘。

趁张文化裤子脱掉一只腿，她赶紧逃了。张文化不死心，喊叫，叶子快回来——我送你一本《巴山民歌》。

林叶在城里无处可去，就在街头闲逛。突然，她决定要买房子，向张文化证明自己的能力。头脑里的算盘拨动，存款五万，加上云雾岭未领的工资一万，剩下部分就是卖血卖骨头也要凑够首付。有了目标她一扫疲惫，直奔城里名声最响的楼盘——塞纳河畔。

塞纳河畔紧邻臭水沟，冬天臭气熏天，夏天蚊虫飞舞，可是因为地段好，交通便利，各种公共配套设施齐全，房价却是每平方米五千，意识到买一套 80 平米的房子也要四十多万，她耷拉着头出来，自卑到了极点。这时她的智商约等于零，唯一明白自己愚蠢无能。听说城里有好多富人，有好几处房产，有个官儿有十几处，他们五马分尸才能住满这些房。她一个穷苦出身的女人无依无靠，想在城里有一套房比用清水打一把刀、用风搓一条绳子还难。房价比暴雨天小溪的水涨得还快。她真想哪个富人把房子掉东西一样掉一间在路上，恰好她捡到就好了，如果房子的影子能住人就更好了。幻觉中她看见有幢房子穿着西服打着领带正向她走来。

正在胡思乱想之际，兜里的手机响了。是固定电话，号码陌生，一听，里面传来一个男人带着烟味的声音，你是林叶吗？我是林区教育局纪检的黄文永，请你明天中午之前到纪检来一趟。声音就像发了霉。林叶心中刮过一阵寒风，想早点知道谜底，说她在城里，马上就到。

黄文永起身给她倒一杯水，水比热尿还冷，上面漂着几片枯黄的茶叶。他询问几句她在云雾岭的工作情况，话题猛然转弯："我想知道你离开教师进修学校到云雾岭的动机。"

一麻袋话装在心里，没有一句能说出来。能说从城里到乡下是为多挣一点钱，早点买到一间房吗？她不愿把自己的可怜展示给眼前的男人。她早就看过这人的小说，最会胡编乱造无中生有，说不定哪天会成为他小说人物。他笔下没几个好人。黄文永叹息一声说，不愿说就算了。有人把你告了，你自己看吧！他扔给她一封检举信。

　　林叶看到纸上那丑陋字迹放出邪恶的光芒，内容一共三条：一是破坏他人家庭勾引李善益；二是渎职，造成学生锤子险些胀死的惨剧；三是组织学生观看美国公猪的下流表演毒害学生。请求林区教育局立即查处，不然就把那妖精挂上破鞋赶出云雾岭。署名却是李桂英。

　　林叶的目光把举报信刮得哗哗响，脑壳立刻做出判断，这封信不是李桂英写的，幕后黑手是刘兰芝。

　　林叶不想解释，解释脏了嘴，太荒谬了。她冷冷地说，没别的事我走了。

　　黄文永挠挠头上玉米须一样的头发说，我会查清楚，不会冤枉你。

9

　　与张文化彻底闹僵，林叶在城里再也没有安身之地，只好住进了旅馆。她想在城里待一天，给孩子们买礼物；趁这里有网络下载一些课件，把笔记本电脑带到云雾岭，让孩子们开开眼。

　　刚住下，吴仁义来电话了，告诉她，他在城里跑调动有了眉目，去处是教师进修学校。

　　林叶一愣，这不是她离开的学校吗？吴仁义那素质该不是看大门或搞卫生吧！他响亮的笑声否定了她的猜测。他说，教师进修学校调我去搞农村教师培训，还兼代函授大学的写作课。没错，是金子就会发光，是人才就不会被埋没……明天我就不回云雾岭了，趁热打铁花血本把调动搞成。

云雾岭小学没老师，她必须明天早晨返回。

面包车刚刚入山，先是刮寒风，接着下起了雪。离云雾岭越近，雪就越大，不一会儿漫山皆白。贴地的风卷起雪片往天上飞，似乎是地上的雪下到天上去。寒风如同疯狗，走到哪里就咬到哪里。这种天气她的学生准备棉衣了吗？有保暖鞋吗？

李善益、疯老头和几个学生在公路边等候林叶。

老人真是疯了，手中一根烂皮绳，他说他牵着一条雾做的狗，送给老师咬坏人，其实屁都没有。

李善益遥望汽车开来的方向，生怕林老师今天不回来，如此，明天学校将没老师上课。他想起昨晚，刘兰芝又对他撒泼，一时要去城里上访，一时要找张文化理论。他无计可施，只好留下来陪睡以示诚意。可是避孕套早已用完，最后她找出一个方便袋让老李将就着用。他向口袋里吹几口气说，你不是怀了娃儿吗？用不着这劳什子。她嬉笑道："那是骗你的。"就那么一用，她今天就卧床不起，也给老李赢得一天宝贵的自由。

面包车卷着风雪驶来，疯老人走过去，把皮绳交给林叶："闺女，这狗送你，给你做伴。"

她一脸茫然，半晌才明白过来，顺手把"狗"拴在树上说："谢谢您！"

"我请假，炼金子……"老爷子胡说着，手上演示其机制，林叶越听越糊涂。

李主任翻译说，老东西要给傻子请假帮忙炼金子。老东西说等有了金子，他要给学校捐钱。她想给老人一个笑脸，可脸皮不听话要哭，她赶紧用手捂住，把那个表情演变成哭之前拦在半路。

一行人跟着林叶回学校。伙房屋顶冒着炊烟。林叶好奇地走向厨房，李桂英正在忙碌，锅里散发出腊肉的香味。李桂英说，天冷，我让林老师回来有口热汤、有杯热水。她在围腰上擦掉油腻，从灶洞掏出火炭，让林老师暖暖手。林叶心里暖暖的，眼前这个女人对自己那样好，没有理由的亲，她绝不会诬告自己。按常理李善益明里暗里勾引自己，做老婆的应该恨，她的行为解释不通的。其实李桂英心里有个小九九：林叶能使老李厌烦刘兰芝，那女人太嚣张了，公然要她这个合法妻子让床铺。

趁老婆在厨房忙碌，李善益搂住林叶，她心里一片混乱，有对刘兰芝的恨，有对张文化的怨，那狗东西为了一间出租屋，竟鸭一样扑向女房东；也有对眼前这个男人的一丝同情，他的样子可怜兮兮，一定把心想烂了；也有对老李重建云雾岭学校的奖赏。各种念头爬过大脑的沟壑，能听到嘶嘶声响。

她没有反抗，这是量变到质变，革命性的。李善益想顺杆往上爬，今晚我到学校陪你。

林叶心里打个"?"，嘴上说等学校竣工再说吧。她想成为水中的月亮，猴子能看到永远捞不到。

正吃着饭，包工头带着三个民工来找李善益。包工头说按合同一期工程完工应付款五万元。你却一拖再拖，如果再拖，工人就住进你家，吃要吃好的、喝要喝好酒，晚上要有女人暖脚。

当着林叶的面，包工头的话使李善益的脸皮层层剥落，生气地说："你想咋的？"

包工头夺过李善益的碗说，我们等钱挨冻受饿，你美女陪着吃香的，喝辣的，今天给钱！

李善益自然不给，双方僵持着。

无奈之下，包工头要李善益写一张限期欠条。

李善益写道："今欠在建学校第一期工程款五万无……"当包工头看到五万无时脸色大变，撕碎纸条扔进肉汤里，说，你当我不识字？五万无，无就是没有，你想将来在法庭上钻空子？

李善益恼怒，踢飞脚下的骨头说，到村委会去！

包工头不依，就要当着美女的面解决问题。他知道男人都虚荣，有美人在场就豪气冲天，能办的事当然办，不能办的事也牛皮哄哄地要办。他把李善益推搡一把，说："重写！"

李善益的小阴谋被揭穿，重写的欠条包工头仍不放心，说，我已经不信任你，得请人担保！最好是林老师。

李善益火冒三丈说，你想干啥？

包工头火冒六丈，不担保可以，我把学校娃儿捉一个，你拿钱来取。

知道包工头惹急了啥事都敢干，为了娃儿，她犹豫再三后答应担保。这一担保使她向深渊滑行。

假期已满，但是傻子没来上学。林叶放学后去家访。雪化了，山路就像发了酵的面团。她一身稀泥一身汗才到傻子家。

傻子家是低矮的土墙屋，裂开巴掌宽的缝。墙面倾斜用两根木柱支撑着，一场风雨就可能倒塌。

疯老人正忙着。他穿一件狗皮缝制的裤子，满头沾着狗毛，头上的热气散发到凛冽的空气中。林叶叫一声大爷，老人擦擦沾满"黄金"的手迎来说，闺女你来得正是时候，我炼出金子了！只见门前用石头垒成的灶上架着一口大铁锅，锅里翻滚着粪便，散发出阵阵恶臭。灶边有个三脚形的木架，吊着粗布过滤熬出的混合物。滤出的混浊液体加上石膏沉淀。

老人放下手中的活儿，从狗皮裤子里掏出一个黄手帕，展开，露出一团灰黄的块状物，眼里放出阳光下的玻璃碴那样细碎缭乱的光芒说，这是我炼的金子！说完又像收藏珍宝一样包好，揣进衣兜里。老人兴奋地说，俺卖了黄金就盖房子，上层住人，下层养猪……

进屋，林叶借着火光四下观看，一间土房没有隔间，更没有见到床。

问，你们晚上在哪里睡？

傻子结结巴巴地回答，我打地铺，爷爷睡在他的棺材里。

看到了墙角的黑棺材，盖子敞开着。她走近墙角，棺材占了很大一块面积，人在屋里很难转身。棺材里放着棉被和枕头，为节约空间，老人晚上就睡在他的万年屋里。

有老师家访，疯老头好奇心胜过孩子，不住地问奥运会和村委会哪个大？吴仁义与孔夫子谁厉害？毛主席他老人家身体咋样？林叶无法回答，心想这一疯一傻，尽管有政府的低保，也不知日子咋过。据说低保的大部分老人作投资炼了金子。让老汉停止荒唐炼金术，打碎他的发财梦是一种残忍，继续让他炼金也是残忍，她不知道哪种更残忍。唯一能做的就是说服李主任，把老人送到精神病院。那傻子咋办？只能让他住读，吃饭就添一双筷子吧。

天色渐晚，林叶要回去，爷孙俩一直送到山脚下。

第二天，林叶说服李善益送老汉去了精神病院，便让傻子来学校住读。

刚安顿好傻子，娜仁花的奶奶死了。死的时候还舍不得吃孙女买的止痛片，用最后一口气咽了下去。娜仁花哭得睁不开眼。

草草安葬完娜仁花的奶奶，林叶把娜仁花接到学校。

晚上林叶让女孩跟自己睡。一旁的傻子生气了："我也要跟你睡。"

林叶更生气："你是男生。"

10

刘兰芝由于跟李善益戴着方便袋的一夜疯狂，下身肿胀卧床不起。亲戚劝她到城里去看病。她无法忍受折磨决定去住院治疗。

林叶曾经想吃这个有毒女人的肉，喝她的血，渐渐仇恨稀释了，浓度越来越低，最后量变成了质变，竟体会到刘兰芝醋酸腐蚀心灵的疼痛，仇恨蒙住双眼的失控。想着想着，就打通了闺密——妇幼保健院副院长刘颖的电话。

刘颖调侃道，怎么突然想起我？该不是打错了吧！上次通话好像在上世纪。让我猜猜你有啥事，该不是未婚先孕吧？林叶呸一声说，你胡扯！刘颖继续猜，莫不是想弄个环儿戴，我这里可是有最好的环儿，又安全又舒服，保证你戴了还想戴。林叶重重呸一口，还是留着你自己戴吧。说正经的，我有一个亲戚在你们医院住院，她叫刘兰芝，务必请你关照一下，让最好的医生给她看。

刘颖爽快答应。林叶又叮嘱说，千万不要让病人知道我找过你。闺密说，遵命！

刚放下电话，李善益来了，身上一股酒味。

他不请自坐，借酒壮胆说，我眼里有两个林老师，左眼一个，右眼一个。如果真是这样就好了，我一个，张文化一个。林叶脸垮下来，说，李主任，你醉了，快回去！

李善益连呼没醉，说，如果克隆技术普及，给我一个细胞，克一个你，我天天抱着。

面对公然调戏，她选择离开，可是他堵住了门框说，晚上到村委会来陪我，明天把工资付给你！把包工头的钱也给他。

林叶面色赤红，想说别做梦，可他已经走了，声音已经追不上他的耳朵了。

林叶气得心尖颤抖，呼吸困难，就像得了肺气肿。她正准备关门独自静一静，李桂英推门侧身而入。

李桂英无声挨林叶坐下，泪水从眼角滚滚下落，照亮了苍白的脸，抽泣着说，这日子没法过了！我知道老李找你的目的，答应吧，你一万个不愿意；不应吧，学校房子建成半拉子，他会彻底撂挑子……

林叶震惊得六神无主。李桂英拍拍她的肩膀说，办法只有一个……她起身关门，似乎要交换一个重大机密。两人神秘嘀咕半小时，李桂英才离去。

林叶打电话告诉老李，同意晚上约会，时间是十点到十点半。可以满足他的条件，这是第一次，也是最后一次。她要李善益答应约会期间不能有一丝亮光，不能说一句话。因为她曾经受过严重伤害有巨大的心理阴影。李善益的头点得如同鸡啄米，忘了手机是不能传播动作的。

李善益一扫心里阴霾，张嘴哼起京剧《智取威虎山》的唱段，接着洗澡、换衣服，把那几十颗黄牙刷了又刷，最后撒点老婆的花露水在内衣上。他暗想，美人的待遇就是不一样，到刘兰芝家去睡，澡不洗，脚不洗，浑身臭熏熏的，躺在床上四仰八叉，一切都让对方忙碌。今晚比做新郎官还隆重，得好好表现！这是他人生大喜的日子。

冬天的夜晚来得早，八点不到他就急不可待地去村委会客房等待。先开电热毯，再喝下两粒春药就躺下静候。时间的腿瘸了，走得太慢。如果时间老人是他的村民，他会呵斥时间快马加鞭。躺在电热毯上如同躺在热铁上，心脏是一粒即将爆炸的玉米粒儿，再加一点热就会嘭地炸成玉米花。

终于苦熬到快十点了，屋外每有寒风漏过窗棂或落叶扫过白雪，都在他心中激起隆隆雷鸣。偏在此时，手机响起，是包工头不解风情逼账的。他扔下手机就如扔下包工头。

门被敲响，三长两短。

他想说请进但顷刻想起约定，只好轻轻咳一声。

她进门，脱下羽绒服，褪下牛仔裤，那是她常穿的衣服。

他伸出双手去迎接，把屁股下最暖和的一块让出来。舌头扭着、如同撬棍翘开她的嘴。他吸着吮着仿佛要把对方口腔里的一切吞下去。不想再铺垫了，要进入正戏，他扒下美人的内裤，恨不得全身都进入她的肉体里。李善益双眼呆滞，就像要死的鱼，嘴里叫着叶子……我的叶子……于是满屋绿叶翻飞。

十点半很快到了，她准时穿衣要走。李善益借着斜进窗子的月光再把美人看一眼。这一眼，他宁肯眼睛瞎了，也不愿相信视觉。打开电灯，她已经逃走。

他胡乱穿衣服，忙中出错，裤子穿反了，屁股朝前，大门向后——不顾了。他风一样追出去，薄雪上有她留下的脚印，便呸呸吐两口唾沫。脑壳嘤嘤嗡嗡，神经打了一个又一个死疙瘩，想不通他一个堂堂的村主任，一个有钱人被人当猴子耍！肺气得要炸，那怒气冲出喉咙的时候拐了一个弯到脚上，就拿脚去踢泥土、石头，一双新皮鞋踢成破鞋。发泄过后乱七八糟的念头拼成一个真相，一个羞死先人的真相。

真相驱使他要去找林叶算账。

他奔向学校，样子仿佛吃人一般，双手拍打着房门高喊，开门——开门——

睡在学校的傻子惊醒了，他抹着眼屎问，你干啥？

李善益扇他一耳光，日你姥姥！

傻子摸摸脸问，日我姥姥干啥？

他不想与傻子纠缠，就在学校每个角落找林叶，可是什么都没找到。

"去你的学校！去你的林叶！爷不陪你玩了，让债主收拾你！"半夜，李善益收拾好行李叫起林昆，包他的车趁夜色离开了云雾岭。

清晨，包工头来到学校。他捏着她担保的欠条就像握着一把刀，她吓得跌坐床上。

包工头挨她坐下说，老李给我打了电话，他去了海南，让我找你要钱！

她如同一条解冻的鱼，央求道，我没钱！不然我不会到这里……包工头火了，少啰唆，你懂不懂法，担保就该负法律责任。今天天黑之前，你必须给钱。

林老师去厕所，包工头等在厕所外；她上课，他坐在教室听课。包工头采用了当地最厉害的逼债法——如影随形。她强装笑脸上罢第一节课，包工头走上讲台说，同学们，老师教你们要诚信，她自己也要诚信。林老师如果不还账，我就带她回四川抵账。

林老师喊，松手，我给你钱！

包工头寸步不离跟着林老师到镇上，取出仅有的五万元给包工头。她原来可以在城里买屁股大一间屋，此时巴掌大都不能买了。心中的房子倒塌，哭却没有泪。

下午三点钟回到云雾岭，学校空无一人，傻子没在，娜仁花也没在。林老师呼喊却没有回应，一位背柴的大嫂告诉她，傻子拿着胶桶和水瓢与娜仁花一起到妖姑潭了。

林叶眼前一黑，不祥的预感笼罩她，便疯狂地向妖姑潭奔跑。

傻子站在褐色的岩石上看水中的房子。他虽然痴呆，但是明白林老师没有买房子的钱了。凭他天真的幻想和可笑的智力，要把水中好看的楼房捞出来送给林老师。让脑壳大的花儿香她，四季都喝河里流淌的牛奶。娜仁花虽然懂事，毕竟年幼也糊里糊涂地来了。在辉煌灿烂的落日余晖下，潭中的房子出现了：白墙红瓦，雕花的窗户，花园里的花已经凋谢了，花瓣落了一地。花园里的牛奶还在流着。傻子拿起水瓢舀水，红色的房屋颤抖、摇晃、倾斜、倒立。傻子怕房屋跑掉拼命舀水。

林老师转过山坳看到傻子，嗓子都挣出了血丝，喊道，快过来——危险——！傻子脚下一滑，受伤的鹞子一样倒入潭里。娜仁花吓得大哭，抄起一根木棍喊，傻子哥——抓住——傻子呛了几口水游向木棍，一拉，把娜仁花也拉进了刺骨的水中。

眼前的冬阳翻了几个跟头，轰地跌落，溅起无数火星。林叶脚步掠过草丛，掠过鹅卵石，身子还来不及打开就跳进潭里。寒冷的潭水如同万根绣花针扎着她的血管。她浮着、扑腾着抓住了娜仁花的发辫，拽向自己的怀抱，借着水的浮力顶上岸边的岩石。傻子号着，她转身浮向深水，右手盲人一样乱抓，终于抓到了号声，用尽最后一克力气托起傻子上岸。

　　林叶筋络抽搐，脑壳无法指挥躯体，潭水涌入口腔、鼻孔，吐出泡沫沉向水底。半晌，一头黑发散开浮在水面上。

　　人们黄昏才把林老师打捞上岸。她面色苍白，瓷釉般白净的牙上沾了青苔，昔日娇美的腹部已经鼓胀。娜仁花哭成了一颗泪滴，傻子边哭边驴一样在地上打滚。

　　云雾岭办了隆重的葬礼。杀猪时没有异样，宰羊时出现了奇迹，那九只待宰的肥羊自愿排成队走向屠刀，然后躺下……

　　人们清理遗物发现，林叶只剩下一百三十五元钱。张文化把钱拿去，手指蘸唾沫数一遍说："我是她遗产的第一继承人，我替她保管。"他用大钞包小钞叠好放进钱包。他走向林叶火纸盖着的脸，放下几捆冥币说："林叶，在那边买套房子，买辆车，别舍不得花。"

　　蓝可冷眼瞥一眼张文化说，滚开！别假惺惺的。她声音幽婉对林叶说："好妹妹，姐给你房子。"房子是灵屋——红砖砌成的三层欧式小楼，上面耸着小小的天蓝色尖顶，每一层窗格子也涂成天蓝，门廊廊柱漆得雪白，三层走廊里还有绰约美人正在观景，一楼当门立着赳赳武夫，穿着军服，斜挎冲锋枪。

　　黄文永是到云雾岭旅行顺道来参加葬礼的。这地方的神秘色彩，林叶短暂存在的一生，深山的教育现状，以及无法回答的"活命干啥？"让他着迷。这厮想写一篇叫《要命》的小说，等林叶百日祭辰烧给她，就像布罗茨基《悼约翰·邓》一样悼念她。

　　三眼炮轰响，喇叭呜咽，人们抬起灵柩向花山进发。送葬的
队伍前不见头，后不见尾，哭声飘满山谷。

　　坟墓用白色条石砌成，闪着碎银一般的光亮。坟前种了花
儿，春有芍药、牡丹，秋有百合、菊花。那坟土应该有香味。白
色坟墓正好对着妖姑潭，须晴日，能看到潭中房子，美如梦境。

黑山有个白女人

1

前面有了隐隐的亮光。透过发黑的树枝叶，初看红的，细看红得发绿。我酥软的腿骨轻微一响，顷刻脚下生风，身后的背包如翅膀托起我向火光奔去。我下放到黑山的那天，在大队部办过手续，大队会计冷冷地告诉我："趁天没黑你赶到三队去。"我怯怯地问："三队在哪里？"会计阴沉地低下头，摆弄着他那几十颗算盘珠子，不再答理我。我茫然低下头，弯腰出了大队部，往云雾深处走。我的路没走错。问一个过路女人，她遥指浓云密集深锁的最高的一座崖头："你一直往前走，过了乱坟场就到红岩沟，爬过手板岩，登上百步梯就可以看到灯光。那就是黑山三队。你要过九道河，拐九个弯。"我当场汗毛直竖，冷汗溢出。没想到天刚黑尽就见到了苍老昏黄的灯光。绿火淡淡而明亮，一伸手如水的冰凉。左右的绿光在移动，推磨转弯，极像十八罗汉阵。它没有火焰没有热气。一股凉气从我脚底升起，迅速蔓延到全身。这莫非是那女人所说的乱坟场？在这浓密的青枫林里，在枯瘦乱草丛中到处都是坟堆，有的拔地而起，威风逼人；有的枯瘦老朽，藏尽了无穷的鬼气。潮湿阴凉的光把林子映得幽幽可怖。不知在什么地方有阴阴的说话声，像有七七四十九人在同时交谈；侧耳细听，又什么声音也没有。难道这是人们所说的鬼火！我想大叫一声，忽地又被一团梆硬的东西卡住，变成了哀哀的哽咽。一团白色的影子从身后青枫林里探出头，我走它也走，我停它也停，一时高大一时渺小。我的喉咙里终于爆发出一声带哭的呐喊："你是谁？"那团白影又融进了神秘阴冷的林子里……

我不知道自己是怎么到三队去的。反正我醒来已睡在一户人家的床上。一个黑脸汉子手持油灯向我走来。我惊恐地往起爬，那黑脸男人把我按下。他身材高大，脸上的皱纹如叶脉般清晰，额头上有三道粗沟，像三根磨齿。我的胯下发冷，伸手一摸，湿漉漉稀溜溜的，可能是在坟场上吓出的。黑汉吸着滋拉滋拉响的烟管."你是哪里人？"

"我是下放到黑山三队劳动的。"

"呵，你是老黄，我接到你要来的通知了。"听声音既不亲近地不讨厌，平静得如湖水没有一点波澜。

"你来了今晚就在我这住下，我是三队的队长，姓徐。"

"多谢徐队长，你把我搭救了。现在要找个地方睡。"我看清了这是队长的铺，床上有两件花衣服和一个女人的小玩意儿，不用问这是队长和他老婆的铺，我睡在这里怎么好意思？

"你可能被鬼迷住了，口吐白沫，抓起泥巴要往嘴里填，我们分粮食回来看见你倒在路上，就打了几个'反耳巴'，鬼娃子最怕了。"我探起身来。队长说："深更半夜的，队里的人都睡了，你如何能找到地方。你就在这里，我们三个人挤一挤。"

"三个人？"

"我睡中间是铜墙铁壁，我老婆是个本分人，不怕的。"

我笑了，笑得像哭，坚定不移地向起爬。

一个女人的声音从木壁缝里传来："白女人那儿有地方，你去给她说说。"

"白女人家的房子是宽敞，但把你送去……唉……"

起了山风，林涛隐隐传来。木架子屋艰难吱呀几声，是榫头错动深沉的呻吟，楼上几根谷草缓缓下落。队长吮着烟管，默想了一会儿又说："你不能到白女人屋里去。"

我问："她成分高？"

"不是。"

"她不安分？"

"更不是，你以后就知道了。"

女人进来了，很胖，汗湿的头发粘在额头，从床枕边拿了件袄子进灶屋去了。

"睡，她到灶屋去睡了。"

灯灭了，亘古般的夜色从木窗里漫进来。

2

鸡叫声把我唤醒。亮光像从久远的年辰里传来，甚至让我怀疑，这光亮与我住的小城是否在同一蓝天下，是不是同一个太阳照耀。那青色的小城在遥远的青山那一边，雾一般迷茫梦一样遥远了。我的头顶是稀疏的竹楼，竹缝里看去是空空的木架，散乱的茅草。队长不知什么时候起去的，一捆木柴倒在灶门上发出沉重的闷响，听他说天下雨了。果然，屋檐扑扑有声。队长满头水珠进来："今天你收拾一下屋。白女人爱看报纸，你寻几张把仓屋里的鼠洞堵一堵。"

从队长家穿过竹园，过一道三根木棒的小桥就是白女人的家。这块平坝上一共住几户人家。我推开古旧苍灰的木门，喊了声："主人在家吗？"厢房的门口出现了个白皮、白衣、白裤的女人。我说："我是下放到这里劳动的，在你这里讨两张报纸。"她扭身进了厢房，丢下声："听说过，你在堂屋坐着。"

浓雾从大门里涌来，碰撞着竹壁，裂开在墙上报纸的边角窣窣作响。从大门里望出去，乳白色的雾气填满了沟沟壑壑，青色的崖头隐隐约约地现出来，像几座孤岛。

白女人捏了几张报纸出来："够了吗？你的头发打湿了，墙上有手巾擦一擦。"我无话找话，无中生有，"初到深山，什么都觉新鲜，你看，那雾像海洋。"

"你到过海上？"她长长的眼睫毛扬起，眼睛放出许多光圈圈。

"我在海边住过半年，我老婆是渔家女，现在离婚了。"天知道我哪那么絮絮叨叨。她眼里奇光异彩消失了，愁云升起在她白皙的面颊上，苍茫而感伤。她把报纸卷起，放在窗台上。"饭好了，你就在我这里吃，以后有缝缝补补的就找我。嗯？""嗯"拖得很长，像唱歌一样好听。我受宠若惊。

"饭我不吃了，以后少不了麻烦你。"

"读书人就那么多圈圈套套。"她拽着我的衣袖，让我坐下。厢房里很暗，飘来了油盐的香味，我好久没体味到家庭的温馨了。我痴呆地从大门里望出去，她的门前是一坝水田，水田那边是油菜，再远一点是云遮雾绕的山梁了。有只老鹰在山顶盘旋，猛地歪着翅膀消失在脚下的浓雾里，一转眼又钻来直上九霄。不知什么时候，白女人来到我的身后："那老鹰在海里叼鱼呢。"我非常惊讶，这里离海好几千里，她竟知道海，我问："谁告诉你的？"她戚然一笑没有回答，眼里闪着追思蓝色海洋的神秘光芒。牛铃叮叮哐哐地响过，背犁人出现了，沉重的牛蹄印深深地印在地上。白女人清醒过来："吃饭了。"牵牛人进来，手舞起赶牛的细棍呜呜地响。队长也来了："白女人，今天下雨在队屋里筛苞谷。"白女人喊："你们两个也就在这里吃。"赶牛人和队长真的在桌边坐下了。我的饭盛得极满，伸筷子一拨，露出几块肥肉和一个煎鸡蛋。我抬眼去盯队长和那赶牛男人的碗，他们碗里没有。白女人呢，碗里也没有。我顿觉羞愧，忙用鼻梁罩住碗边，生怕他们看见了我饭里的真货。我把肥肉送进嘴里神态自若地品味，眼睛假装瞅着屋梁。队长朝我饭里看时，慌忙忍住，喉咙里咔咔作响。她柔声对我说："大胆吃，我给你泡点汤。"

队屋在队长家屋后，五间瓦房，是村里唯一用白灰抹过的。我住在左边的偏屋里。屋里很黑，潮气极重，麦粒掉在地上生出枯黄的秧。我在队长家铲了柴灰倒在地上，用报纸把鼠洞堵好。队长来左右巡视半日："能住了。"白女人抱了一抱谷草堆在地上："这草我晒过，你垫着，地上潮气大要弄坏身子的。"白女人一出去，队长从门洞里伸出头看了看："她对你很有意思呢。"

我鬼使神差地脸红了："队长调理我，想到哪里去了。"

"什么也瞒不过我的眼睛。呵呵，你实在闷了可以找别的女人陪陪，她你是惹不得的。"

"队长，她到底怎么了？"

"不是，她有病。"

"你怎么知道了？"

"听她……不……别人说的。"

队长的话让我掉进了黑山浓雾里。我怎么也弄不清，白女人一听到海，就流露出牵肠挂肚的思绪，激动不已的怀想，就连我这个曾在海边住过的陌生人，为此受到她的深深关照。队长的话闪烁其词，莫测虚玄，就像草屋顶上的烟缕。

白女人晚上来喊我吃茶。到了她的木门前，我问："见到你们当家的怎么称呼？"

"他没在家，到四川背盐去了。"

夜色深重，能看到她家木窗里放出的发红的灯火。她见我迟疑，轻轻地推一把："我又不吃你，到屋里说会儿话。到这儿一两年，我都快成哑巴了。"

我前脚刚踏进屋里，猛觉头皮一麻，她见我伸手摸头上撞着的地方，弯腰笑了，伸手替我揉，两团温热传到我的背脊："进去，听话，我给你抹点万精油，一会儿就不疼了。"我坚决推辞方才作罢。她穿的是白衣白裤，身上发出淡淡的郁香，让人迷醉。

火塘里燃烧了柴火，灰色的烟雾时而在竹楼上沉浮，时而在墙壁上萦绕。窗外有了雾气掀动草屋顶的声音，接着响起雨声，单调寥落，透露出一股无可奈何的情绪，让人寻想日子久远深沉……

舌形火苗恹恹映照，白女人的头发披在脑后像一匹黑缎。她眼里的火苗也在冉冉飘动，能听到眼里轻微燃烧的哗哗声。我们从黑山边远，谈到过日子的艰难。她的话不快不慢，娓娓诉说自己经受的苦难。我不敢谈论日子的苦涩和不平，也不愿颂扬山青水绿、形势无限的前景。

火塘里的火暗了，她的脸变得昏黄，忽地扬起眉毛："你到过海边，你说说海是什么样的。"

我是内陆人，讨了个海边的姑娘，有幸到过海边。要我描述海，几乎是不可能，只能告诉她海无边无际，深邃蔚蓝，有时惊涛拍岸，有时温柔细腻。海里闪着七色光的贝壳，光滑似玉的大海螺。勇敢浪漫的渔家女，蓝色的海洋边上有时还有迎风的棕榈……

"海里有七七四十九层走马转阁楼吗？"

"海里有楼，谁告诉你的？"

"我在北边镇上读书时，亚红老师告诉我们的。她也说这山上的雾像海洋，还说海底有白房子、红房子，有龙王的宫殿。要从海底到水面，必经过有许多许多教堂的尖塔。海底的人就住在下面呢！"

我想起了丹麦安徒生的《海的女儿》，不过里面没写有龙王的宫殿。她歪着头说："那个写书的人真了不起，还有《卖火柴的小女孩》，至今我还记得清，还有皇帝不穿衣，精光露胯在街上喊口号游行，那篇叫《皇帝的新衣》。"在这高山深谷、云雾深处，有个女人知道安徒生，我惊叹不已。

"你在北边公社读了几年书？"

"读了六年，那几年一直是亚红教我们，班上有个男生就是听了她的故事才硬要当海军的，那海军永远回不来了……"

她睫毛上有了露水，质量渐渐加大，一大滴流出来，后面无数颗紧跟滚滚而下。从她断断续续夹杂着哭声的讲述里知道，她娘家在离黑山十里的云雾溪公社，两年前嫁到这里的。

她的老师亚红是远在天边的姑娘，为了革命目标到云雾溪。亚红来时她刚起蒙进学堂，每天亚红接她过河上学，因为山高水冷，即使在六月也刺骨。亚红过河脚冻成了透明的红萝卜，她噘起小嘴给亚红吹热气，伸出温暖的小手焐亚红冰凉的脚。如果涨水她不能回去，就在亚红那里住，亚红抱着细长的她，给她讲美丽的童话。最好听的、印象深的是海里的红房子、白房子，海底的尖塔，海里的女儿。有个男生住在她家对面，也痴呆地听，久久不肯离去。那男生就是听了那些故事才硬要当海军。后来，学校不学文化了，每天背粪挖地，亚红老师调走了，一去不回头，就再没有见到她，怕是永远也见不到了。

亚红姣好的面容似烟一般地飘忽了……那个痴痴听故事的男生，经常背她过河，她扑在他热烘烘的背上温暖而迷醉，她的一颗女儿心为他跳个不停。有一天背她过去了，转身去为她拿鞋，滑到水里，咽了几口水，打湿衣服冻病了，睡在床上牙齿得得打战。他家盐都吃不起，只能在床上软抵硬扛。她偷了两个鸡蛋卖了，还是不够抓药，她剪掉枯黄的短辫，拿到供销社。那枯黄的头发没人要，他们只收猪鬃和羊毛……那年她才十三岁。

他当兵走的那天，她送他出村口，过了河上了山，下了山又过河，他说："我要你一件东西。"她说："只要你喜欢，什么我都给你。""我要你剪掉的小辫儿。""蠢人，好几年的事情了，那短辫早就失落了。你不早说，我多多地剪一些送给你。"他真后悔没早说，现在一切都晚了，她伸出手拔了一根又一根。他慌忙制止，说："你不心疼我心疼。"他就这样走了，到了远在天涯的地方……

不久他给她寄来了照片，他身穿白色海军服，身后是蓝色海洋。她每晚都要拿出他的照片痴痴地看，痴痴地自言自语。傍晚她站在溪边，呆望溪里流水，轻轻地哼着歌，渗透了牵肠挂肚的思念，绵绵不尽的怀想。她相信这溪水一定会流到他的海洋，保佑他身体安康，习武进步，她的相思像流水一样悠长……

火塘里的柴再次架好，墙壁又开始发亮。泪水没有了，只留几道湿印子时隐时现。

那海军每月给她寄来带海水味发烫的信，还同她商量，等他探家回来，接她到部队做客，还寄来海浪色的确良。按他的描绘，她把自己打扮成渔家女，把山风当海风，把云雾当海洋，高卷裤脚，身穿白色罩衣，晶莹的帽带在山腰、在溪边飘扬。后来，再也没有寄自海边的信了，因为他出海再也没有回来，他埋进了海里。

她的父亲给队里养猪，是个模范饲养员。一头老母猪一窝下了十二个。父亲见母猪身上长了好多虱子，借来队里喷雾器，在母猪身上打药水，结果大猪小猪中毒全部死了。队里开会要赔，算盘珠一响三百多块，不拿钱就抵屋，不抵屋就停粮。她爹悔恨交加，病倒了寻死寻活，她娘眼泪直流，正好有人提亲，愿出四百元，于是她就答应订了亲。那男人就是这土屋的当家人。当家人一根弯上天的扁担，从四川到湖北，从湖北到四川，百斤百里四块二，每天能得八角钱。就这样白女人到了黑山。

火塘里冒出呛人的柴烟。狗开始叫起来，有的像打锣，有的像敲梆。从窗里望去，有几团殷红的火把移过来，还有人的呼唤。夜已很深了，我来黑山短暂，但白女人我已知道得很多了，很多了……

3

上工的铜锣敲起，"噔噔噔"。空空的回声在崖壁上久久地回响。接着传来队长的长声叫喊："今天黑湾挖生地。"

我从梦中惊醒，门被重重地拍打了几声，喊："老黄，你今天也要上工，带点干粮，中午不能回家吃饭。"我独自一人生活，哪来的干粮带，晚上回家再吃，便扛着锄开开门。雾气汹涌澎湃地涌进来，一出屋门头发就打湿了。人在前面走，雾就在后边跟，仿佛永远走不出这雾的海洋。男男女女叫叫喊喊地在山道上走，露水洗白了行人的腿脚。从队屋到黑湾足有五里路。男人背着背篓准备带回一捆干柴，女人背着背篓想扯回一背篓嫩猪草。有人屁股后面挂着一个花布口袋，或许是烧洋芋，或许是苞谷面，不然是玉米面馍。背篓里还有耳锅、弯刀，人一上一下铁器碰撞得叮叮当当响。

黑湾在一片苍茫的森林中。用弯刀斧头放倒一棵树，然后一把火烧掉树木野草，烧过的地一片漆黑，像经过了一场无情的部落战争。队长手挎着一簸篮，在前面撒过苞谷籽，男女劳力便排成一行，叉开两腿，吭哧吭哧地挖起来。这情景让人想起开山始祖，远古的洪荒。

汗水很快从人们的脸上滚下来，不久，他们的头发上、衣服上就冒出了白色的水汽，浓烈如老酒的汁腥味让人窒息。他们好多人的衣服后面都是白花花的盐斑，一动就像能掉下细沫。那衣硬得像铠甲。刚下过雨，泥巴极黏，一锄挖下去黑泥粘在锄板上就难再举起来。折个树棍戳掉泥巴，再举起来狠狠地挖下去。新开垦的荒地树蔸盘根错节，挖起一个葛麻蔸需几十锄、几百锄。烧过的山地上黑灰腾起，弄黑了人们的脸，想在这时分辨男女有些困难了。你就是累死没有队长喊叫，你绝不能坐下，这种没有自由的劳动简直是一种酷刑。雾气罩得铁紧。人们最大的希望就是队长喊歇火。希望并不是明天，明天挖地和背粪是不会变的。背粪更艰难，山下到山上足有两里。背兜里装上七八十斤猪粪或牛粪，粪水顺着背脊往下流……

我的手上有了几个玉米花大的血泡。我能听到肌肉收缩的咝咝声，骨头错动的咔嚓声，真是苦透了，没有希望了。猛地，有人唱起了山歌：

　　　情妹生得白，白如苎麻叶。
　　　挨着情妹站，当成干大饭。

于是麻木的山民脸上有了点表情，有了点笑声。确实在这种时候女人是干大饭啊！

山火燃起，是吃午饭的时候了。三块石头支口耳锅；树枝上葛藤吊口吊锅，十几股青烟直升灰蒙蒙的天空。我没带饭，这时肠胃叫唤，实在有点抵不住。只觉后面有人轻轻一推，回头一看，身后站着白女人。她从背后变魔术似的拿出火烧的麦面馍。我不敢接。她郑重地拍到我手里，说："叫你吃你就吃，这是专门给你准备的呢。"她努努嘴，示意我莫叫众人看见了，"一个馍分不够，你跟我走。"我只好接了，拨开挡路的树枝叶，跟着她到了个远离人群的岩屋里。

灰白色的雾气扭曲奔涌，盖住了山地河沟黑绿的树木，天色顿时暗了好几分，浓雾被山风吹成细雨，千丝万缕点点滴滴。岩屋矮小，仅能容下我们两人，我能感到她身上的热气，能听到她细微的呼吸声。我吃了一小块，麦面极甜，证明是生过秧的麦子磨的面。

"你慢慢吃，我们就在这岩洞里避雨，狂风暴雨都淋不湿。"雨在加大，崖檐上在开始流水了。

大约下午一点钟。

有块巨大的雾团缓缓地盖过来，像一股巨大的黑水，人像沉入了海底。远处看不见了，近处模糊了，远远近近一片混沌。终于什么也看不见了，黑得像锅底，近在咫尺的白女人都被黑布隔开。白女人拉住我的手："我怕我怕，你挨拢点儿，你过来点儿……"树林那边燃起了冲天火光，顷刻又被浓浊的雾遮住了。林涛喧起，能听到树木折断的声响。那边有人喊："黑天了——黑天了——"接着铜锣、铁锅敲起，叮叮哐哐，人们在用一切声响，乞求天亮。白女人倒显得格外开朗："黑天，你永远黑，这日子我受够了！黄哥，我心里是苦海呀！"在这黑沉沉的时刻，什么也不能做，只好和她胡聊。我不爱诉说自己的经历，喜欢听别人的。她喜欢絮絮叨叨。

她嫁到黑山时，是村里人打着响器锣鼓迎过来的。人们说她样子长得乖，日后能生个漂亮崽。出工时队长派她松活事，她在娘屋念过书，一队人推选她当记工员，据队长说准备提升她当会计。

男人们都想挨着她干活，一旦挨着便干得热火朝天。

高山深谷，百姓草民，每天烧荒、挖地、锄草，穷苦自不必说。光看看昨天女人裤子今天穿到男人身上，半草半食的稀饭就知道日子是苦透了，没有任何希望了，男人们便苦中寻乐。原先三队有副扑克牌，后来"大王"死了，"小王"也受了伤，好久好久也没再买到。唯一的精神享受就是唱骚歌逗女人。几首山歌下来，就有个八九不离十了。

我很纳闷，山歌有那么大的魅力吗？便问她，她说以后你就知道。家花不如野花香，不爱家鸡爱野鸡，这是一条铁打的规律，是男人们遗传的本能。哪怕自己的婆娘比别人的女人乖！人家都穷乐，一个人不干反而显得脱离群众，跟不上本地的形势而被人瞧不起："屎用，女人都弄不到一个。"谁的野婆娘最多，就证明谁最有本事。自然，白女人到来后，成了好些男人争先恐后猎取的目标。因为谁先弄到她就证明谁最有能耐，最有办法呀！开始她混沌，只晓得男人们喜欢挨着自己站，唱些骚里骚气挨皮挨肉的歌，她自然不搭理，羞红脸低下头。人们说她骄傲、清高，有几个女人也不理她了。她发现恰好男人不在家时，晚上借东西没事找事到家里的人多。她不敢轻易开门，知道好些男人在对她用心。隔三岔五，屋后的竹园里在一更天有男人拿腔捏调唱山歌：

山风起哟月西斜，印花薄被睡不热。

倒穿草鞋来寻姐，你的小脚冷如铁，

放存我胸口我焐热……

一遍又一遍，反复吟叹，闹得她不敢睡。第二天上工时，眼睛里还有许多血丝。自己的男人回来，她要他在竹园里安个"老虎夹子"，吓吓那些骚狗子，人没夹着，一只狗踩动了机关，一时成了黑山笑谈……

后园里山歌没有了，渐渐地，无人再登门。

村里人说："堂屋打井，万事不求人。"声音恶狠狠的。歇火时，一个人有玉米花，男女劳力都能有几颗，唯有她一粒没有。她只好装猫儿狗儿，默默地干活，闷闷地歇火。人们唱着骂着，笑声四起之时，她便呆望远方雾沉沉的山、山上独独的树、天上死死的云。这时她准会想起在海里未归的军人，心中默念他的名字。有谁知道她的脑海里悠悠驶过巨大的军舰、海底的尖塔，接着又是红帆船，还有一点一片的白帆。不觉中热泪肆涌，这热泪也流在有太阳或下雨的夜晚，时而还伴随着轻轻呼唤……

男人们很失望，无人再缠她。这时她染上了一种奇痒无比的疮。她男人外出背盐，染上了当时四处流行的疥疮。她的疮是从男人身上传来的。那疮好凶狠。说来奇怪，专在见不得人的地方生长旺盛。她背过人狠命地抓，白皮上留下一道道血红的条纹。吃不得葡萄说葡萄酸，这思想根深蒂固，三条牯牛也拉不转，坚若磐石钻子打不穿。有人见她脸上、手上的红疗疗，背地说那是

"杨梅疮"。哪个男人一挨上，官药草药诊不断根。一传二，二传四，渐渐成了定论。裤裆里的黄泥是大便，千言万语说不清……村里人的白眼她受够了。于是她轻轻地说："黄哥，你假装和我好行吗？嗯？行吗，你说话。我要找也要找个我喜欢的……神差鬼使，你一来我就喜欢你。答应我……"

该说的说完了。我们都在黑暗里睁大眼睛等待天明。黑色的岩屋、洞穴、繁茂森林后面的陡坡，陡坡上孤零零的哨壁，就像闭眼死神，藏匿着杀气。一切都死气沉沉的，又似乎天翻地陷般不安。管它五雷轰顶，起山火发地震，这些我们不能左右，一切听天由命。倦意上来，昏昏迷迷，魂不守舍又长眠不醒。

不知过了好长时间，像几天几夜那么漫长，又像半天几个时辰那么短暂，天上有了隐隐的亮光，雾气蠕动，田野树木露出来。铁锅弯刀有节奏地敲起，这是山民在迎接光明。欢呼之后，我们都想起长时间在黑暗中煎熬，没进食物茶水，站起来都十分艰难。于是人们互相扶着，缓缓地走下山……有个难题难住了记工员，这工分不知怎么记，是一天还是好几天？队长也说不准，男男女女吵吵嚷嚷，终于没得出结论。第二天队长派记工员到山下去寻找时间。

4

日子依着黑黑的山崖流淌。黑山时时被山雾遮盖，又朝朝暮暮地现出来……

后面苞谷刚种完，前面地里的草又长起来。队长在公社开了会，说上面要组织大检查，十天内不薅完头道草，要队长到公社反省检讨。

队长每天到各家各户千呼万唤，劳力还是上不齐。山上劳动的人们像大病一场刚起床，没有阳气、没有精神，好几天过去了，地还只锄了一点点。黑山像是已经睡去，任队长呐喊，公鸡的鸣叫也不曾把它唤醒。

大山肚子里的黑山，天黑得比别处早。人们还没来得及吃夜饭，队长站在山梁上敲响了铜锣，锣声在崖壁引起空空的回音。晚雾从小河沟里升起，几团红白的火把移向队屋。

队屋的梁上吊着盏油灯，伸出五只角，每只角上结一点红火，照得灰色墙壁花花糊糊，红红白白的明亮。人未到齐，先来的男女正在打闹、狂笑、浪骂，好远都听到。几个女人扒掉一个男人的裤子，立刻露出一个丑陋不堪的老黑怪。于是笑声轰击屋檐。立刻，人们像路边的小草吸足了露水，浑身生气盎然，一天的艰苦劳作得到了报偿。

我在一个阴影浓重的老朽木柱旁坐下，静观这里发生的惊心动魄的一幕。年轻姑娘不敢看，叉开十指留些空隙遮住眼，嗤啦嗤啦地笑出些小声。白女人来了，有人喊"白，帮我按住这个骚公鸡头子"，那男人脸色变得难看。白女人悲悲戚戚地往阴影里走。她到了我身旁，拽拽衣角坐下。

开会了，尽是芝麻绿豆、陈谷烂米之事。队长好口才，洋洋洒洒说到月亮隐没。他老家是四川巫溪人，开会时日妈老子连珠带炮，流水般不能息。有人抗议："你不准称老子。"

他诚恳道歉:"老子下次不称老子了。"

"你又骂。"

"日他妈坚决改正,乘胜前进。"

夜的凉气上来,我裹紧衣衫闭上眼,队长的话遥远而模糊。忽觉得耳朵里奇痒难受,伸手去剜,摸到了一根长头发。睁眼四下观望,白女人托着下巴,目不斜视地望着前方。正纳闷,她噗地笑出来:"快醒醒,队长在布置活路了。"这一调皮的举动使我分外感动。

"头道草比苗还深,不薅出来日他妈吃屎!明天起,男女老少齐上阵,打锣鼓薅草。这是不是办法的办法,穷乐嘛。趁月亮没下山,大家回家睡觉。"

这是我到黑山来遇到的第一个如水的月夜。

我没到黑山时就听说大山里有敲锣打鼓劳动的风俗,但不知底细,便向白女人请教。她笑笑:"明天你挨着我站,我细细给你说。"我说:"明天我就知道了。"她说:"那你今晚到我屋里去,我就告诉你。我不闩门。"

队长过来了,喊:"老黄,我单独找你谈一件事。到厕所里讲。"队长的神秘把我弄得惶惶的,不知有什么恶果在等我。

队长了不起,一泡尿细水长流用了分把钟,他边尿边说:"你和白女人黏得厉害,是自取灭亡嘛!"我吓得舌头僵硬,脸上一定变了颜色。"你还年轻,将来还讨老婆生娃崽。她身上有毒能传染,队里的男人都怕她。"

我说:"她那是疥疮,不是杨梅疮。"

"那你也要注意！你跟普通社员不同。"

第二天鸡叫三遍，锣鼓在山地上敲起，惊散了山雀野鸡，催得露水下落。锣鼓停下来好久，雾气里还有金属声，山沟崖壁都是音响。开工时锣鼓打得密集，听不出一点旋律。身临其境，使人产生劳动的悲壮感。使人想起远古时代战鼓催促将士冲杀、经受死亡。

天大亮时锣鼓正式开始，锣鼓敲打有了节奏和旋律："咚咚哐咚咚咚哐，咚哐咚哐咚咚哐。"

锣鼓紧紧筛，闲言且丢开。
听我唱一首祝英台，山伯访友来。

两名锣鼓匠站在地头。一阵锣鼓之后，唱四句歌。黑压压的一排男女，一会儿缓缓向左，一会儿急速向右。锣声鼓声，锄头的碰击声响成一片，奏出一支宏大的交响曲。人们从歌里找到了安慰，忘了劳动的艰辛。

欲问英台哪里住，前去五里路。
门前一棵松柏树，就是祝家屋……

随着锣鼓匠的领唱，锄地的男女也小声地跟着哼唱。有几个老头也张开乌洞洞的嘴，吐出一串串苍老的声音。这块沉睡多年的土地有了几线生气和活力。他们满怀深情地歌唱，歌唱他们祖祖辈辈经受的苦难。他们的眼里饱含着泪水。

到了下午是这场锣鼓的高潮，这时锣鼓匠停止了他们滔滔不绝的《山伯访友》《张四姐大闹东京》《乌金记》，开始了男女老少的大合唱、二重唱。男声粗大浑莽，尾音还颤抖不已。

　　　情妹生得乖，五更把门开。
　　　我把草鞋倒穿起，就是神仙也难猜。

女人挨了骂，用带有野性的嗓音还起嘴来：

　　　五更把门开，进来一妖怪。
　　　锄头脑壳打死你，锄头尖尖挖坑埋。

一首又一首，歌在口锄在手，身后的土灰扬得很高。

白女人这天似乎兴致极好，受他人的感染，轻轻地哼唱，歌词听不清，凭旋律我知道那是一支情歌。她的嗓音圆润，声音清亮透明，使人想起清风和明月。歌唱罢，她抬头问："海上人喜欢什么歌，你唱一首我听听。"这是赶旱鸭子上树，我从来不唱歌，嗓子粗得像牯牛，吼出来准会吓人一跳。

"你唱一首我听听嘛。"

我想起了一首拿波里民歌，叫《失去的心》。是我非常喜欢的，我是从一本什么书上抄下来，背会，准备写情书用上的，至今仍记得清清楚楚。想起这首民歌我是那样激动，它是显示我有水平的看家功夫。管他什么场合我都喜欢拿出来炫耀于人。当然，白女人要我唱，我求之不得，把这首歌亮出来，何况这天我的兴致极好，便说：“我背一首歌词给你听行不行？”她停住锄：“行！”

　　在孤独的痛苦中
　　我听见海浪的声音，
　　在海滩深深的沙里
　　我失去了我的心。

　　我悲伤地问道：
　　“你看见了我的心吗？”
　　船夫对我回答说：
　　“去问问你的爱人吧！”

我问：“好不好听？”她说：“好听好听。”我说：“还有呢。”“还有？你背完。”

　　亲爱的，我这样说，
　　求你可怜可怜我！
　　我一颗心也没有了
　　你却有两颗！
　　你永远是我的，

离别时不要忘记我。

我把心给你，

请你把心给我

后面几句被队长娘子领头唱的一支热得发烫的骚歌干扰，白女人很恼火："鬼叫！"

队长娘子是只母老虎，在队里仗着男人是一手遮天的角色。瞪眼道："呦——找了个口袋里挂水笔的，尾巴翘上天了啊！"

"找了又怎么样？"

我慌忙低头，恨不得钻到地里去。

"也不怕中毒！"

"谁中毒？总不像你那么破。"

"谁破？你说不说！"队长娘子放下手中的锄头，跳过来抓住白女人的领口，"来，让众人看看你的梅毒！"

"谁梅毒？你个破货！"

"老娘要治治你。"队长娘子啪啪几耳光打在白女人的鼻子上，顿时，白女人的鼻血涌流，鲜血滴在黄土上，滴在锄把上……

白女人哪是队长娘子的对手，不敢还手，慌忙蹲下来，扯了几片艾蒿叶填住鼻孔。人们停住锄看热闹，像看电影、猴戏，眼珠不能转动了，过了好久，才又响起铲草声。过了一顿饭工夫，队长没见白女人上工，喊记工员："白女人无故旷工，扣三分工。"

5

锄罢草，我病了。一摊散肉放倒在床上，盖两床铺盖，时而冷得筛糠，时而烧得像火，得的可能是疟疾。队上的人好像把我忘了，一直无人探望。晚上终于响起了敲门声，不辨人的影和形。我使劲撑起，点燃油灯，来人是白女人，手端一个大土碗，来到床边："艾蒿水，土方也许中点用。"

我喊："白妹子，你坐呀！"

"哪有板凳，不怕我传染了你？"我知道她在生我的气。

今晚我好孤独，孤独成了有形状、有体积的怪物在心脏里涌动，于是我请她坐在木床上。我喝罢药，她从口袋里掏出一砣冰糖，衔到她自己的嘴里："想吃吗？"

我伸手去取。

她扭转头："不行不行，你没长嘴！艾蒿水好苦，你抿一点压压苦味……"

我低头不语，她从口袋里取出一颗更大的，塞到我嘴里，骂："胆小鬼，没有一点男人气。"

我忽然觉得浑身发冷，凉气逼人，牙齿得得打战。我请白女人："你回吧，我要好好睡，身上冷得要结冰了。"

"唉……"

外面又起了山风，不知要折断几多枝叶。油灯昏黄跳荡，把人的影子扭曲成怪状。院外的狗叫起来，像打锣、像敲梆，从窗户里看出去有几点火把的红光，顿时我心脏要跳出喉咙，本来冰冷的身子热气逼人。我和她这样在一起，人家发现了怎么说得清？清清白白有谁信。我小声喊："你快走，人来了！"

"身正不怕影子歪。"

"我们的影已经歪了。我渴得要命，你到水井给我端碗水。"她听说我想喝水，慌忙起身到了门边。我叫她："我怕风，你拿凳子把门抵上。"

水井离屋有三百多步，当我听不到脚步声时，我忍痛爬起，用一根圆木抵在门背，估计外面推不动又发现不了时才回床睡下。

她很快回来了。几声门响，她没推动门。

白女人在门边好久没动，无声地转身走了，她的土碗放在门槛上。

我的头脑发涨。我这是干什么？利用我到过海边，轻巧地获得了她对我的信任；利用她来解除我内心的寂寞和孤独？她要在我身上寄托昔日的梦，我能给她什么？我不能与她结婚，也不能帮她找回失去的往昔。我把被子搂在怀里又揪又扯，恨不得把心脏也抠出来，揉碎……

6

黑山是浓云密雾常驻的地方，野猪、黑熊特别多，经常蹿到庄稼地里袭击庄稼。秋熟之时，如何对待野猪、黑熊成了黑山民生活中的一件大事。每块苞谷地里用木棍撑　个三角架，上面盖着茅草竹叶，供晚上守夜人住。守夜极苦，日落黄昏之后带被子、凉水、土枪、竹梆或铜锣，进了野猪棚并不敢睡，每隔十到十五分钟要打铜锣、敲竹梆，还要声嘶力竭地吼叫。守夜每晚可得三分工，若有闪失，野猪黑熊糟害了苞谷，扣除工分自不必说，还要赔偿损失。因此村里人都怕守野猪。队里为此立了一个规矩，每家守一个野猪棚。

我到黑山是自立烟火，也要算一户人家。我的野猪棚从队屋上山有三里路，在一座黑黑的崖头下，在一片密密的苞谷林之上。

梆声敲起来了。我的左右一共有八个野猪棚。八个棚里的梆声、锣声、筒声、吼声，远远近近山喊谷应，个个不同。我从喊叫的声音里听出了白女人的嗓音。是的，她家的男人外出，她不上山谁上山？

最近我们极少往来。端药之后，她总是避开我。我有天在路上遇见她，我问："白妹，还在生我的气？"

她答："人有脸，树有皮。我把心肝挖给你，你还说有腥气！"扭转身就走。

一个细雨蒙蒙的夜晚，我打锣敲了梆，爬上竹床就睡着了。一觉醒来，一大团黑乎乎的东西蹲在火坑边烤火，两只大眼睛绿莹莹的。我仔细一看，是一只黑熊！喊不敢喊，逃不能逃。吓得我不敢出气，扯着被角蒙住头，从被子缝里看出去，那家伙根本没有走的意思。如果它发现了竹床上的我不把我撕成几块才怪。我鼓足勇气，从枕下摸出我借来的火枪，从被子里伸出去，瞄准熊的胸膛，抖抖地扣动扳机，一团火光一闪，那熊长吼一声，猛地腾跳起来，拔起了木棚里的柱子，木棚轰然倒下，黑熊被压在里面了，又一声怪叫，挣扎起来，逃到了苞谷林下面的林子里。我的竹床被压垮，我命大，身子在空隙里。火光腾起。原来是塌下的野猪棚被火塘里的火点燃了。我慌忙地扯掉被子扔下苞谷林，没有水没有树枝，只好让火熊熊燃烧……

有支火把向我移来，近了才发现，来了三个守夜人。他们说是听到我这里枪响，又看到棚子燃了赶来的。棚子烧了，黑熊跑了，他们站在还在燃烧的大火旁叹息几声，打着火把回他们的窝棚去了。

我感到一种从来没有过的孤独，在这茫茫的大山之中，在黑黑的玉米林里，我一个家远在千里的外乡人，任凉风吹着我的面颊，任火光照着我的泪滴，这以后的野猪怎么守？还有大半夜投宿在哪里？我一下子扑倒在苞谷林里……

我很想来一个人，和我说一会儿话，安慰我痛苦的心。我的头脑里出现了个身穿白衣的影子，白皙的皮肤，柔软的头发，明亮的眼睛，这些局部组成到一起时，我认出了这是白女人！这让我吃了一惊，原来我是那样地离不开她。在土屋里、在岩屋里、在山坡上的都是她！但今晚棚子失火，黑熊差点把我吃了，她为什么不来？当我无意识抬头四望时，天哪，她却站在一块灰黑的巨石旁。

"你是什么时候过来的？为什么不喊叫一声。"

"我听到枪响就往你这边跑，到这儿的时候棚子都燃得要完了。我就站在石头旁看着你，怕你发火，不敢来打扰你。"

"我要不看见你，你准备走？"

"不，我会站在这里陪着你。"

"你是个好妹妹。"

"那你喊我一声。"

"白妹妹。"

"黄哥哥。"

我应了。她的眼里也有泪水，是为我流下的。"你看你的脸流血了，让我给你擦一擦。啊，手也出血了。"

这时我感到手指胀痛，一摸有根竹签子刺进肉里。肯定是在抢被子时戳进的。

"来来来，我给你把毒汁拔出来，不然中毒会流脓的。"她拉起我的手，张开嘴唇，柔软的舌头贴着我的伤口，轻轻地吮着。

"黄哥，那个到四川挑盐的昨晚回来了。"

"呵，那他晚上怎么不来守野猪？"

"我怕他，他来我就不敢来了。他昨晚从四川回来，喝得醉醺醺的，满嘴酒气，我说他喝多了。他就抓住我的头发。我推他一把，他就发酒疯把我往死处打。我要和他离婚，他说只要有钱，黄花闺女他再买几个不成问题。"

"他同意了？"

"他说只要我娘家拿得出四百元钱，他就同意和我到公社办手续，再讨个黄花闺女。"

"他估计你拿不出四百元，莫信他的。"

"不，有钱他能讨个黄花闺女是真的。他说他恨死了我，酸里酸气的。"

夜风裹着凉气吹来，我感到浑身发冷。我说："白妹，你回去，明天还要上工，我也要找个地方睡了。"

"让你一个人在这里我是不会放心的。你喊我妹妹了，我就像对亲哥哥一样地围着你……"

"我送你回野猪棚。我这里有被子能过夜的。"

"以前都是我不好……"

"我送你，这山上有鬼气。"

"我不怕，鬼来了我打死它。"

我笑了："鬼打死了是什么东西？"

"鬼死了是人啊。"她走了，又回过头来，过了好久才进了密密的苞谷林里。

7

我的野猪棚火烧之后，又很快搭起来了。

夜晚我独自一人在这黑山深处，烧着山火敲着竹梆，耳听四周守夜人的铜锣，古歌和各种野兽的叫唤，觉得很新鲜、很淡泊，但过了几夜，心里就烦躁不安，寂寞难耐。开始无休止地回忆，回忆幸福、回忆苦难、回忆自己所做的丑事，时面脸红，时而心跳。我所熟悉的人物款款向我走来……我那已离婚的女人，也来到我野猪棚里，她温驯地扑在我怀里，听我的心跳，听我的絮语，一转眼又露出了凶狠的两颗虎牙，瞪我一眼又到了遥远的青山那一边。有一个女人，时时在我熟悉的人物中间穿插，驱不散，赶不走——她就是白女人。我着实吃了一惊，她是有夫之妇，却时时出现在我头脑里，我知道我这是罪过。慢慢地，我想通了，又开始安慰自己，以前我们之间是复杂的原因形成的荒诞戏。自那日野猪棚失火，她叫我黄哥哥，我们之间就不一样了，是一种兄妹之谊。

我便把眼睛转向远方，对面是层层叠叠的山峦，有几朵白云挂在山峰上。远处的山黝黑，稍远是铁灰的，最后变成一抹幽蓝……天知道那幽蓝处是什么？越看这些景物，心里就越不安，有些什么骚动不安的东西在心头涌动。在这样的夜晚、这样的时候，我想和自己吵架，与自己打架，和影子谈话，原来孤独寂寞和饥饿一样可怕。我想找一件什么发泄一下，我到火堆旁，拿出一个柴火头向前扔去，那柴火头在空中划出一道金色的弧线，坠入密密的苞谷林里，火星惶然四溅，又倏地熄灭。远处的竹梆、铜锣、古歌暂时止息，山地一片空旷。这还不够，我又摸出火枪，枪响之后，有人喊："老黄，又出了什么事？"声音在山崖间来回回荡，久久回荡。我懒得搭理。苞谷地里又是一片死寂……

有脚步声在棚外边轻轻响起，我慌忙走出棚外，又什么也没有，只有夜风吹动的玉米叶在短促出击。我在期待什么，我在等待什么人，没有等到，我喉咙里滚出了一声沉重的叹息，正准备回棚里。

"沙沙沙"是人的脚步声，我急不可待地喊："哪一个？"

"是我，黄哥哥，我怕你遇到麻烦，听到枪响赶来的。"

我把握不住自己，脚步不听使唤地向前走，我没有意识到这是在迎接她。

"好几天没见到你了。"我的话故意有点火气。

"黄哥哥,对不起,我有好几天没来看你。"她往前走,脚步不稳,差一点儿倒下了地。我扶起她,问:"你是咋搞的?"她不答,月光下我看到了她的眼角挂着泪滴。

"你又在流泪,你太软弱了,白妹。"

"我软弱?你看我的腿。"她说着,我把她扶到棚里。她坐在竹床上,我点燃松明。

"黄哥,你忘记了,我的腿。"

在松明照耀下,她的腿红肿透明,还有几处皮在腿上悬着。她叫我:"你给我摸一摸。"

"你要包药,最好是草药。"我说。

"你的手也是药,摸一下就不疼了。"

她的腿热得烫手。她拉住了我的手在红肿处摸着说:"我是没有脸来见你的。"

"到底为什么?"

"我不会给你说。"

"你把我喊哥哥,什么都不该隐瞒我。"

"那我给你说,你千万莫难过。"

我说:"不会的,有什么你照直说。"

"那个挑盐的从四川到湖北的盐道上有三四个窝。这一次挑一担山货去找野女人,晚上那女人的男人回来了,用绳子捆了又拿凉水泼,然后问他是要山货还是要命?他当然是要命。那担山货值七八百，原来的几个钱赔个精光还差三四百。公家催得紧，他要拆屋卖猪，我拦他，他就用扁担把我往死处打，逼问我……"

"逼问你什么？"

"逼问我和你……"

"我现在和你是兄妹关系。"

"他要你拿出钱，不然一枪崩了你……"

我不寒而栗。

"黄哥，你莫怕，我到阴间也不会连累你。我没法和他在一起，他是用钱把我买过来的，我还了他的钱，就是死也要和他离。"

……

"黄哥，我让你生了气，我们可能是最后在一起。"

我猛觉心中酸酸的："是的，最好最后在一起。"

"你帮我抓抓背，我求你……上一点儿、下一点儿、前一点儿、左一点儿、右一点儿……"她的喉咙里一片呢喃呓语。

我骨化如泥，迅速拿过竹筒，喝了口凉水，我听到了我心里灭火的嗞嗞声，嘴里好像冒出了股白烟。她的双臂缠住我脖子，她张开了月季花苞似的嘴，热气扑在我的脸上。我差点跌倒，又开始自我安慰。如果她与挑盐人离婚了，我就在黑山也是幸福的。她与男人要离并不是我引起的。

为了讨她欢心，我讲起非洲的金黄海岸和白得刺眼的海滩，高耸的海岬和褐色的大山。这是我从一本地理杂志里学来的。

"非洲太远，你说近点的。"

"海边有海潮的怒吼，有小船穿梭来去，从海上有时看到崛起白茫茫的岛顶。海上带虹彩的气泡很美丽，然而是极其虚幻的东西……深邃蔚蓝里有时映出光柱，辉煌无比……"

对于一个没见过海的女人谈海是太容易，胡编乱造都有理。

"海海海，你让我看到了海，黄哥你信吗？"她的眼角挂着两滴泪水，有一滴滚进了她的嘴里。我告诉她："海水也是苦的、咸的。"

8

挑盐人在门前霍霍地磨着把大刀，见人就说："要杀人，像杀猪一样地杀人。"我从他们前过，他用血红的大眼瞪我。我吓得不敢抬头。晚上我怕出事，早早地进了野猪棚。

一更天，棚外有人喊："老黄，你出来，有种的站出来。"

我慌忙起来，披上衣服走出野猪棚。我的面前立着一条壮汉，手里握着把杀猪刀，刀磨得雪亮，在月光下闪着寒光。"你想我老婆？"

"大哥，我们是兄妹关系。"

"我要把你的耳朵割下来喝酒。老子一看你就不是正经货。她前一个男人在海上死尸了，你就用'五湖四海'来勾引我老婆。"

"我们在一起是真的，但绝对是正正经经的。"

"你赔老子四百元的损失费，挑盐人四海为家什么狠人都见过，不然我就把你两个……"他把刀子在空中舞几下。我吓得浑身直哆嗦。

"明天我到你这儿来取钱。"那壮汉收起杀猪刀，进入了苞谷林里一声长吼，"走！"我抬眼一看，他从一块巨石旁拉出一个人来，好像还绑着。

我完蛋了。四百元的损失费，我哪有四百块？！没有钱，我说不定就被一枪崩了、一刀杀了。我是下放劳动的，到这里几个月都干了些什么？我的眼前一道血红的条纹，条纹间飘动着金色圈圈，一眨眼金圈碎了，有它破碎的巨大声响。我想回忆我到底做了些什么，但又像喝了孟婆汤。金圈变成银白，白圈变瘪，有了头发，有了眼睛，又是她！"是你害了我，是你害了我！"她脸上的颜色渐渐加深，一时成了个黑女人，眼光使人讨厌。我惊恐地从竹床上立起，喊道："一切都滚你妈的蛋！"摆在我前面的路只有两条：一是彻底断绝与她的往来；二是拿出钱来娶她，只要拿得出钱，他男人是会同意离婚的，但这不可能！我从内心喜欢她只有那么几个刹那！我仿佛死了，又到了青枫林里，坟场里的鬼火向我移来，火堆旁走出双手合十的老僧，长发拖地的老道，一个人面兽身的怪胎，张开乌洞洞的嘴，成为一个巨大的黑洞，洞里吹出一股黑风，我被吸进了黑洞里，我狂叫，伸出手要人来搭救我，我面前有了个白色的影子："黄哥——"不不不，你把我害苦了。我不要你搭救！白影飘走了。这里太可怕了，一刻都受不了，索性再死一次，我使劲地掐住脖子……是什么东西在"哐哐"作响？是铜锣，睁眼一看，天已大亮了。从现在开始到晚上还有十几个小时，我不知该到哪里。

我刚回到队屋，有人唤我，抬眼一看，面前站着两个背枪的民兵。民兵排长手里拿着棕绳，他声音极严厉："老黄，公社通知你去一趟。"虽然没绑我，但两个背枪的人一前一后寸步不肯放松我，招引全队的人朝我看。我不便打听，只顾低头朝前走。

到了公社，民兵把我带到一间潮湿阴冷的屋子里，过了一会儿，来了个戴白帽的人，拿凶狠的眼把我瞪了个半死，在我背后狠狠地踢了一脚："狗东西，站好！"我身子一歪，背后又擂一拳。这时我听到民兵排长喊："宋所长，白女人喊你去一下。"宋所长扫了眼排长："现在不行。"他坐在前面的木凳上，打开笔记本，说："你是怎样勾搭上白女人的，说！"我慌忙低下头。"不说拿绳子来。"我悲悲戚戚地说："所长，你仔细调查，我只是认得她！"

"你个驴日的不老实，排长给我捆。"

两个民兵拉过我的手，绳子勒进了肉里，骨头咯噔一响，心里有股黑血涌出了喉咙，房屋围着我转。这种痛苦我一刻也受不了，连忙说："所长，我说我说。"

"好，松开他。"宋所长下了命令，打开他的笔记本，说，"从你认识到睡到一铺细细地坦白。"

"我可没和她……"

"一松绑你又变了卦？！"

"我到黑山的第一天到她家取报纸在她家吃饭，她知道我在海边住过，于是对我有好感。"

"胡扯，她怎么会想到什么海？"

"因为她当姑娘时和一个当海军的人定了亲，那海军邀她到部队去……后来那海军牺牲了，她的愿望没实现。"

"还有什么？"

"白女人关心我，我不适应环境空虚寂寞。"

"我要你说你们是怎样同床共枕的！"

"所长，你让我编吗？"

"你不老实，白女人都已交代了。老实告诉你，昨晚他男人非法捆她，从野猪棚闯回家里，被检查工作的宋书记发现了，昨晚就把他他们两口带到公社，我们连夜就审问了。她要与她男人离婚，她男人就告了你……你到底交不交代……来人！"

听说来人，我浑身的骨头都酥了，编就编，好汉不吃眼前亏。

"我说我说，那晚她来喊我，我们……"

9

我在黑山公社交代问题，下苦力劳动半个月放回黑山。白女人还没放回来，我们在公社时是隔离审查。

过了几天，我听公社下队来的秘书对我说，白女人在公社死也不承认，后来所长把你的交代念给她听，她还是不承认，说公社在诈她。只是闹着要离婚。最后把你的检讨拿出来让她看，看完了，她就怪笑，像是得了神经病，笑够了，她就承认了，说她找你，责任全在她，开始你没应。公社考虑到是她找的你，所以先把你放了。

白女人终于回来了，见人就傻笑，披散着头发，脸色变得很脏很黑……到处乱跑，晚上不回家。有天晚竟跑到了乱坟场。几个女人结伴去找，一个年轻女人当场被一团白色影子吓晕死过去。消息迅速传到村里，队长率领全队年轻男人，拿着火枪、雷管去坟场打鬼。火枪响了，土炮轰鸣，坟场硝烟四起。民兵排长不小心，雷管炸了右手，血溅一地，人们喊："鬼、鬼、鬼。"

鬼战胜了人，排长鲜血淋淋，村里有人哭泣。

公社知道这件事非常生气。宋所长吼："黑山出了鬼。"于是公社派来四人工作组，到黑山三队搞清理。白女人和我每个都被叫去，没完没了。听说白女人又变了卦，说我与她没关系，她有杨梅疮，根本不能性交。宋所长说那女人疯了。剩下的就是我的问题。为了配合中心工作，黑山的文艺宣传队自编了文艺节目，十一到公社调演。黑山宣传队的三句半《黑山有个白女人》竟得了奖。我被强制去看了。我听了几段就昏了过去。

四个演员全是农民，甲打锣、乙擂鼓、丙拍钗、丁敲勾锣。

甲：黑山有个白女人

乙：每天晚上不关门

丙：带着杨梅疮上阵

丁：偷人

合：对，偷人！

咚喤咚喤咚咚喤

黑山有个白女人

勾引男人"黄世仁"

挖地锄草不安心……

过了两天，下了场大雨，山都下黑了。河里的水吼声很大，很远很远都能听到。白女人这天穿上白衣白裤，头发梳得很整齐。我心里咯噔一响，立刻明白了她是去做什么，就不顾一切了，悄悄地跟在她后面。翻了山，过了沟，终于到了河边。果然白女人直奔那块巨石，我飞快地跑过去，她像一片树叶飘进了河里。

我终于把她救上来，放在沙滩上，她的身子像一片白色羽毛。我把她肚里的水倒出来，进行了人工呼吸，过了很长，她艰难地说出了："我这是到好地方……去，你为什么又把我弄上来……你走……你走……"

10

我真的走了，走得那样匆忙。

白女人跳河之后，我被押送到县里。关了两个月，忽然通知我到远离八百里的乌山县报到。尽管要走那样远，还是没走脱专区界线，确切些说还是本地区内的调动。

日子如水流淌，其间发生了许多事情，使人难以置信。反正乌山县古旧苍灰的街道上立起了不少高楼，街道白天变得拥挤，晚上从各个窗口流出的噪声般的音乐，音乐般的噪声把青灰的小城闹得颤抖。我辨不清黑山在乌山县的哪方，离开它有了多长时间，今夕是何年，有时我甚至怀疑我到那地方是不是梦幻。清晰时我思想，我怕是再也不会回到那地方了。逝去的往事让它慢慢地冷却，淡化成雾飘成烟。人们都忙着进行各种变革，我也变了些：脸色显得苍老，脚步也变得忙，没有闲时去思想在过去光阴走过的路。

绝对没想到我又要回黑山。世界上的事情难以预料，这事绝对没想到。

在我劳动改造的那个县，具体在哪里不清楚，出了本何曾了得的古书《黑暗传》。好多家报纸报道了这则新闻，称它为真正的史诗，惊动了北京不少教授专家。一时不少记者、民间文学工作者、伪学者，什么订货会议，又像去赶集。乌山县文化馆接地区文联通知，要派人去搞一批民间文学作品。确实在黑山周围九九八十一乡盛产民歌、神话、各种怪异传说。我在黑山劳动过，我在文化馆搞民间文学搜集整理工作，去那里自然派的是我。我拼命地推也推不脱。于是唤起了我心中隐秘的记忆，逝去的生活碎片又连在一起，如存放的老酒，一打开比以前的味道还要浓烈，熏得我坐立不安。

我凭直觉知道白女人现在生活得极艰难。有时直觉比无数经验的积累形成的理性判断还要准确。我有了临战前的战栗、恐惧，手上有了涔涔汗水。我怕见到白女人，怕见到村里的人。但我静坐下来，猛地，我的头脑里敲起铜锣、唱起了古歌，想起那月下野猪棚、竹梆。我看到她的笑容，体味到她的温存，喊黄哥哥的声音。我第一次见她，天气阴沉沉的，我们在岩屋里，外面大雨淋淋，她给我送药的那晚外面风很大，屋子里潮湿阴冷……

一刹那，我在看只有我一人才看到的电影……

可能是今生今世最后一次，我一定要去看看她。

县文化馆派我出去，时间没有严格限制。我在乌山县仍是光棍一条，我到天边去也没人管我。

坐汽车到达黑山所在的县城我没停留，又搭拖拉机三天才到黑山。我已认不得先前的黑山，道路全变了。房屋虽然形状依然丑陋可见，倒还是红砖灰瓦。好多人迁了屋基。我已认不得她住在哪里，也不敢首先到她家。

正好前面来了几个年轻人。我迎上去怯怯地问："白女人是不是住老地方？"他们互相对望几眼，扭过脸来看我，他们不认识我了。我在黑山时他们还小，对我没有多少印象，日子把我们都改变了，一时认不出来是正常的。我提醒道："我姓黄，是在这里劳动改造过的。"

"呵，你就是在这里劳动过的黄同志，找白……嘻嘻。"白什么他们没说出来。我知道他们不愿叫出白婶、白姐什么的。我更知道这笑不是好笑，看来我的风流故事这些年轻人已经知道得彻底了。他们都拿奇怪的眼光看我，仿佛我是个怪物，看够了才告诉我："她还住老地方。"

我到了队长家。

队长一眼认出了我，没有寒暄，淡淡地拉住我的手扯了几把，像是我离开黑山不是几年而是几天。队长穿上了新中山装，口袋里挂上了钢笔，在我的印象中他好像不识字，那么笔就是一种装饰，像女人挂耳环一样。队长娘子比先前胖了许多，头发烫成了乱鸡窝。几十岁的人了，这种装束委实有几分可怕。

我绕山绕岭，终于从队长口里套出了些白女人的话题。

白女人跳河之后变得痴痴呆呆，男人十天半月回家一次，每晚都从他们屋里传出哭声。白女人到公社反映，宋所长不理。次数多了便吼："你的问题全公社都知道，你是只破鞋。自己不要脸还告男人。"白女人说他们不解决就死。宋所长说："你为什么那一次不死，你和老黄商量好了，你假装跳河，叫他到后面去救，你的戏演得不错。"

有天晚上进屋之后不久，所长屋里传出凄惨的哭叫声，白女人披散着头发，从屋里冲出来，说宋所长强奸她。

宋所长说白女人要他解决她的问题，不解决就要喊叫。不知是真的强奸还是威胁。

两个人的事情谁也不清楚，只好不了了之。

后来李亚红来信了，就是那个在黑山教过书的女教师。我知道从前白女人给她写过好多信，都因地址不详未寄出。白女人怎么与李亚红联系上的，我不知道，队长也不知道。但队长告诉我，李亚红回到了老家，在海边的一所中等师范学校教语文，并邀请她到那里做客。

白女人给男人请假，她想到李老师那里走走。男人在黑山办了个苞谷酒厂，工作忙，不允许白女人走出黑山，说："只要敢走出半步，我就扭断你一只腿。"

白女人走得坚定，他打得白女人三天走不动路，说，她根本不是去找李亚红，是去会野老公老黄。这次白女人绝望了，同男人闹离婚。离不脱婚，他俩分开住了。

11

远处传来悠长的鸡鸣，木窗隐隐发亮，不久灰白的光线像一块白布从窗口扔进来，慢慢地展开。又是一个灰白多雾天日。

队长娘子唤我起来。外面下起了小雨，点点滴滴，细碎而密集。我的心里升腾起一股不可抑制的激动，我要赶快去看看白女人。

早饭我吃得极少，也很匆忙。因为饭菜压不住心里的狂跳。

我的脚步不稳，左右的土地飞快地向后移。到了她的门口却不敢进去。一条高大凶猛的黄狗扑了过来，大约屋里人听到狗叫，飞快地奔出来，黑衣黑裤，头发在脑后冉冉飘动。啊！啊！是她！我忘记了围住我旋转正伺机扑向我的狗。我眼睛不转地望着走向我的她。她呢，也忘了自己出来是为了驱赶咬人的狗，像钉子固定在那里不能动。两只眼睛噼噼冒着火星，一眨眼她的眼睛又暗下去，上了许多的雾气。

我的腿一麻，狗咬了我腿一个洞，狂叫一声逃走了。她吓呆了，嘴里说："狗、狗、狗，你的腿。"从地上抠起几块石头，去搋那凶恶的狗。狗站在那里不动，白女人使力扔出了石头，累得满脸通红才转向我：

"你是什么时候来的？"

"我来看看你。"

"谢谢你还记得我，你到屋里坐。"

我的脚步有些飘，才记起狗咬后的胀痛。

她伸出手，猛地垂下，慌忙低下头，从泥地上拿起一根木棍递给我。

到了屋，她从火坑里夹一块红火，辗碎，说："这是消毒的，快着点儿。"

她往我伤口外抹药时，我看到了她眼角的泪水，脸色变黑了，失去了昔日的灵气。

"你家大哥呢？"

"你听说没有，我们分开住了。"

"白妹，我对不住你。"

"莫这样说，我没这样想过。"

"我害了你，都是我软弱。"

"后来我都知道了，都是他们逼的。"

"我到你这里来，大哥会生气的。"

"我不怕，反正我要与他离。"

"离不离你自己拿主意。离了我带你走。"

"不、不、不，这是不可能的。"

"为什么？"

"你这是一时冲动，你会后悔的。"

"不会的。"

"我一个农村女人，不般配。"

"我想好了。"

"我们说点别的。"

"离了你准备怎么搞？"

"我也不知道。"

"你在我床上躺着，你的腿会肿的。"

"我想和你说说会儿话，时间很紧呢！待久了村里会说怪话的。"

"怕说怪话你为什么要来？你给我到床上躺着，饭好了我再叫你！"完全是命令的口气。

外面在下雨，屋檐水点点滴滴。

腿的剧疼，心里巨大震动，我的眼前一道道血红的条纹。她不恨我，这是我万万没想到的。她出去了，灶屋的声响细碎而密集。

我闭上眼，她又在我眼前。这几天吸烟时她在烟雾里，喝水时她在茶杯里。我要珍惜这短暂的时光，这一走就不可能再见面了。

脚步声从门外响起。我睁开眼，她进来了，洗了头，换了衣，身上有了香气。我赶忙闭上眼，她来到我睡的床边，坐下，低下头，我能感到她的呼吸。我假装睡着了，一睁眼，我知道我们都很难堪。我感到脸上有些热，有些痒，呵，那是她流下的泪。这是最后一次机会，我要拼命争取，我要带她走。我们眼里明明饱含着爱的泪水，身上却披着道德的袈裟。这么好的女性，我要用我的全部热情爱她。你们分居并不是由我引起的，我不怕！以前的软弱害了她，我以后多喝些虎骨酒，变得坚强些才是。我随着年龄的增长，种种浪漫离我远去，渴望实际些的生活。我凭我的双手，一个农村婆娘我是养得起的。

外面在下大雨，雨声又密又急……

猛地，她推推我："疼得狠不狠？"

"不要紧。"

"我忘不了你的救命之恩。你这一走，我们就再也见不着了。"

"你若离了，真的不愿跟我走？"

"蠢人，我不是说过了。"

"不能再想想吗？"

"不能！"声音很坚定。

"你若看得起我，就……"

"怎么？"

她转身出去，不知做了些什么，红着脸进来。

"我想，以前假的说成真的，亏了你，有其名无其实，反正坏名声背了。我、我、我……你若有真心，就亲亲我。"

她张开手臂抱住我，那么温暖，那么有力，我的骨头都要碎了，她说："黄哥，我准备到李老师那里去一趟。"

"什么时候走？"

"反正我要去，我忘不了她，我要把我受的苦全部说给她听。去见见大世面，看看海也不枉活一世人。"

"路很远，你一个人？"

"我不怕。"

"我们一起走。"

"不了！一道走人家会说你把我拐跑的。"

12

"轰隆……"门被踢开了。

乌黑的枪口对准了我们："你们给我脆下，都给我脆下！"

白女人站起来："这是我的客人，不准你这样对待他。"

"给我到乡上去，不走我就开枪了。"

"正好，我们去离！要去我们两个去，与他无关。"

"滚你妈的。"

轰的一声巨响，白女人没有倒下。挑盐汉的身子晃了几晃倒下了。枪管前半截炸了。打野猪的药灌得太足了！

我和她慌忙去扶他，他的手伤了几处正在往外流血。

"快，黄哥，我们把他扶到床上。"他的身子软了，一条铁打钢铸的汉子经不起几块铁片的打击呀！她拉他的手，喊："黄哥，快去灶屋舀热水来洗，箱子里有云南白药。"

她为他轻轻地洗，说："你怎么不打死我，反而伤了自己？呵呵呵，你忍住疼，我给你上药。呵，这伤口有一颗米深。你把手伸长点儿，这里头还有黑的，有毒。我给你吮出来。"她埋下头，变得那么温柔认真。

挑盐人语气因气力不足也变得柔和，他说："老黄到我家我看见了，我在窗外听了很久。我枪里没装铁子。你不是我的，我准备放一枪，就和你离婚，我们闹了那么多年了。"

"你莫说了。你灌了铁子就好了！"

"啊！"挑盐人猛地立起，"你看你的脸！"我朝她脸上一看也骇呆，她的脸上尽是血，有几处被火药烧黑了。

屋里光线很暗，我擦燃火柴点燃油灯。她到镜子前一看，慌忙地捂住脸，转身到脸盆里洗，洗了一盆又一盆，红水黑水洗不尽。

挑盐人想爬起来，她把他按住："我不要紧，今天我要好好侍候你。"

我心里刀绞似的疼，我说："这枪怎么不打着我，我应负责任。"我流下了眼泪，是热的，到了嘴里是苦的、咸的。

白女人忙了一阵，终于支持不住，头一晕一下子倒在床上，过了好久，她做出了重大决定，说："黄哥，今晚让我陪陪他，你走，免得他伤心。以后有什么事给我写封信，人走千里，记住曾遇到过我这个女人就行了。"

我拖着受伤的腿，在黑山周围转了两星期，笔记本上还没几页。古歌没有什么人唱了，人们的兴趣转到了唱新歌。不知为什么，山民们唱新歌，远远地失去了昔日山歌的魅力。

我又到了队长家。

队长从前是唱歌的好手。我请他为我唱一首。他问："《闹五更》行不行？"我说："当然行。"

　　　　一更里月照街，哥你来妹把门开。
　　　　左手开门开两扇，右手抹泪泪不干；
　　　　中间隔了一座山。
　　　　二更里月照楼，手杆弯弯做枕头。

哥哥你要走，眼泪双流；

中间隔着一条沟。

不知怎的，这歌深深地抓住了我，这不是唱的我和她吗？

隔壁的录音机声音加大，大约开到了极限，把队长的声音压下去。队长不好意思低下头，说："有了那些新歌，这些旧家伙好丑。"茫然低头，过了一会儿似乎看透了我的心思："你知不知道，白走了。"

"到哪里去了？"

"到李老师那里去了。"

"什么时候走的？"

"上前天离了婚，他男人也同意离，不知出了什么鬼，前天走的。听人们说她脸上被火烧了，像蛇样地蜕了层皮。"

我故作镇静："我不信。"

"信不信由你，开始我也不信，脸上的黑皮蜕完了。"

"她什么时候回来？"

"不知道。她疯了，往那么远的地方跑。"

我不能等了，歌没了，人没了。她为什么不愿等我，一时我解释不清。

我匆忙地离开黑山，身后是雾的海洋。白女人到真正的海边，她走过的路一定很艰难、很漫长……

香　水

1

在到鬼地方之前，我在城南开了一家巴掌大的娱乐公司。

自称公司属于浮夸，其实是我租了一间旧房子，五十平方米，放了三台麻将机招引赌客娱乐，我们从中抽点碎银。

开业之初，我们两口子站在门口，脸上挂着讨好的笑，随时准备迎接客人大驾光临。老婆做过宾馆的迎宾小姐，见到体面男人，蹲马桶似的屈下身子，说："先生，请！"

客人进了麻将馆，我的眼风扫过他的牙齿和手指，如果牙齿呈黑褐色食指焦黄，就掏出香烟，小心安装在他的嘴皮上，摁燃打火机，火焰就在烟前闪耀。老婆呢，在一次性水杯里倒进开水，摇呀摇，摇呀摇，吹牛一样吹去水面茶叶和浮尘，殷勤地把茶水递过去。

这些前奏之后，我们急切请客人打牌。这些家伙不是说有急事，就是称没带钱，便放下水杯丢下烟屁股走人。

开业的第十天，鬼都不信的事发生了。

那天，老婆把十天的经营收支进行核算，收茶费八十，而房租水电等支出近一千，这样的生意傻瓜也不会干。一个念头烟一样升起——关门！老婆骂我窝囊废，她说："关吧，你去干你的老本行，我去洗脚城上班。"这一下击中了我的死穴。老本行想起来都是泪，在宾馆当保安一天站成一棵树，月薪才一千二，幸运的是捡到了一个香喷喷的女人。

为生活，我一阵瞎撞之后，开了一个修理铺。大学的书真是读到狗肚子里去了，就业只能补鞋擦皮鞋，也修理伞骨。无奈的是搞破鞋的人越来越多，修鞋的人比流星还少了。走在回出租屋的路上，看到满街的麻将馆，家家生意爆满，我的心差点跳到了腔子外，当夜与老婆密谋开一家"好快活麻将馆"。

这烂摊子开也不是，不开也不是，只能死马当成活马医了。我正心事重重调试麻将机，口袋里的手机呜呜响起，就像怪兽在山洞鸣叫。一看显示是武木公打来的，这货是我最不想见的人。他开口就打听我老婆的行踪。我十分恼火，恨不得电波送去几个耳光。武木公诡秘地说："避开你老婆给我打电话，是有重要的事。"

　　我幽灵一样飘出门。老武说他在麻将场人脉广，让我再借给他一万元做赌本，他带一批人到我麻将馆里来，我只管收钱就是。听到又借钱，我就想挂电话，这家伙太不要脸了，找我借了五次钱，半次都没还，找他要账比挣钱还难。最后电话都不接了。老婆下了一个"呼死你"的软件，一天二十四小时呼叫他。老武只好求饶："姑奶奶，年底还你，不然把我抵押给你。"对老武不要脸的借款要求，我一口回绝。他还是不死心，要单独见我，他要给我看一件东西。

　　我约他到出租屋。身子刚进门老武尾巴一样跟进来。他把借钱的急切藏起来，说得云淡风轻，你再相信我一次，我一定还清你的老账和新账。

　　武木公从口袋里掏出一张麻将让我看，是一张发财的"发"，他哐啷一声丢进鼻子下的红洞里，亮开双手示意啥也没有，右手画一道弧线，从屁股下抠出一张"发"。我开始不信，继而惊愕。他把那张牌送到我的鼻子前，说："你闻闻，好臭！"我吸溜一下，果然一股怪味。太神奇了，难道他的生理构造与正常人不同？那张"发"穿过喉咙、肠道、肛门、裤子的重重阻挡，又回到他手里？老武说，他输惨了只好出门拜师，练就了这能养家糊口的手艺，但是没本钱啊。你要学习咱免费教你……他越说越兴奋，口角潜出白沫，白沫渐渐浓，好比牛奶发酵的奶酪。他免费为我表演更绝的，把牌从屁股里塞进去，噗的一声吐出来。当时我中了魔，糊里糊涂答应他，你叫人来吧，我再给你搞点钱。

2

　　男人女人一共四个鱼贯而入。老婆正想躬身迎接，看到走在前面的矮胖子立马收起迎客的礼节。这也罢了，我看清了她眼里有仇恨、有轻蔑，似乎他们早有过往。武木公过来介绍，这是王中王先生，王总，能到你们这里娱乐是你们的荣幸。老婆冷冷插嘴，什么王总，不就是一根火腿肠！我脑壳瞬间短路，继而明白过来，这人与著名火腿肠同名，赶忙把她的话题切断，说："王总坐，请吃烟。"王总没有坐，急匆匆进了洗手间。

　　我忙着给两位女士泡茶。那个有卡戴珊一样肥臀的女人我认识，她叫王玉，在一所中学教音乐。那天她穿了一条天蓝紧身牛仔裤，臀部显得很变态，好看胜过明星脸。转过身我盯着另一个女人，她身材高挑，狐狸脸，有一种说不出的风情。老武介绍说，这是曲珍。

　　洗手间里传来哗哗声，扑通声，前后合奏就惊天动地。臭中带闷，闷中带骚的气味从门缝钻出来。老婆的右手呈扇形，在鼻孔前扇风。

　　曲珍叫了声："小玉，让阿姨闻闻你的香。"

　　一个女孩从墙角怯怯走过来，她竹竿一样笔直的个儿，巴掌宽的小脸好看得使人心疼。手里拿着棒棒糖，大猫舔小猫般舔着每个曲面，似乎想快快吮吸糖汁，又担心溶化得太快。每个表情都是满足与不舍。曲珍拉过孩子，蜻蜓点水嗅着小玉的头发，不住赞叹好香！"老武哇，你咋能生出这么好的女孩呢？是基因突变吧。小玉呀，你不煮都能吃！"小玉要挣脱曲珍的搂抱。

"过来，小心她吃了你。"王老师掏出五元钱摇晃着，"阿姨给你买糖。"

曲珍不甘示弱从钱包里搞出一百元招摇，要我的！

王老师秀目圆睁，她的钱脏！两个女人四目相对火星闪烁。傻子也能听出她俩有冤仇，八成是争风吃醋。为了谁暂时不知道。

老武要揭开谜底，你们怨恨好解决，拿一把刀把王总劈了，脑壳交给他原配，身子砍两块，曲小姐一块，王老师一块，杂碎嘛就分给……他突然半截话咽回去，就像精彩的侦破片在解密的过程中停住，让人十分不爽。我催，说哇！当他看到我老婆愤怒的神色，闭上了臭嘴。

四人上了麻将桌，两男两女相对而坐，打一种"夹五星"麻将，五十起底，四百封顶。老武肯定兜里只有空气，不住向我眨眼，让我拿钱，我做贼样塞给他一千。

麻将机吐出四条麻将，如同国庆阅兵队列般整齐。第一牌王中王歇着，老武陪两个女人操练。王中王吸溜几下空气说："好臭！这环境咋打牌？"

老婆一听火了，说："还不是你刚屙的，不想打就滚！"王老板心像草原一样宽广没有生气，不时为左右两个女人出牌当顾问。王老师神情忧愁出牌迟疑，曲珍姿势优雅出牌干脆，老武叼着劣等香烟，空气不流通的屋子烟雾弥漫，像熏黄鼠狼。曲珍抢过他半截香烟扔掉，不怕二手烟熏坏了小玉的肺？不要带小孩到这种乌烟瘴气的地方……老武边出牌边说，小玉她妈不是人，出去打工电话都不打回来。我又当爹又当妈，难啊！等我赢了钱就给小玉请保姆。说话间他自摸了，收钱时没忘在纸币上亲一口。

小玉毫不理会桌上的赌局，入迷地在一张破纸上画画，画一朵乌云，画双头怪人，画独角兽，反正是成人不懂的稀奇东西。画腻了就找我捉迷藏，没地方藏身便抓起遮麻将的红布罩在头上，以为我找不到她了。我装模作样找，小玉揭开红布闪身而出：笨叔叔，我在这里。一股淡淡的香随风进入我的鼻子。

王中王开始拿牌了，肥虫一样的手指捏住牌面一荡，斜着撂下去。他的火极好，清一色、夹五星、七对、杠上花像下雨点，打得其他三个人落花流水。钱这东西势力眼，谁富它就往谁的口袋里挤。两个女的可以欠王中王的账，老武不行，他便头冒虚汗，借上厕所机会找我搞钱。我推开他恶狠狠地说，你不是有绝技吗，咋又输得像龟儿子？老武说，咱先钓鱼，等他们麻痹大意了再搞鬼，一定一定能赢回来。快去！那样子比火烧了房子还急。

我又相信了老武的屁话。

武木公啊武木公，你这人有毒，谁个帮你谁会烂一块肉。给你搞钱我咋给老婆说呢？打了好多腹稿，设计了许多瞎话，最后全被自己否定。

客厅里电视直播 NBA 常规赛进入加时赛，我大喊，快来看，有绝杀！老婆上当了，刚坐下看球，我转身以换内衣为借口拿了钱。

武木公神情沮丧，没有抓牌，因为他欠了三人的赌博账，失去了再打下去的资格。他舍不得下场，义务当起了左右两个女人出牌的教员，指指点点出这张或那张。王老师捏张牌悬在空中迟疑着，老武鼓气："出！"曲珍逮了"七对"。王老师拿两块麻将砸向老武，说："满身烟臭，滚一边去，这钱你出！"

老武还嘴说，你自己就想出那张牌，我肏。

肏谁？你女儿可在这儿，呸！

我看不下去了，说，都消消气。

老武见到我，比见到他亲爹还高兴，拍我的马屁，掸我屁股上不存在的灰。

我把钱递过去，数一数，记得散场还我。

他说不用数，手上却反复清点。

武木公铁树开花了，再上桌火力全开，龙七对自摸、杠上杠，创造了一个又一个奇迹。我在一旁乐了，这次偷老婆的钱偷得英明，他打完还清我的老账、新账不成问题。

心情大好的我便去观战，曲珍出一张三饼说："小三。"

身份特别的王老师眼睛绿了，拆掉一对幺鸡叫到："婊子。"

曲珍又拆掉一张三条："臭小三！"

王老师眼睛由绿变红，大声寡气喊："烂婊子！"

两个女人的争斗使老武获利，稀烂的一把牌竟然自摸。王中王推开牌，不打了。

从麻将的醉生梦死里回到现实，老武才想起小玉，连叫几声，小女孩剥去包裹的窗帘，脸上的笑还没展开就已消失。我问她与谁捉迷藏，她说，臭！我这才感到屋里的烟味、尿味、骚味浓得化不开。

赌客刚散去，我急着找老武要钱时，老婆怒气冲冲走来，满身杀气，一把揪住我的耳朵：你偷了我的钱，家贼难防，偷断屋梁，钱呢？

我说，借给武木公了。老武拿钱来！

武木公掏出几张红票子，就这一点儿了，别看我赢了，但还了从前的赌博账。

我突然明白，老武在我这里打牌是套我的钱，良心大大的坏，目光菜刀一样剁过去，把他砍得遍体鳞伤。就要搜他的身，怕他藏钱赖账，他没有反抗，主动脱衣服甚至解开裤腰带，吓得我老婆闭上眼睛。

睁眼的老婆要与我拼命，撕我咬我，似乎我是没有煮熟的牛羊肉。不是我躲得快，她的脚就踢中了我的蛋，我只能嬉皮笑脸，这两颗是我的，也是你的。

老婆气得翻白眼，就像一尾刚捕的草鱼。这次行窃伤透了她，我为人在她心中低到泥土里了。那点私房钱她有急用，巴心巴肝要买一台机器。怪就怪她的闺密嚼舌根，说淘宝网热卖一种"妻管严"新机器，专治男人各种不服。用不着妻子动手动嘴，把他往机器里一推，妻子按下电钮，男人在里面痛苦得要死，又不伤筋骨。老婆只需在旁边玩手机、嗑瓜子就是。进去过的男人没有不害怕的，挨过整的男人没有不改过自新的。如果她不等"双十一"买便宜货，早就买了。我恶狠狠地想，谁他妈缺德发明这种鬼机器，该把他家男人统统推进机器里。

小玉不懂成人世界的荒诞事,泪眼汪汪地看着我们,不知如何是好。老武一副死猪不怕开水烫的模样,说:"我给你打欠条,五天还。"

我没说话,拒绝又如何呢!

他折腾一会儿,递给我巴掌大的破纸。

借　条

六次借到黄牛黄夫妇现金二万无(20000.00),用于搞精神文明建设。口说无凭,立字为证。限期五天。

武松

10 月 20 日

我抓过来端详,钱的数目没毛病,还款态度积极,就收下条子,吼道:"滚!"我哪里知道里面的陷阱、暗道机关呢?

3

我在大街上漫游,出租屋暂时是不敢回了。虽然妻子没买到恐怖的机器,人工惩处也够我喝一壶。不用猜,进屋首先是一阵疾风暴雨,然后是漫长的寒冬。

穿过车流、人流和不知姓名的风,我突然感到腿如同煮熟的面条。这世界最重的不是铅,不是金子,而是我的两只腿。肚子响亮叫了两声,饥饿成了有棱角的物体在胃里横冲直撞,得搞点吃的,睁大牛眼找饭馆,就想到了在大酒店上班的曲珍。

想敲开房门，曲珍问，你干啥？

我没有弯弯绕，心情不好，找你服务。

你找错人了。她要关门。

我把一条腿插进去，心跳得万马奔腾。

你看不起农民工，谁的钱不是钱？我厉声质问。

我有底线。不挣可怜人的钱。

我没死心继续纠缠，曲珍越发坚决，快回去洗洗，身上一股怪味。

碰一鼻子灰，心里堵得很，我小声嘀咕，妈的，又不是挑女婿。上门生意不做，真是懒婆娘、蠢婆娘，加起来就是臭婆娘。

回到出租屋，老婆没在家，她该不会跟人跑了吧？我慌乱地寻找，还好，衣服还在，衣柜换了锁，种种迹象表明，她准备和我把日子过下去。

天塌下来也得先吃食物。食品柜里有几根火腿肠，案板上有三根老黄瓜。老婆对火腿肠邪教一样上瘾，煮的、炒的顿顿不离。吃多了身上一股气味，比屎还难闻。我十分悲观地想，说不好哪一天，我们两口子会变成人形火腿肠。门牙切断老黄瓜，眼睛盯上包装纸上的三个字——王中王。她从来没买过其他品牌，似乎和这牌子较劲。联想到王老板的大名，我脑壳里的线路瞬间接通，就要抵达秘密的边缘时，老婆买菜进屋，我的思路被齐齐切断。

我强装镇静给她拿拖鞋。她一脚踢开，没有踢我，向我传达了一个天大的好消息——今晚没有酷刑。

"咱今晚吃王中王火腿肠，那玩意儿香。"我说。

她无声进厨房忙碌，很快饭菜端上桌子，我急着去查看，眼珠都快掉进菜盘里——竹笋炒肉、土豆丝、豆腐白菜汤，没有恶心的火腿肠。

"你歇着，我来洗碗吧。"我说。

她翻了一个慢吞吞的白眼，急匆匆地进厨房洗碗，似乎争抢一件占大便宜的好事。

入睡前我担心她把我赶到沙发上，居心不良地说，今晚我睡沙发。她的眼神告诉我，不准！正中我的诡计，我就虫样爬上床，她没有驱赶，只是另外拿了棉被裹住身子。有了前面的试探，我继续反着来，我说："今晚累了，互不打扰。"

她偏要打扰，脚从棉被里伸出撬开裹我的被子，呼啦钻过来，在我身上又揪又扯，还挠我的痒穴。我难受得要死，也高兴得要死。她猛地压住我，又忽然停住，快去洗澡，一股馊味。

今天见了活鬼，两张女人的嘴说出同一个意思——臭味。在麻将馆里熏着，难道毛孔里会散发香味？偏不洗，她也只好将就着。

夫妻有了肌肤之亲，百炼钢会变成绕指柔。她的金口打开了。让我不要请王中王来打牌，那货惹不起，心比锅底还黑，私生活乱得离谱。前几年他在山西包煤矿发了横财，为两条人命不得不回老家。他在这里开的几家公司，没有一家干净的。回来不久把原配扫地出门，娶了一个高中刚毕业的小妖精，比他女儿还小三岁。她的原配也不是省油的灯，恶毒报复王中王，嫁给他的老爹，成了王中王的妈。你猜猜，王老师和火腿肠啥关系？是皮绊。王老师离婚后特别孤独，偶尔去茶馆打小麻将。王中王就去钓她的鱼，故意输钱给她。王老师把偶然的赢当成致富路，以为可以挖到金娃娃，牌越打越大。之后就输，输了箩筐大一个洞，欠了王中王二十万，他们叫"十匹马"，还不上就用身体还。谁也没想到这对冤孽日久生情，成了麻将场上的黄金搭档。

我耳朵听着，心里蜂窝一样乱，老婆咋就如此知根知底？

老婆戴上胸罩，穿上内裤暗示今晚节目到此结束。嘴巴却没停歇，牛黄啊，你没良心。你长了三只手。武木公是你爹还是你爷，钱借给他能收回来？警告你，不收回我到东莞打工去。

4

老武的还款日到了，我在麻将馆等他。

这几天有了零星的小生意，我有了心情冲洗厕所，打开窗户驱散霉气，还喷了空气清新剂，但臭气仍然阴魂不散。

等到十点，老武牵着女儿到了。小玉这天扎了朝天辫，分外俏皮。我急着问，钱带来了？

武木公掏掏口袋，我分外高兴。他摸索半天，掏出的是一盒劣质香烟，说，要命有一条，要钱真没有。

老婆嗖地站起，手指如同刀尖指着武木公的鼻子，你算计咱，骗我们的钱还王中王，他是你亲爹？

老武说，他派人二十四小时跟着咱，不还钱要把我甩到水库喂鱼。我倒不怕，他们要带走小玉。老婆绝不相信老武的话，说："今天不还钱别想走。"

老武站起来，粗喉大嗓说，把条子拿来！我把借据递过去。他眯着眼左看右看，脸由青变白，由白变紫，这借条有问题！指头戳戳阿拉伯数字处，像教师指出学生作业的错误，"借现金二万无"，无就是没有，你大学白读了，法盲啊！

我把眼睛前倾后移，不断变换焦距，"是二万无"，不是二万元。这货存心耍赖，留着是祸害。愤怒使我心中豢养的猛虎要出笼，小玉碎步跑过来，夹在我们中间，泪眼汪汪看着老武，爸爸莫耍赖，我看见你拿了叔叔的钱，你还给他吧。老武僵硬的松弛，如同撒了盐的蚂蟥。

老婆说，你还算个人吗？你住在我们楼下时，在咱家借盐、借油、借米从来不让你还。你女人从十堰回来的那天晚上，你借一个避孕套，我把一盒全给你。

"别说了。"老武自找台阶下，"可能是我写错了字，半文盲写不对几个字。"他拿起笔把"无"改成了"元"。我教他注上拼音 yuán，让他读一遍，元——元——两万元的元。

老婆说，宁肯相信公猪下崽，也不相信你日白撒谎。这样吧，小玉放在我家，你安心挣钱，还清了我的账再把小玉领回去。

我想武木公会反对，就像外交部新闻发言人那样坚决反对。这不是变相扣押人质吗？亏那死女人想出如此的馊主意。他的眼睛暗了一下，马上大放光芒，说："行！小玉，你到阿姨家享福去，等几天爸爸来接你。"

老婆对我说，今天麻将馆停业，你回家收拾屋子，把热水器打开。她牵着小玉的手坐出租车去了商场。

　　我刚忙完家务，老婆提着大包小包回来了。她剥竹笋般把小玉剥光，脏衣服放洗衣机，脚盆放水，调好水温，小心地把女孩放进去。涂上薰衣草沐浴露，擦，洗，擦擦洗，她不住感叹好香啊。水声响亮，芬芳扑鼻，老婆开始逗小女孩，今天我们杀过年猪喽，我们烧火煮肉吃。小玉抹抹脸上的水珠说，阿姨，想吃你就吃，我不怕疼！你要给爸爸留一碗汤。老婆听罢，眼泪像不值钱的白醋流了一脸。她抱出小玉，就像抱着一条活蹦乱跳的鲤鱼，给她换上新衣服，灰色牛仔裤、粉红外套，照亮我们老旧的屋子、灰色生活。

　　为招待这个特殊的客人，老婆下厨做了姹紫嫣红的好菜，不住地给小玉夹菜，遇到瘦肉与肥肉相连，老婆就用门牙切掉肥肉再喂小玉。我沾小玉的光享受美食，进食的间隙老婆问小玉，你妈妈呢？小玉答，她妈妈在十堰有男人，那个男人还没死。我把从前的道听途说与小玉的话相连，知道小玉的妈不是好鸟。男人得了癌症在家等死，她在此间认识了武木公，并开始同居生下小玉。这孩子是黑暗的花朵，见不得阳光的。

　　老婆倒了半盆温水，让小玉洗油腻的手。静态的水照出另一个小玉。她玩性顿起，拨动一盆清水，她的脸拉成一条线，马上成侏儒。额头长了嘴巴，嘴巴上有一双眼睛……变形的人影使她惊奇留恋。洗罢手她缠着我玩"躲猫猫"，她一时躲到墙角，一时躲到床底，全被我捉住。于是她紧闭眼睛，把自己躲进眼皮下，大喊："找啊——找啊——找不到了吧！"

　　有了自由的环境，轻松从小玉内心升起。无人陪伴时，她进了里屋，不久，里面传出啥玩意儿破碎的声音。半晌有轻若落叶的哭音。老婆进去斥责："唉——你把我的香水瓶打碎了，我要打你的手！"我倚门看热闹，只见小玉睁着惊恐的眼睛，一副不知所措的可怜相。老婆的巴掌高高扬起，速度越来越缓慢，落在孩子身上就是抚摩。她捡起瓶碴儿，把无名火发在我身上，说："懒鬼，也不看着孩子。"

小玉舍不得离开流淌在地的香水，伏下身段如同小熊舔蜂蜜。我说脏，快起来，她没有理会，用食指蘸着液体送到舌尖贪婪吮吸……我知道在臭气弥漫环境里长大的孩子格外迷恋香味。

萌发送走小玉是她到我家的第三天。

这三天老婆在家照看小玉，不带小孩到污浊的麻将馆里去。

那天晚上我们把小玉放在脚头，一伸脚就触到一个温暖光滑的所在。等到她鼾声响起，我们抓紧时间亲热，恰在这时，小玉重重跌在地上，额上碰了猫眼大一片青紫。这事针尖一样小，清早出大事了。

我起床后忙着刷牙、刮脸。刚买的剃须刀比弯刀还钝，刮得我的脸孔还不如没刨干净的猪肉。老婆在做早饭。小玉的哭声响起，我过去一看，她口腔血丝如线，她脖子伸缩就像向天歌的鹅，肯定有东西卡住她的喉咙。

老婆抱住小玉发疯般跑向诊所。

医生从她喉头取出玉米粒大一颗玻璃，幸亏没咽下。是昨天扔到垃圾桶忘记倒掉的香水瓶碴。她以为好东西、香东西都值得用身体保存。

　　回家路上老婆抱着孩子，就像抱着饱满滚烫的太阳，走到门前停住说："牛黄，这孩子出汗都这么香，你闻闻。我们要生这样一个女儿多好。可是，给别人带孩子像端一碗油，要是出点事就完蛋了。"

　　我说，一天提心吊胆的。她这次没与我唱反调，说，快给老武打电话，把小玉接回去。我突然明白当时老武如此爽快，是让我们当不要钱的保姆。

　　与他打交道我们太嫩了。

5

　　武木公接到我的电话，用杂交普通话问，你哪位？老婆抢过手机说，我是你的债主，你是赖账成瘾死不要脸的老武吧？他干笑几声，像喉咙养了一窝青蛙，说，我回老家了，在做一笔大生意。这儿说话不方便，一会儿打给你。老婆说，就一句话，接回小玉，马上还钱！

　　武木公要我听电话，神神秘秘告诉我："全村脱贫一个都不能落下，我都掉队几里路了。他们不给钱我就上访，我是政府最牵挂的人！好好带着小玉，回来还你钱。"

　　新版的武木公来到麻将馆我不敢相认，头发乱得如同狗窝，衣服披片搭块，他右手提着一块黑漆漆的腊肉。小玉喊一声爸，老武抱起女儿，用坚硬的胡子扎小玉。小玉躲闪，把棒棒糖往她爸的嘴里喂。他夸张表演享受糖的甘甜，喋喋不休地说，我的女儿好香！你是爸爸的香水。

老武刚坐下就从口袋里掏香烟，掏出的是五根指头。他真是好运气，地下有半截烟头，那是王中王带着王老师来看牌丢下的。老武捡起来插入两片乌红的嘴皮中。

我的心跌落在腔子最低处，他到了捡烟头的地步，怕是口袋里只有空气，但我没死心，急着问："来还钱了？"

老武扔下烟头说，这块腊肉给你做利息。

老婆阴阳怪气地说，腊肉我不要，快还钱，不然我们二十四小时跟着你。

老武说，牛黄看家，你二十四小时跟着我也好。老婆火了，你少啰唆，不还我们到法院起诉你。

老武陷入屈辱无奈的水中央，索性破罐子破摔，你去告吧，那借条不是咱写的。

我惊讶到静止，上次他挖的坑不是填平了吗？便拿出借条展示给武木公，不是你写的难道是鬼写的？

老武的食指摁在名字上，"我是武——木——公"，借你钱的是梁山好汉武松。冤有头债有主，你找武松要去。

我把眼睛睁得比牛眼还大看过去，天哪！他签名时故意把木和公拉近，两个字互相勾引成一个整体——松。老婆眯起眼似乎要把那借条看出无数洞眼，忽然她双眼血红，拿起立在地上的开水瓶要往老武的头上淋。一直静静站在麻将桌边的小玉喊了声阿姨，我还你钱，别烫爸爸！她从衣兜摸索出两张一元的纸币递给老婆。

老武如同挨了一记闷棍，眼珠翻上翻下，眼眶湿了又立刻被风干。大约是小玉的行动击中了老武油腻的心，说话没有了坚硬，夹杂着萎蔫声，说："我不是存心赖账，是没办法，借条我改过来。"拿起笔，在武松上打个王八叉，重新写下武木公。并注明借款人不是宋朝的武松，是身份证号422625198209016811的武木公。

改罢荒唐透顶的借条，老武带走小玉。临出门交代，今晚还给我一点现金，他约王中王来决战。

小玉不想走，老武强行拉起，我们四只泪眼看着自带香味的女孩渐行渐远。

晚上九点，我准备关门回出租屋，武木公如期而至。他破天荒还了我两千元钱，要留下赌本殊死一搏。从两千元的弯曲度推测，他搞到了不少钱。不到十分钟，王中王、王老师、曲珍和一些陌生面孔的男女，先后抵达。

他们今晚推筒子，只要筒子一门牌，一方做庄家，另三方押注，每人两块麻将，与庄家比点子，谁大谁赢。当然，一对牌比九点大。

我在一旁搞服务：倒水、点烟、换零钱。眼观赌桌的硝烟战火，没看出输赢。不久，密闭的茶室烟味、狐臭、口臭、屁臭混合着在空中飘，就是用一瓶香奈儿也无法把这般气息压下去。

这气味让我鼻子受罪，便用眼睛找乐子：盯着王老师变态的臀和曲珍娇媚的身材。老婆看到我的丑态，对我耳语："你找过曲珍了？"我一愣，是不是曲珍把我出卖了？一点高尚的职业道德都不讲！我怕老婆深究，急着转换话题，你看曲珍与王中王翻脸了，他当庄家时她拼命押注。你再看二王多亲密。

两三个小时后风向突变：武木公当庄家时，王中王押了一万，输了；再押两万，又输了；再押上所有的钱，亮出牌是九点。老武见到对方如此大的牌，脸上冷汗如雨，右手在两张麻将上一摸，眼珠成了电压过高的灯泡，大叫一对二饼！就要收桌子上的钱，似乎一双手不够用，要三只手或者更多的手才行。

王中王捏住武木公的手："这色子有鬼！"就用拳头当锤子砸开骰子，里面是液体——水银。我的心此刻不是活的，是切碎的猪肝或羊杂碎。直觉告诉我，灭顶之灾快来了。

灾难来了，王中王拿横行煤矿学的怪招锁住老武的脖子，老武成了待宰的羔羊，不住辩解："那是你换的。"王中王听到了如同麻将桌听到了，握住老武的手说，只要你两根指头，剁哪两根？从哪儿剁你自己选。最好剁长点，回去加点作料爆炒当下酒菜。

曲珍说，老武是可怜人，不能太过分了。

王中王隔着麻将桌把耳光扇过去，发出爆竹般的脆响，配上画外音："骚婊子，就你话多。老武赌钱尽搞鬼，能把麻将子从嘴巴喂进去，从屁眼拿出来，你们都是受害人啊！王老师，把车里的刀子拿来。"

老婆赔罪连连，责怪王中王行凶。他成了一条疯狗，他说："我在你这臭熏熏地方打牌，是让你抽茶钱，你倒好，为别人说话，信不信我把你麻将馆砸了。"

"你没王法了！"老婆说。

法是死的，人是活的，看谁来执法。傻子都知道我和好多头头脑脑推杯换盏，称兄道弟。

老婆扒开桌边人，一双手放在桌子上，火腿肠，我们斗不过你，今晚在我这儿打牌，要剁你剁我的，十根指头随你选，来呀！

王中王成了被顽童抓住尾巴的猫，气焰渐渐消散，说，我两人的恩怨一笔勾销，今晚我只拿回我的本钱。老武死死护住。两个人抱摔、拳击，没几招老武就像到了哮喘病晚期，出气声惊天动地，倒在地上时双手却抱住王中王的大腿。

王中王抡起椅子向武木公的脑壳砸去，我闭上眼睛，尿水如秋雨打湿我的双腿。众人惊叫，作鸟兽散。

武木公从医院醒过来，天已大亮。他的脖颈拉伤，头部轻微脑震荡。他拔掉针头大哭大叫，我的小玉，我把女儿弄丢了！曲珍问咋搞丢的？他擤一把鼻涕，说，他把小玉放在王中王旗下的仁爱公司，在那里借了五万元，哪有钱还……

他成了一个悲剧演员在演一出惨剧，哭、哭、哭，身子瑟瑟抖动，双手握不住一滴泪。老婆递给他纸巾说，光哭没用，得想办法。她从我口袋里掏出他写下的荒诞借条，撕碎。

曲珍眼睛红肿，我能听到她脑瓜矛来盾去的声响，说："看在小玉的分上，给你借点钱。这一年我白干了。"

老武青蛙一样跪下，救命恩人啊，我给你打个白条吧。

我们三人抵达仁爱公司听到狗子叫，小孩哭才知道仁爱公司做慈善，收养流浪儿、弃婴，甚至无家可归的狗。

在借贷处办理还款时，王老师打来电话，要公司帮她扣除三个月前老武欠她六十元的赌博账。

公司借贷利息高得离谱，简直是吃人。

更离谱的是小玉不见了。公司员工全体出动，楼上、楼下甚至垃圾桶掀了一个底朝天——只找到小玉穿的一只小红鞋。业务经理出面说，我们公司是安全文明先进单位，你看那些奖状、奖杯、证书、锦旗……楼上有阿姨，楼下有保安，昨晚还山羊一样拴着女孩的，咋就跑了？这样吧，武先生，借的钱暂时不用还，不收利息。公司尽全力找小玉，你回去等通知吧。经理塞给老武一千元，说，你去麻将馆消消气，听说你特别喜欢那一口。

老武没接钱，却报了警。

公安对仁爱公司彻查，就牵连出我聚众赌博引发恶性治安事件。查封了我的麻将馆，罚款五千，拘留十五天。前十天老婆给我送饭，之后没再来，给我留下一个谜。

拘留期满，谜底又成谜面：她没有留下一个字走了。

回到冷清空荡的出租屋，床上被子叠得木块一样方正，床头放着我换洗的衣服，空气里有股好闻的味道，可人没了。我娘们一样唠叨，这不是菜园子门，咋就说走就走了？我还等着你买可笑的机器，把我整得像孙子呢。

我成了一只无头的苍蝇，到处找我的女人，满大街都是绿肥红瘦、七长八短的女人，都是别人的。就到了仁爱公司门口停住，那里人去楼空却是风暴眼，稍一打听便知道，王中王涉嫌严重犯罪，在武当山机场被抓获，当时他和王老师正要登机。开始他很张狂，一连说出好几个大家伙的名字，但没用，公安给他戴上黑色头套……

　　我找到曲珍时，她正在收拾东西。她告诉我这里天天"扫黄打非"，生意做不下去，他要回老家种植花卉。她老家我知道，在秦岭脚下，气候温润，土地肥得流油，山坡上生长各种花，春夏时节百花盛开，河水、泥土都是香喷喷的。种花是个好主意。

　　我心里放不下小玉，就问。

　　曲珍说她也放心不下那孩子，天天都打听。据可靠消息，小玉被人贩子弄到河南，警方接到举报救出了小玉，可是小玉至今昏迷不醒。人贩子为多卖钱，交易前强行喂饭，打过量的葡萄糖，还嫌不够重，就注水。因为小玉那样秀美的女孩子，一斤可卖五千元——他们美其名曰"营养费"。老武赶了过去，可惜他的电话打不通，可能又欠费了。

　　告别曲珍，我突然想出发去探望小玉。

6

　　搭上黑暗之船，渡过阴郁的河流，我到了鬼地方。

　　死之前，我一直想去看小玉，但我没钱。为活下去就去贴小广告、发传单挣零钱度日。没离开这座城市，我还在等待老婆的归来。尽管再无任何希望，我在等一点动静，稍稍一点声响。

　　在日焦夜愁的夜晚，何以解忧，唯有麻将。我整夜待在别人的麻将馆里看牌，听麻将子碰撞的声音。

　　天气越来越冷了。那晚落了一层莹白的雪，几个旧相识约定在我的出租屋打牌。门卫老金提了一盆焦炭火，把屋子烤得红红的、暖暖的。一元一炮，但是打得激烈、沉醉。突然我眼花腿软、心慌，呼啦溜到桌子底下。我的破心脏天生煤气过敏。有人掐我的人中，有人把一块五饼塞到我手里说："牛黄，夹五星自摸！"这天大的好消息也不能使我活过来。

就到了鬼地方。初来乍到便四处游荡，不久，了解到这里一些皮毛：人间的规则不再有用，时间反常流动；这里最严酷的刑罚也是处死——死人死了是活物，到人间受苦去。不时见证到奇迹：谁把房子从窗口甩出去，谁谁把脑袋头盔一样提在手上。

不知何时，我飘到奈何桥头，取下脑袋当凳子，坐在上面看风景，一个细细的身影映入眼帘，有点像小玉。我怕她到了这里，赶忙把脑壳安在脖颈上，沿着熟悉的淡香追过去。

幸福生活

我继续胡思乱想，房间，街巷，
在时间的走廊中摸索行进
上下楼梯，手扶墙壁，原地未动
又回到最初的地方，寻找你的脸庞……

——奥·帕斯《太阳石》

1

有美人陪睡，付修文也感到不幸福。躁动、压抑挥之不去；对平庸的不甘，对奇迹与优雅的向往搅得他寝食难安。

美人叫邹苇，两人在桃花镇中学教书。邹苇五官端正，嘴唇不抹口红也艳若桃花，牙齿闪着梨花般的光亮。尤其是那造形优美、鼓胀的臀，仿佛娇笑丢媚眼，好看胜过明星脸。

付修文最初就是被她的美臀俘虏的，估算它的重量，研究里面是些什么物质，想象抚摩它的销魂滋味。如今他们同居一年多，再美的臀也不新鲜，看上去跟自己的没什么不同。

这天黄昏，他在出租屋里发呆。学校没有住房，老师们租住在学校门口畜牧站闲置的旧楼里。楼房破旧，墙上到处是霉斑，仰望着墙上的斑点想入非非，想学弗吉尼亚·伍尔夫一样也写一篇小说。可是脑壳没有一丝缝隙，意识流怎么也不流。

黄昏更老旧了，斜阳照亮了半边出租屋，灰尘颗粒粗大满室涌动，空气有些异样，他感到有事即将发生。

桌上的手机响起。电话是石城市即将退休的文联主席打来的。岳主席告诉付修文，市作家协会办了一个内部刊物，要招聘一名文学编辑，让他前去一试。

付修文点头致谢，一些感谢的话比喉咙粗，末了才说，请岳主席再帮他一把。

岳主席第一次帮他是三年前。付修文从师范学院毕业来到桃花镇教书，课余时间全来用来读书写作，试图用读书写作来填衬空虚的心灵，改命运。一篇篇习作寄到杂志社，那些文字如同沉入水底的老鳖连泡都不冒一个，写得越多，累赘越多，面对心血凝成的废品，他绝望得想哭。无奈之下，他带上两篇作品来到石城市，敲响了岳主席的门。

岳主席很忙，正在修改剧本，淡淡地说了一句，把稿子放在这里，闲了我帮你看看。

付修文满怀希望而来，得到的却是一句空洞的敷衍。估计稿子又是入水的王八，冒泡的机会都不大。

他神情沮丧回到桃花镇，如同阴天傍晚进笼的鸡。校长张汉把他叫到办公室，神情凛凛地让他抽烟，烟盒空无一烟；客气地让他喝水，水杯里却没有液体，付修文难堪至极。校长油腻腻的嘴唇一张一合，声音不大却像卵石投入静水，声波一圈圈扩大进入付修文的耳膜，你的追求就像这盒烟，或这杯水，是空的。你不照照镜子看看自己是当作家的样子吗？根据你的精神状态和学生的成绩，要么你放弃不切实际的空想踏踏实实地教书，要么去搞后勤喂猪。喂猪有大把的时间去写作。

他不知道是怎么回答张汉的，也不知道是怎么走出校长办公室的。他回到出租屋，眼泪就像不值钱的白醋流了一脸。

他不再读读写写。空虚寂寞时就去赌馆看赌徒打麻将。一天赌馆里凑不齐四个人，老板娘便要拉他入伙。那时他连麻将牌还不认全便推辞不就。老板娘为培养赌徒连推带拉，用膨胀的胸来顶他的胸膛，豪爽地说，今天输了算我的，赢了你拿走。付修文半推半就上了麻将桌。五花八门的规矩他不懂，变幻莫测的打法他不会，偏是又是一个死要面子的人，抓一张牌装模作样想一想胡乱打出去。老板娘前来手把手的教，几乎把他的手当成麻将牌。几圈下来钱输掉几百却入了门。他让老板娘离开，独立自主玩了一会儿。不会其他打法就配"七对"，差不多赢了五百元就凯旋了。

写作就像泥沙从他心中沉下去，赢钱的欲望像猪油一样浮上来。从此，在麻将碰撞声里，在数钱的沙沙声中麻醉。对文学的追求渐行渐远。

大约是五个月后的一个下午，付修文抓到一手好牌，赢钱是早晚的事。兜里的手机骤然响起，暗想谁这么缺德打扰他的好事？是岳主席打来的，告诉他一个消息，他的中篇小说《紫雾》已被外省一家刊物重点篇幅隆重推出，同期还发了岳主席的评论。

一手好牌被他丢弃，剩下的赌资都遗忘在麻将桌。他嘴里想说声感天动地的好话，可是话比舌头大，传到岳主席的耳朵里面是一个又一个的谢。

收到稿费和刊物他兴奋得胜过出生日。心中一度熄灭的文学之火嗖地燃起。他把《紫雾》读了又读，字里仿佛有他的血肉筋骨，每一句都牵动他的神经末梢。渐渐地，有一种古怪的舒适。

要好好犒劳自己，也要请同事分享他的荣耀。他在桃花酒楼宴请同事。等开席时，客人都没来，两桌酒菜只有他和他的影子。先敬影子一杯，接下来自斟自饮，酒菜把空空的胃撑得鼓胀，他还狠命往里填，似乎只有这样才能报复同事不给脸面。

他在单位的处境发生了微妙的变化。同事扎堆说得风生水起，他一走进去说笑戛然而止；等他知趣离开说笑又起。下课是上厕所黄金时段，拥挤得如同春运。他迟来一步，蹲位和尿槽被捷足先登的男同事占据。蹲着的吭吭哧哧就是不拉，站着的慢慢地打开裤门，慢慢地掏出尿器，细水长流地尿着，过了水滴石穿那么久，尿液早已断流，同事们商量好的一样，把尿管甩来甩去就不离开。憋得他如同一只急着下蛋又找不到窝的母鸡。

尿过之后，他算命先生一样瞎猜，同事们变脸可能与发表《紫雾》有关。转而又想，同事们从来不看文学作品，把文学看得像屁一样轻，何况那篇作品又没伤着谁，更没挖谁祖坟，就是钻进他们的心里，也看不透他们的心。

《紫雾》的好处只到邹苇的到来才显现。

那年秋天，桃花镇中学分来了六名女教师。得到这消息的光棍们眼里放出阳光下玻璃碴一样细碎而缭乱的光芒，个个跃跃欲试。

只有付修文淡漠，他知道从城里到乡下来的女教师都是层层筛选，能到偏僻的桃花镇教书只有两种人，一是没关系的；二是形象相对差的。他是一个有挑剔审美眼光的家伙，对此不抱希望。女教师们到来的那天午后，光棍们翘首远望，目光愈拉愈长。付修文却与一位已婚的体育教师在篮球场单挑，争谁是球王。当女教师们在众人的簇拥下路过球场，付修文正拼抢篮板，强大的惯性已收不住身子，脑壳撞在一个弹性丰满的所在。睁开眼，美妙致极的臀，抬头望脸蛋，美得像一幅画。此时他不知道长着美轮美奂、美臀的女子叫邹苇，他傻了，脑壳里就像烧了一壶开水，咕嘟咕嘟地翻滚。这是爱神的暗示，还是瞎猫遇上了死耗子？不管是哪种结果，他都与这美臀较上了劲。

一场美女争夺战开始了。有的附弄风雅送花，有的又想讨好又不想花钱就送辣条或棒棒糖，有的请吃大鱼大肉，音乐教师半夜还吹着忧伤的笛子。付修文也没闲着，爬上学校后面山坡，面对邹苇寝室的灯光发呆。冰凉的露水打湿了头发还不愿意回去，掏出手机给邹苇发了一条信息——是从帕慕克《我的名字叫红》里面抄袭来的内扎米的诗句："我不是我，我想的永远都是你。"

第二天，邹苇面色平静，似乎那条短信发到了空中。恋爱的男女感觉特别敏锐，付修文捕捉到了一个危险信号，邹苇经常到校长办公室搞教研，她到底在和校长张汉研究什么，只有鬼知道。

这还正常，不正常时邹苇与张汉相遇目光的散射与折射，眼光还绳结一样纠缠在一起。付修文嗅到邹苇身上危险气息，是河马、麝香与青草混合的味道。张汉不在场气味幽淡，一到场就散发使人着迷的气味。付修文心中像注入了陈年老醋，难受得要死，又不敢与张汉叫板。唯一能做的事是弯弯绕绕的提示，张汉有个漂亮的老婆。脑壳告诉付修文，远离邹苇；心中却要伸出爪子。脑壳和心较劲，没几天脑壳就败下阵来。那天酒壮尿人胆，他喝得微醉，借着夜色的掩护，怀揣他的宝贝《紫雾》敲响了邹苇的房门。

"谁？"邹苇问。

"我……我……我……"他支吾半天，酷似曲项向天歌的鹅。

屋里拖鞋声到了门边，犹豫半天把门打开一条缝："你找我有事？"

"我这有一本杂志请你看看，《紫雾》是我写的。"

我在网上看了，写得不错，不是名著不需要重读。有新作我再看。说话很冷，他感到全身发冷。

你有什么话直接说吧。她立在门边手把门框，没有放他进去的意思，目光却湿热起来，我知道你来干什么，这样吧，我关门了，你的话打动了我，我就让你进来。

门咚的合上。

付修文站着吸了一口气，说："我比你还爱你。"

"酸得掉牙，说点别的。"

"我为你写一本书，让你过上锦衣玉食的生活。"

"别说了，太假。"

付修文从不同的角度表白，或抒情或说理，甚至赤裸裸的为自己做广告，口水说干了，舌头说麻了，门却丝文不动。他突然明白了门里的女子在戏弄他，让他出丑卖乖，一个操字在心间操来操去，沿着喉管不受控制地从舌尖跌落。

门里的女子哐地打开门问，你骂谁？他歪打正着凭三寸不烂之舌把门打开了。

事后他想这词是从爱恋里提取的精华，九九归一抽象的情爱都落实在这个字上。

这一进去改变了一切，不久两个人开始同居。

第一晚付修文用改造过的《哈姆雷特》里台词赞叹："我将活在你心中，死于你的膝盖，葬入里你的美臀。"

如今，那美妙的感觉就像流水经过沙滩所剩不多。岳主席提供的消息，到城里去创业鬼魅一样地诱惑着他。幸福不在出租屋，必须走。走之前不能走漏风声，连邹苇都不能透露。他太了解邹苇，她是一个随遇而安的小女人，绝不会放他走，或者用分手威胁或用眼泪挽留。

他悄然进行出走的准备。

到杂志社应聘得有作品，他从书架上《列宁选集》与《毛泽东选集》中间取出有《紫雾》的那本破杂志，抚摩破损封面如同抚摩受伤的猫。他小心地从书桌里面拿出写了三年的《残卷》，那才是他的宝，他相信识货的专家会吓一跳的。秋天了，得带厚一点的衣服。衣架上只有一件银灰色的西服穿得出去。这套西装邹苇烫得平整，棱角分明，如同长了骨头。这是他的戏服，每逢学校活动邹苇才让他穿。

最重要的是钱，他衣兜里仅有五百。同居之后，邹苇就把他的工资卡收走了，要点零钱花，比挣钱还难，这点碎银还是他买东西虚报账目一点一点积攒下来的。目光贼一样在出租屋扫来扫去，试图找到银行卡。他在墙角那个洞里，掏出了银联卡。自己偷自己的东西也很刺激，他想。

当天下午他从卡里取两万，又把卡片放回原处。刚掩盖偷窃痕迹，邹苇回到出租屋。她气色不错，似笑非笑的。屁股还没有坐稳便开始剥瓜子，剥一粒喂他一粒。付修文心软了，差一点说出了实情。邹苇除了抠门，其实是一个过日子的好女人，那美臀也给她加不少分。说出真相的念头刚刚成形，邹苇的举动便让他的念头烟消云散。

邹苇说，晚上学校来客，张汉让她去泡茶，客人没喝。茶是毛尖茶，好可惜，她全喝了。

"恭喜你占了个大便宜。"

邹苇秀目圆睁："你怎么老是阴阳怪气的？简直不能共话。"

"那你去给张汉共话。"

邹苇火上浇油："我还和他合写文章了。"

她把《石城日报》拍在桌子上，食指摁住标题《桃花情》。付修文头脑顿时变脏，脏得像一口痰，心想，合写文章要交流思想、交流感情，交流那，交流这，不敢往下想越要往下想。那张报纸被他捏成一团要往厕所扔。邹苇生死护住宝贝，两人撕扯到一起。他扯了她的头发，她咬了他的耳朵。两人轰然倒地。过了好久，邹苇怒火沉下去，欲火升起来，有点不要脸地说："把我抱到床上去。"

"让张汉抱吧。"

第二天清早，他离开了桃花镇。

2

付修文刚在石城宾馆住下，邹苇的电话就追来，质问他在哪里。他说他正在回老家的路上。邹苇从鼻腔里哼了一声，说，你这个骗子。你去追你的功名，今晚就让张汉到出租屋。付修文说："怕你为我担惊受怕，想站稳脚跟再告诉你。我到杂志社应聘，你就等着做作家夫人吧，过不了多久有房有车也有……"邹苇语气也变软如同发酵的面，车是自行车，房是土坯房吧。我不要荣华富贵，只要两口子在一起。她感动了，带着颤音说："那给你打点钱，出门在外别饿着，别冻着。"

提到钱付修文慌了，一打钱他做家贼的阴谋就会暴露，连说别、别、别。

　　刚放下电话，岳主席打了进来，告诉付修文市作家协会招聘编辑已经推迟，他去了浙江。

　　付修文的手抖个不停，他不给自己留退路，到石城应聘把工作都辞了。只能在这里边打工边等待。

　　宾馆太贵，必须租房。五年前他在石城待过半年，对这里不陌生，听说老虎沟城中村房子最便宜，决定去那里。

　　石城市地形像一条鱼，火车站建在鱼嘴，机场建在鱼尾，而老虎沟在鱼鳍。

　　老虎沟无水，是一条逼窄的街道，违章建筑林立，楼上摞着楼，都用来出租的，里面住着是外来游动人口。一楼是发廊，对面是小诊所，能不能治头痛脑热不知道，包治性病的小广告倒是言之凿凿。付修文在电杆上发现了一张褪色的纸上写着"有房出租，价格面议"。丑陋的字迹旁边有一个黑色的箭头，指向一栋四层砖房，他沿着箭头向前，那箭头改变了直线运动原理，曲里拐弯指向一扇挂着灯笼的门。灯笼已经旧了，流苏上落满灰尘。他在灯笼下略一踌躇，进了那扇门。

　　屋里坐着一个女人，从电脑前抬起头，蓝脸变成红脸，停止了电子游戏："你是住店还是租房？"

　　付修文放下行李说，租房。

　　女人说，我叫梅雪娇，租房你找对了地方，这儿比市区的房子便宜，有三路公交从门前过，商场也近。她见到一个体面男人来租房，眼睛就像鸬鹚遇到肥鱼一样。目光停在他半敞的胸膛。

"那我先看看房。"

到了明亮的过道他看清女人三十七八岁。圆脸，肥胖，腰间是啰里啰唆的赘肉，笑起来眼睛眯成一条缝。两个人刚到三楼，先感到异样的风声，顷刻响起急骤的脚步声。付修文看到一个赤身的男人逃命般奔过来。他急忙闪躲，还是与那个男人撞在一起。那男人腰系床单遮羞，倒地时床单散落一地，如同一潭污浊的水。身后追来一个瘪脸的女人怒喝，抓住他！付修文打开提包，取出一条旧裤子准备给男人，想一想出门多一事不如少一事，又放回包里。

梅雪娇暗示付修文快点离开。

瘪脸女哐哐扇逃亡男人左脸两下，又扇右脸两下，似乎这样才称。打完牵着男人耳朵如同牵着一条狗进了出租屋。

梅雪娇说，那家伙活该，从乡下到石城开茶叶店，赚了不少钱。去年迷上了赌钱，本钱输光了又借高利贷，还不上赌债，债主扣了人。今年债主租房软禁了那倒霉蛋，每天只给两袋方便面。裤子都不让穿，怕他逃跑。

到四楼一扇门前，梅雪娇一边用钥匙捅开门，一边喋喋不休地介绍，那瘪脸女人是债主，扬言阴历年底还不上钱就把倒霉蛋卖到黑煤窑。

屋里光线晦暗，窗前不到一米立着另一栋楼。空气中弥漫着一股怪味，比尿味骚，比霉味闷。梅雪娇耸耸鼻子说，屋里弄得这么臭，得撒点花露水。

渐渐地，他适应了昏暗，屋里陈设简单，一张床，一张凳

子，破沙发窟窿里露出棉絮。墙上有张纸，有捶背、泡脚、办假
证电话号码。她撕下那张纸，说："你住在这理啥都自由，就是
不能带小姐，憋不住了给梅姐说。"

付修文心中叽叽咕咕翻滚，憋不住了梅姐有啥妙方秘药？

梅雪娇打断了他的思量。她哗啦哗啦拉灯闸，电灯泡如同瞎
了狗眼不肯发亮。梅雪娇搬来凳子放在沙发上去看电灯。他自然
过去稳住凳子。女人太重，凳子抖，她也抖，抖动中节能灯亮
了，如同幽蓝的鬼火。他打退堂鼓，不想住这里，看书写字都不
方便。

梅雪娇的身子太笨，下凳子刹那，一个趔趄，他倒下时黑裙
子罩住他，在他眼前织出一道天罗地网，脑壳被一双肥腿夹住。
这奇异的情景怎么说呢？如果把付修文身子缩小若干倍，那就像
梅雪娇黑裙子凭空掉下一个婴儿。

男女一旦有了身体接触目光就变得黏糊，他感到梅雪娇看他
的眼神变得火热，甚至闻到皮肤焦煳的味道。

付修文委婉地说他想另找住处。梅雪娇说，床和被子给你换
新的，租金减半，洗澡到我屋里。再推就不近人情。打拼的初级
阶段省钱就是挣钱。她让他去办手续。

安顿下来，他去买日常生活用品。

回到出租屋才发现用具摆放整齐，甚至连剃须刀、内裤、避
孕套都买好了。床头放着两本旧杂志，都是婚姻生活之类的半黄
杂志。这个梅雪娇凭啥对他好？他吃的在肚子里，穿的在身上，
钱只能糊口，论人才只能说一般，勉强算个体面的男人而已。那

她图什么呢？越想越想不出，想不出就生出警惕。

黄昏来临，他登上楼顶扶着生满红锈的栏杆观景。山上建着别墅，一栋比一栋造得豪华别致。怕一个角落都要教书匠挣一辈子。如果有人不小心把别墅掉东西一样掉在地上，恰好被自己捡到就好了，如果别墅的影子能住人，屋里一个妖精一样的女人缠着自己……越想越美，口水挂在嘴角。目光转向大街穿梭来去的小车，有的叫得出名，更多的叫不出。一个个打扮得怪模怪样的女人向前走，似乎夹着一泡找不到出口的热尿，升腾的香味楼顶都能嗅到。望久了，他自言自语地宣誓，死也要死在城里。

3

无聊地等了一个星期，没有得到去杂志社面试的通知。在七天里有两个出乎意料：一是梅雪娇会找借口勾引，结果音信都没有；二是邹苇会打电话询问，结果打了半次，铃声响起就挂了，马上补来一条短信"打错了"。他没有回电话，知道女人喜欢让人牵挂，又不想主动。女人的坏脾气不能惯着，创业时期哪有心情儿女情长？

付修文用写作来打发闲得发霉的日子。铺开稿纸脑壳一片茫然，每个字写得比篆刻图章还慢。《残卷》前后写了三年。写不下去时，他总是用虚妄的前景安慰自己，他别出心裁新作获得巨大成功，左手鲜花，右手美女……脑壳里透进一丝光，灵感正要来临，父亲来电话了。父亲在电话里咳得死去活来，付修文急得要死，催父亲说话，父亲说："发什么癫，好好的书不教，安安稳稳的日子不过，瞎搞去打工，教书多好啊，风吹不着，雨淋不着，按月拿钱，你娃是身在福中不知福，啥叫福？锅里有煮的，裆下有杵的。你不回来老子来找你，拖也要把你兔崽子拖回来……"

付修文不愿听老父啰唆，把电话开着放得远远的，让老头子对着空气唠叨。这个土里刨食靠劁猪骟牛过活的老农幸福观跟邹苇一样，他俩像一个老师教的。他正烦着，好多天都没露面的梅雪娇出现了，约他出去走走。

小车停在出租屋门前，他坐在副驾驶座。梅雪娇启动汽车，始终没说去哪里。车窗外闪过高大的玻璃幕墙，汽车和红男绿女，似乎穿过半个市区汽车拐弯上山，停在一栋别墅前。

别墅用铁栅栏围着，栏杆有凸起的图案，下面种着花卉。正值花期，香气浓如糖稀。有两株不出名的木本植物花谢了，凋零的花瓣飘进鱼池里。几条红尾巴鱼游过来争抢花瓣。

一大把花瓣如同蝴蝶飘入水面，付修文向左侧一看，一个身穿黑裙的女人正在拾花瓣。美丽的脸勾魂摄魄，妖精一样的身材，那翘起的臀该不会整过形吧？天然的难得那么美。邹苇的屁股与此女相比简直是小巫见大巫。付修文收回目光，觉得自己是小丑，一个大男人特别关注女人的屁股，是不是有心理问题？答案悬在半空中。梅雪娇长声喊："进屋——"

喝罢茶进入正戏，也是梅雪娇带付修文来的目的：看他们豪赌麻将。别墅的主人叫笨猪，胖成一砣肥肉。多日以后付修文才知道笨猪是梅雪娇的前夫，离婚后还保持着藕断丝连的关系。另一男人与笨猪形成鲜明的对比，除了骨头就是皮，都叫他瘦猴。

笨猪与瘦猴对坐，两个女人相对，赌的一种"夹五星"，以一千元起底。笨猪从麻将桌上拿起两张牌，说，先给你们玩一个把戏，看咱把这块白板吞进去，从屁股眼里拿出来，那张牌划一道线哗啦进嘴，鼻子下的红洞开合几下，就像咽一枚糖果，三人惊愕间，他从屁股下取出白板炫耀，说："在这里，臭的。"

付修文没看出门道，笨猪不是变戏法，他在吸引三人的目光，从目光里判断他们是否戴有搞鬼的隐形眼镜。

瘦猴不甘示弱，他要炫技："看我更绝的。"他把一张"发"从屁股眼塞进去，吸几口气从嘴里吐出来，牌面上粘着腥臭的口水。两个女人不解，其实他在提醒赌客不准搞鬼，他是捉鬼的钟馗。在赌场精神胜利法是重要的。黑裙美女等不急了，比老光棍的新婚夜还急，催促"别耍把戏了。开打！"每个人亮资十万，交替验钞之间，麻将机哐哐地吐出牌。

第一牌笨猪休息，两男一女操练。可他眼睛没休息，那双色眼随着黑裙美女的手抓牌、插牌，优雅地打出去。付修文想凑到黑裙身边，闻闻香气，过过眼瘾也好。但是不熟，过去显得唐突，先到梅雪娇身边过渡吧。刚到梅的身边，梅捏起一张牌惊呼"和了——"两千元到手，她抽出一张像抽一张纸，说："弟，给你的奖金。"

付修文嘴里说："不要。"手却伸出去，心里像抹了蜜。又看美女还得钱，天下的好事全占了。黑裙美女不和牌，脸上乌云密布，出牌由优雅变得粗鲁。笨猪每出一张牌都说："戈雅娟，给你放一炮。"她听懂了笨猪的双关语正欲发作，一看那张牌真的放炮了，出口的狠话咽了回去。

好光景昙花一现，戈雅娟陷入了怪圈，抓好牌放大炮，钱包渐渐瘪下去，三个小时不到，她只剩下钱包了。笨猪赢得满脸油光，说："妹儿给你一个机会，咱自摸了不要钱，只让哥摸一把；你自摸了咱给钱。"

戈雅娟神情凛凛离座："请付先生替我打会儿，我去搞钱，输赢都是我的。"

付修文坐上美人座椅，微挽衣袖准备大干一场。梅雪娇送眼波让付别掺和。此时别说眼光，就是耳光也阻挡不了他打麻将的欲望，低头甩掉梅雪娇弯曲的眼光抓牌理顺，眼球如同电压过高的灯泡。天啊，七对很快配成，只等哪个倒霉蛋放炮，最好自摸。和了他就是戈雅娟的恩人，将与她建立扯不断的关系。每抓一张麻将付修文手发颤，心脏里擂动牛皮鼓。他抓到三张九条，野心越发膨胀，略一沉思打出去单钓的"发财"，一意孤行赢绝牌——唯一的一张九条。这张子不知在牌堆里，这是在另两个赌徒的手里。赢牌的概率微乎其微，比天上掉下一个林妹妹还难，正好掉在自家床上，正好扎进怀里的机会差不多。又抓到一张"发财"他差点扇了自家的耳光，不然自摸了，一人四千，两人八千就到手了。沮丧中抓牌就龇牙咧嘴，这样抓了三张废牌，食指触到一张条子，感觉条纹粗糙烫手，翻过一看，正是九条。一股销魂的快感通过手指传给中枢神经，在那里抽搐几下，又马不停蹄地传到大脑，脑壳嗡嗡乱响，乐疯了一批脑细胞。

没有疯的脑细胞提醒，让他别着急倒牌，怕下家碰牌，他千辛万苦煮熟的鸭子飞了。

笨猪催付修文出牌，瘦猴没有碰。

付修文终于推牌，龙七对自摸，最大的和，每人八千。

笨猪伸手验牌，目光绿了，脑壳上像蒸笼冒出缕缕热气。瘦猴响亮打脸，脸都打肿了，自责道："我该碰的！"一旁观看的梅雪娇似笑非笑，赞美付修文火山爆发的火气。因为这一牌她休息，输赢和她没关系。

笨猪一点不笨，笨里藏着奸诈，他肥虫一样的手指拍拍付修文说："兄弟，我和瘦猴每人给你一千，只当这牌没打，不让戈雅娟知道就是。"瘦猴帮腔说："这叫双赢，钱给戈女人你能得屎好处？今晚我请你吃海鲜，还是吃骆驼掌？"

付修文心里矛来盾去，想要钱又怕走漏风声，得钱了就关上了通向戈雅娟的门，说："人家一个女人输惨了，我于心不忍。"

两个男人付账继续操练。

牌场风云突变，几乎成了付修文独自表演，砍瓜切菜般地赢钱，赢的钞票把纸盒胀得要破，趁众人不注意悄悄抽出五张塞在臭鞋里。

梅雪娇手机响了，是戈雅娟打来的，询问散场没有。其实她想问她的替身赢了没有。赢了她会飞奔而来，输了会她一去永不回。付修文侧耳倾听，眼巴巴盼戈雅娟快点接手，他好急流勇退。梅雪娇笑而不答。此时，戈雅娟在一家福利彩票站前徘徊，想回去捞本又没有本，银行卡里面只有三千，取出还不够放一炮，她盼望替身创造奇迹。

奇迹出现了。梅雪娇告诉戈雅娟，付修文把他们三个都绞杀了。

戈雅娟如服兴奋剂，疾步奔向出租车，快得影子都跟不上。

当她出现在麻将桌边时，眼里放出乱七八糟的光圈，盒子里放不下钱，桌子上放了一大堆。也顾不上优雅，食指蘸上唾液刷刷点钞，她的血本捞回，还赢了十八万多，突然数钱沙沙声暂停，脸由红润变得青黄，质问，这玩法起底是一千，咋有五百零头？

四名赌客面面相觑。戈雅娟的眼光停在付修文身上，如果他的目光能开口说话，一定会说你藏了我的钱。付修文藏钱心虚，脚底如同火烧，脚气都蒸腾上来，臭哄哄的，他若交出脏物比脱光衣服还难堪，真想变成一只老鼠从下水道钻出去。这个美丽的女人光彩在付的眼里褪色。委屈、懊悔使他的全身僵硬："你自己来打。"

戈雅娟卷土重来，此后她要风得风，要雨得雨，火气能烧燃麻将桌。没用一个小时，笨猪输光了，还欠了戈雅娟两千。

笨猪如同一头被调皮孩子玩弄尾巴的猪，难堪至极。他出了一个鬼主意："再打几圈，我输了你摸我，我赢了你给我钱。"

戈雅娟不理他荒唐要求走出别墅，到了台阶处站住，对付修文招手"来，给你一百元。"付修文没接，心里嘀咕道，给你赢了十八万，你打发乞丐吗？在赌桌上挥金如土，对恩人却是铁公鸡。这种人不想再见。

4

岳主席从浙江回到石城，付修文前去拜见。路过超市他去买了一罐蜂蜜和五斤水果提着。为节约费用他不坐车。中途提水果的袋子把手勒了一道血痕，差一点改变了主意坐车。又想这时坐车前面的路不是白走了吗？

他换了一只手继续走，走路可以挨时间，这种速度可以到岳家吃饭。去早了不好，有蹭饭的嫌疑，晚了也不好，赶不上吃饭。

刚刚好，他按响门铃时，岳夫人正在端饭。

假意推辞几句就上桌。岳主席告诉他杂志社招聘面试就在后天，他是面试评委。千万不要暴露他们认识，要给人公平公正的印象。岳主席在往嘴里喂饭的间隙指点："你打两个腹稿，一是你创作的成绩单；二是编刊物的优势。"付修文点头如鸡啄米。

好多天没进油水，早晨两个菜包子，晚上一包泡面，面对满桌精致菜肴，他恨不得像牛一样多吃，晚上反刍，慢慢体会美味。然而，他吃得很慢、很斯文、很有教养。趁岳主席夫妇进厨房添饭的宝贵时间，狼一样把一坨肉吞进去，噎憋了气，便咳得惊天动地。回到出租屋，邹苇来电话了，一按接听键，对方又挂了。这是她打电话常见的方式。她的手机如同多年前的呼机，呼对方回电话，一来二去省话费。付修文正想打过去，与上次一样来了一条短信："你父亲出事了。不要再给我打电话。"

付修文立马给父亲打电话。

　　父亲先不说出了什么事，骂儿子犯浑辞了工作，骂儿子负了邹苇。说到激动处日妈日娘，日这日那。付修文听不下去。威胁说，你再骂，我就挂电话了，父亲说："我下次再不日你妈了。"如果可能，付修文的手会沿着电波抽父亲几个耳光，良久不说话，一说就伤人。父亲告诉儿子："今天给邻居劁猪被公猪咬了。要不是邹苇送我去医院，我的腿就废了。你对邹苇不好，老子揍你，你不娶俺……"

　　放下给父亲的电话，他调出邹苇的电话号码，打电话之前打腹稿，以免停顿，重复，啰唆费钱。电话以通话时间长短计费，在单位时间里说话越多，用户就越占便宜。受她的熏陶，他也是一个懂经济的人了。谈恋爱那会儿她发给他的短信都很长，还加上呵呵、哦哦等网络词汇。他责备道："你老哦哦什么？"她手指戳向他的鼻子："笨砣，都是一毛钱，字越多成本就越低。"

　　腹稿拿捏好分寸，既不过分疏远，给她留下"提了裤子不认人"的口实，也不可以过分亲密，以免成功之后她像狗皮膏药一样甩不掉。就把她当成备胎，如果在城市奋斗成功，找一个戈雅娟一样的女人最好，如果败石城还有邹苇的热被窝。他看了一眼手表，根据学校时间表，此刻邹苇没课便把电话打过去。铃声响完，无人接听，其实，邹苇半褪裤子准备方便，不用猜便知是付修文打来的，她提着长裤过来就是不接。她在生他的气，七八天不打电话，你不打我也不打，看谁沉得住气，恋爱中的男女，尤其处于感情危险期的男女，谁越主动就越被动。当她看见他睡过的枕巾，上面有两根粗硬的头发，不由自主捏住，顺手拿起枕巾捂住脸，一股馊味扑鼻而来，在她的感觉里是花香，是陈年美酒。甚至他没来得及洗的内裤也成了她的宝贝，怎么看都不够，怎么摸都不过瘾。电话再次响起，邹苇接听了："有事吗？"语气在冰箱里冻过。他说感谢她送他父亲去医院，向她报平安，等混成人样一定报答。

听他不带感情的混账话，她想听的他一句没说，说的全是她不想听的。

付修文担心浪费话费，催促："你说话呀！"电话那端狠话刀剑般刺来："都怪你父亲，不然不会打扰你。呵，我前两天晚上通宵打麻将，今天在办公室睡着了，还打呼噜。张汉来查岗，你猜咋了？懵懂中我说，老公，我累，晚上吧。"

付修文心里如同闯进了一群畜生，到处乱啃，能听到它们撕咬的咝咝声，大声吆喝："别说了。"

她刺激他，欲擒故纵，看来目标已经达到，心里略显畅快。付修文生气想挂断电话。她说："我可能怀孕了，日子都过了半个月，大姨妈还没来。都怪你那晚用旧套子。"

付修文说，用旧套子是你出的主意。两人像不负责任的官员，捅了娄子互相推诿。他清楚记得那晚没套子了，两人激情难忍，计生服务站已经关门，那东西又不能找同事借，只能自己克服困难。两人大眼瞪小眼，男眼瞪女眼。还是邹苇有创新冒险精神，噘嘴指向床边："昨晚扔下的，用温水洗洗，烫烫将就用吧。"他光着屁股下床，用温水洗了数遍，歪着嘴吹牛一样吹气，套儿半鼓不鼓，证明有漏洞。怀着侥幸，他们用了。要说责任双方都有。甚至四六开，男四女六。

付修文不想在这件事上纠缠，甚至负经济责任，追求幸福的路上最忌杂事缠身，推脱说，我得赶快准备应聘的演讲稿，有时间了再联系。

招聘会在一所中学教室进行。应聘六男五女共计十一人。男人穿着得体，其中三人戴着眼镜显得很有文化，女人打扮得很时尚，昂首挺胸从身边走过，香气醉人。他来自农村中学，有了矮人半截的害怕。香风醉倒乡下人事小，醉倒评委就完蛋了，意味着他提前出局。评委席上坐了七长八短胖瘦各异的评委，一共七名。岳主席坐在其中，面容严肃得像孔子，左侧还有公证员，看起来有公正公平的意思。

付修文幸运地抽到三号签。签号靠前就会先出场，先亮相容易紧张，靠后演讲会试听疲劳。最要命的是前两名选手从网上下载的言论评委听着新鲜，后面选手恰好也下载了相同的东西评委认为炒现饭，三号签是好签。

第一名演讲者是一名年轻男人，自我介绍是石城大学老师，他的演讲字正腔圆如同播音。到提问环节，一个评委提问："你最喜欢哪位中国作家的作品？"年轻男人不假思索地回答："鲁迅的长篇小说。"岳主席大笑，笑出一嘴焦黄的牙，说："据我所知鲁迅没有长篇小说，你找到了我把脑壳砍下来给你当玩具。"年轻男人难堪至极，仓皇下场。第二位面试者是一个容貌清秀的女人，还没出场就已经谢幕，谎称身体不适，其实是她的演讲稿与第一个男人一模一样，不约而同下载同一篇文章。

付修文上场了。他演讲的题目是《披沙拣金，甘做嫁衣》。鼓吹他的创作实绩时展示《紫雾》，评委们眼放光，不时交头接耳。要知道文学繁荣的地级市，在省级刊物发作品的作者狗屁都不是，在石城却比狗肉还香。说到他做编辑的优势时，虚构说他能得到几位一线作家的支持，"尊敬的评委们，你们可以向岳主席求证，尽管我们从未谋面"。岳主席点头称是，说："我读过你的作品，没见过面，来，我们认识一下。"

付修文行鞠躬礼，逼真表演初次相见的好戏。他知道自己已快成功了，高兴之余一脚踩在讲台的边缘，晃了几跟跄倒地，墙壁，评委在眼里翻几个筋斗。他想完了，出丑了。就在爬起来的瞬间，一些话顺口溜出，顿时化不利为有利说："想要在杂志社站稳脚跟难啊！摔倒了爬起来，也会继续干。"

岳忠满意他化解危机的机智。就连对他没有好感的一对男女——日后的上司牛主编和钟副主编两双冷眼都同时加热，还神秘地嘀咕几句。

面试结束，他脚步格外有力，眼前出现一个熟悉的影子，那不是戈雅娟吗？

是她，半干半湿的秀发披了一肩，绝美的容颜使他的魂儿烟一样飘散，成了没有思想的躯壳。她身后还跟着一只狗，那狗也被她魅惑得摇头晃脑地跟了几条街，赶都赶不走。狗也有好色之徒。

付修文想去打招呼，又想她麻将大战后的吝啬，至今让他心寒，向前的脚变成后退。戈雅娟旁若无人地向前走。付修文的心从云端跌到尘土，好险，差点拿自己的热脸去贴她的冷屁股。

没有料到戈雅娟回转身，眼睛亮了一下，说："你是那天帮我打麻将的小付，你到这里有事？"

付修文告诉戈雅娟，他到《石城文学》杂志应聘，刚面试完毕。她哦了一声说："我在市群艺馆搞艺术辅导，办公楼与作家协会很近。走，我请你吃饭，去吃狗肉包子。"

付修文不吃狗肉，曾经被酒肉朋友骗吃一次，马上胃里翻江倒海，肠子都快吐出来。而戈雅娟请吃狗肉包子他没有推辞。高兴都来不及还推辞什么呢？美的力量不可抗拒，她就是请他吃瘟猪肉，喝地沟油他也会欣然前往。

等狗肉包子的间隙，付修文炫耀他的《紫雾》，戈雅娟对内容毫无兴趣，问他挣了不少稿费吧？他讳莫如深地回答："没有合计。"

热气腾腾的肉包子端上来，葱、蒜泥、辣椒水也摆放整齐，戈雅娟的声音透过袅袅香气传来，趁热吃，味道不错。他用门牙切包子皮，包子里腥气入鼻，再咽一点狗肉馅下去，胃坦然接纳了狗肉。他抬头打量戈雅娟，她有闪亮的白牙，咀嚼声细得如同蚕啃桑叶。

付修文陷入瞎思乱想，猛然间，戈雅娟一声惊呼，桌子上的辣椒水震翻，醋杯儿也倒了，原来那只跟踪她的公狗潜伏在桌边，趁女人不注意去舔她的脚背。戈雅娟踢了一脚公狗，滚，想吃老娘豆腐，滚！付修文听着怪怪的，该不是借狗骂人，有弦外之意吧？

吃罢狗肉包子，擦去嘴角的狗油，他要她的电话号码。戈雅娟朗诵一样报出了一串电话号码，他把十一位数输入手机，也输入大脑。

第二天他想请戈雅娟吃饭打她的电话，电话里那个女人说："你拨打的电话是空号，请查证后再拨。"他耳膜嗡嗡乱响，昨天吃的狗肉包子在胃里翻滚，干呕几个呃儿，差点呕吐。

5

付修文穿上那套灰色的西服，人模狗样地到杂志社上班。《石城文学》编辑部在五楼，没有电梯，爬上去就像上一次上甘岭。呼哧呼哧地喘气找到了一扇门，门扇有杂志社的标识，敲开门，低三下四地自我介绍。

电脑前一个中年女人侧过脸。那张傲慢的脸他在招聘面试现场见过，是钟副主编。"你先坐。"她又进入了网络世界，这个女人编一本内部交流刊物，被一批文学爱好者敬着，肉麻地吹捧着，她越发高傲得不成样子，她写任何作品都有人赞美。

付修文手脚无处安放便拿起拖把。钟女士说："我招聘的是编辑，不是钟点工。"

他放下拖把，站着、坐着都不得体，便满脸挂着亮晶晶的笑。他知道这个姿色平庸的女人有傲慢的资本，出过两本诗集，拿过一次征文奖。创办《石城文学》她是最大的推手。此女雄心勃勃，喊出一个响亮的口号："《石城文学》一年公开发行，两年上选刊，三年得文学奖。"

钟女士推开一扇门，进套间，转身把门掩得严严实实，里面声音断断续续、神神秘秘。付修文没听清一句。半晌，钟女士凉风飕飕地开门，说："牛主编让你把这些杂志送到相关单位去，然后拉广告，工资按广告多少计。"说罢，给他一页纸。

牛主编得道高僧一样，门不出，面不见，故作神秘。神秘感是统治人的有效手段，江湖高人经常神龙见首不见尾。其实他知道姓牛的底细。牛主编读的是农业大学畜牧专业，劁猪骟牛是他的专长。他与自己的爹是同行。但老牛讨厌血糊糊的勾当，特别喜欢书法，把马牛羊等字写得比这些动物本身还要可爱，曾得了省里书法大赛二等奖，此后从畜牧局调到文联，没几年就当上了副主席。杂志社要一个领导做门脸儿，在几个副主席里老牛离文学稍进，自然就成了主编。

付修文扛着一捆杂志出门，想，这种杂志怕是没人看的。有的文章读者只有两人，一是责任编辑，再就是作者本人。漂亮的纸值钱，印上那些昏头脑涨的字就不值钱了。没走几步，他又回来，把一本皱巴巴的杂志掏出来，送给钟女士，神情恭敬得像交作业的小学生，说："这是我的小说《紫雾》，请钟主编指点。"话一出口，他觉得虚伪，其实是炫耀。她眉毛都没扬一下，发音出现嘲弄的戏腔："都老旧杂志了，莫非是你的绝唱？放那儿吧。"

付修文像倒空米的口袋，满身软塌塌的，也不知怎么下的楼。回望钟女士所在的房子，恶狠狠地说，狗眼看人低，写一个厉害的吓死你。

那天他很晚才回城中村的出租屋，狗一样地蜷曲在床上，从头发到指甲都难受，越想绕开遭人白眼，拒之门外的冷遇越绕不开，且缠得越紧，一个悲哀的表情符固定在眼上。

他为前景设计出路，每一条路都岔口丛生，每一条路都深不见底，似乎出现了微光，最后咚地撞在墙上。一个念头生成，尽管希望渺茫也得试一试。

翻身下床，他打开提包，拨出动物内脏一样的衣服，那本《著名作家》杂志还在。杂志不重要，重要的是上面的信箱，一个比情人的信箱还要重要的信箱。

付修文似乎抓到了命运之神的尾巴，情绪由灰暗变得明朗。正在构思如何向那端发邮件时，眼前突然一暗，一双手蒙住了他的眼。谁在装嫩？谁在玩小孩游戏？他顺手后摸，摸到一个大屁股，比石磨还大；往上摸，很粗的腰，心里顿时暗下来。他想尽早确认是谁，拉开手回头，果然是多日不见的梅雪娇。这女人有些过了，有些暧昧。梅雪娇变戏法一样把棱角分明的纸袋放在床上，笑眯眯地问："你猜，姐给你买啥了？"

还用猜吗？一眼可见是一套西服，巴博瑞品牌，一时他拿不定是收下还是不收。梅雪娇说："在文化单位上班要注意形象，你今天上班姐送你一套衣服。那么好的身材，穿西服一定好。没离婚时，我给笨猪也买过西服，他肥胖得装不下。快把脏衣服脱了，试试新装，不合身我去换。"

在梅雪娇的催促下，付修文双手似乎脱离大脑僵硬地往身上套，她媚眼倒立说："外套套外衣，咋知大小？"

他有难言之隐，不是怕展示皮肉，老男人的皮肉有什么不能展示，而是内衣破旧，衬衣污黑像涂了一层污油。她催命一样地催："又不是色情片，请我看还懒得看。"

话说到这个份上他还能怎么？脱下"戏装"露出寒酸的本相，膝盖上松泡泡的凸起，如同戴了一个护膝。他觉得自己就是一个演马戏的丑角。

趁她眼望窗外，他双脚飞快地往裤管里捅，双腿捅到了同一裤脚，拔出来再捅。忙中出错，裤子前后错位，裤门朝后，似乎屁股改变了功能，改行做起小便生意。梅雪娇笑得全身发颤。

终于把衣服穿周正。她这里扯扯，哪里抻抻，眼里光波闪动，欣赏她打扮的男人。欣赏罢，目光投向床上的皮带，弯曲斑驳，比一条死蛇还难看，她说："你到姐家去洗澡，一会儿我去买根皮带。"

付修文被一根无形的绳子牵着，一会儿到了梅雪娇家。房子不大，也不新，唯一新的是木质地板，还散发原木的气味，给人质朴的温暖、老旧的舒适。

梅雪娇调好水温就出去了，等汽车声远去，他把赖洋洋的身子投入木缸，温水浸润着皮肤，多天粘在皮肤上的汗水和污垢溶于水，水变得脏黑。他感到他成了一条鱼，每个毛孔都在绽放。泡久了身体开始膨胀，古怪的舒适中夹着刺激，他开始想入非非，梅雪娇换成戈雅娟的身材，屁股、容颜，什么都换，留下对他的情谊，两人生活甜得发腻，有一堆钱，一堆头衔……越想越美，口水都流出来了，这是他要的生活，也许。

越泡越舒服，思维更活跃，戈雅娟、邹苇、梅雪娇在脑壳里面穿梭来去，你方唱罢我登场，结果变成三个女人一台戏，为了他争风吃醋、斗嘴打架……楼下响起汽车喇叭，梅雪娇回来了。

"来，我给你搓背。"她用钥匙打开洗澡间，他潜进水里，心想搓背是借口，相当于挂羊头卖狗肉。他感到皮下藏着一个自己，一个要拒绝，一个要投靠，投靠的力量横蛮强大。

梅雪娇下水了，她脊背朝天卧在木缸里，酷似一条缺氧翻白的鱼，他斜眼望去，她皮肤保养得很好，光滑润泽，与皮肤形成鲜明的对照。

梅雪娇装羞怯，翻身屁股朝天，把神秘的一面藏在水底。她全身肉滚滚的，能听到她皮下脂肪生长的呼呼声。他的手从她脊背按下去，一路煽风点火。他不敢睁眼，火烧到胸腔里、喉咙里。梅雪娇得了重症一样，说话含糊而断续，立生死遗嘱一样说："把姐翻过来……姐不会亏待你……"

这次他没有拖泥带水，女人为达到目的可以出卖肉体，男人为达到目的可以出卖良心和灵魂。他这样的可怜虫能出卖的只有自尊。可是自尊能卖多少钱一斤？智障患者都知道，房产物价天天涨，而灵魂、尊严天天降价。他从蒙着水雾的镜子看到自己的尊容，有三分可怜，七分可耻，加起来十分可笑。他如同得了热病去翻动她的肉身，她很滑，很重。妈的，手不听使唤，硬是翻不动。

门铃骤响，他的手被烧红的木炭烫着一样，僵硬悬在半空中。梅雪娇静听片刻，从水中跃起，说："别出声，就躲在这里，我儿子来了。"梅雪娇让儿子等一等，说："妈在泡澡。"

男孩发现了什么不对，问："这是哪个的衣服？笨猪回来了？"梅雪娇与笨猪离婚前，儿子叫他爸笨猪，老子也不恼，也叫儿子小猪。梅雪娇火了，说，我又不开猪场，一天到晚笨猪与小猪的。梅雪娇开了浴室门，男孩往里闯。才十岁的男孩，胖得眼睛眯成一条缝，嘴唇有了细长的绒毛，嗓子也变始变音。如果把他扩大若干倍，就是笨猪。男孩看到潜伏在木缸的男人，眉毛撒野，眼光能杀人，本能扑上去。父母离异后，他由笨猪养着，经常穿梭在父母间，妄想父母重新生活在一起。所以任何陌生男人的闯入，他都视为敌人。

付修文支吾说："修浴缸的。"

孩子凶狠盯着他："快滚，臭流氓！"

付修文来不及与梅雪娇告别，仓皇逃走。

6

上了十几天班，每天扛着杂志拉广告。杂志揣出去了，广告一个没拉着。钟女生脸上除涂遮斑霜，又涂了一层不满。

那天付修文正要出去，钟女士叫住他说："你的《紫雾》我看了，是一个个怪诞故事的堆砌。缺乏故事与认识间的联系。如果此作投给《石城文学》我是不会用的。"

付修文心里那张嘴巴说，你懂个屁，大刊都发了。你看轻看贱，审美眼光就是一乡下大嫂，嘴巴却是另一套说辞："让你见笑了，一个个烂俗的故事。"

趁钟女士进里间，他想钟女士对自己横挑鼻子竖挑眼，其中肯定有原因，把脑壳想出一个个洞眼，也没有答案。要不就是城市人对乡下人的傲慢。他设想过巴结钟女士，搞定她，牛老头就好办了。牛老头除了会写"马牛羊"，骨子里就一铜匠，对文学一窍不通，这种人好对付。巴结钟女士不容易，连下三烂的"美男计"都想过了。无奈，他觉得自己貌不出众，弄不好她会骂他，骂得狗血喷头。

钟女士说："你不是说与几个一线作家有联系吗，赶快约一个名家的稿。这期稿子太烂了，就一个中学生作文的水平。"

听罢，付修文窃喜，他正想约《著名作家》郝编辑的稿。这样就好请郝看他的作品。早听说编辑换手抓背，有了挠痒的手指，不愁没不给挠痒痒的。

第一次用了杂志社的电脑。发给郝的邮件里，言不由衷地赞美郝的作品，把《石城文学》吹成一朵花，最后才诚心约稿。邮件发出去，就像投进水里的黄泥，水花都没溅起。为达到目的，他又发一个邮件："稿费让你满意呵。"发罢，自己都觉得可耻，《石城文学》是内刊，稿费是象征性的，一般是在作者年终聚一餐，外地作者凭印像给一点。对方很快回复了："什么标准？"

付修文咬紧牙，索性把吹牛进行到底："纸质电子相加可达千字五百。"在当时的刊物是天价。郝发来一个微笑表情："明天把作品发给你。"

付修文马上后悔，这下把牛B吹炸了，如果能钻进光纤里把邮件拦回来，就谢天谢地了。郝的作品发出靠什么兑现？他在心里祈祷，但愿郝给一个短稿，比短信还短为最好，大不了自己垫钱。

郝的稿子发过来。

付修文一看字数，妈呀，竟有七万多字，顿时眼睛充血，四肢冰冷，按他吹的牛，发表后要给郝三万五千元稿费。盘算着杂志社能给三千元冲破天，剩下的窟窿只能自己补。他从邹苇那偷出的只剩一万多，堵漏洞还差两万多，悔呀，他后悔得要扇自己的耳光。

据说，生命科学两大顶尖难题：一是让人长生不老，二是研制后悔药。两大难题在理论上都没可行性，那后悔休要再提，就当成花钱买关系吧。心情平静之后开始看郝的《头顶上的眼》，高超的叙事方法，杰出的心理描写，有原创性和巨大的想象力，堪称力作。看罢《头顶上的眼》，他猛然心紧，好像被一双无形的手揪了一把，郝怎肯把这样的作品给一个无名内刊？脑壳想大了，脑髓想烂了才想明白，《石城文学》是内刊，不影响郝发其他刊物。他只是在这里挣一笔稿费而已。

拉关系牵住郝的鼻子需要钱。搞钱首先想到的是父亲。还没开口，老劁匠发话了，让儿子快快给他打钱。昨天他劁一条公牛，牛发怒踢坏了他的天灵盖。人不能两次踏进同一条河流，而劁匠两次犯了同一个错误，被畜牲伤害。劁牛咋会踢坏人脑壳？付修文不用问就知道，父亲喜欢炫技，他劁牛不用绳索捆绑牛脚，不用四条壮汉死命压住，装作给公牛挠痒，锋利的劁刀眨眼间伸向睾丸，电光石火间取下睾丸……这次失手了。付修文不知咋对剖匠推脱，过了半晌挂断电话。

只有找邹苇。从她那里搞钱比用水搓一根绳子还难，只能智取。首先想编瞎话骗她，痛哭流涕地说，他出了车祸或得了绝症，弄仨瓜俩枣不成问题。妈的，不行！她百分百会到石城探病，骗局自然败露。唯一办法打感情牌，把她的心说软。

晚上十点，付修文拨打邹苇的电话。广东音乐《雨打芭蕉》响起，雨点刚打芭蕉，邹苇就开始接听。

这次没有故意不接电话是她心虚。张汉下自习后就到她出租屋里坐着不走，说一些莫名其妙的话，还要摸她的手。邹苇推辞："我的手又不是麻将，有什么好摸的。"张汉屁股上好像上了螺丝钉就是不走。她那几天便秘憋得满脸通红，一个男人在此，不可能到一墙之隔的卫生间去呔哧。还好，一个电话叫走了张汉。她一头扎进卫生间。刚开始，电话响了，不用看就知道，是付修文来电话了。

"你在干什么？"

"洗澡"声音温度只有30℃。

"我给你洗。"他不怀好意地笑。他知道她最喜欢肉麻的情话。从前他们短暂别离一旦通话，她总是请求："说点流氓话吧。"他欣然应约，说些露骨的挑逗话。"你等一下，我睡下听你的电话。"她的声音又加热好几度。他能听到她哮喘一样的呼吸，决定再加一把火，投其所好，等她神志不清再提钱的事情。这女人有一点特别好，答应的事，哪怕错了也绝不反悔。他舔舔嘴唇，再也不心痛电话费，虚构说："昨晚做了一个梦，我长了三只手，一双手工作，你猜另一手干啥？"邹苇哧哧一笑："那你不成蠹贼了吗？别呀！"

"第三只手抱你。"他瞎编着。这些话是正戏开场前的锣鼓，大雨前的闪电，正戏是搞钱。不想再铺垫了，话语突然转向："为了我们每晚在一起，为了我的事业，快给我搞两万元钱，很急！"

邹苇沉默半晌说："我没钱，实在不行你把我卖了。"语音的温度骤降。他心中田园风光消失，思维反向折叠，带着威胁的话脱口而出："不要钱了，我去挣。我的女房东是个富婆，让我给她捶背，几十元一捶子……"他故意停住，给予无限的想象空间。

邹苇对着话筒吐一口唾沫，似乎口水能穿过千山万水喷到男友的脸上，狠话飕飕飞："我看到你的嘴脸了，每个毛孔都是无……"最后一个字没有说，这个字是一把刀，她想他知道的。

双方举着电话不再说话，过了几分钟，邹苇心软了："你的卡里有几万，我打给你。"

他蒙了，那张卡几乎被他掏空，连连说："别打，别打。"

一天下午付修文下班返回城中村，手里拎着方便袋，透过红塑料纸，隐约可见是包子。从气味能判断是狗肉馅，每次路过狗肉包子铺，他都要驻足片刻，在潜意识里无法抹去与戈雅娟进食狗肉包子的画面。看狗肉包子实际在缅怀戈雅娟。此刻买的狗肉包子不是去讨好戈美人，而是为另一个女人——梅雪娇。

付修文手中的塑料袋甩来甩去，一路步行回到城中村。身子还没进梅雪娇的经理室，狗肉包子先探进去。表功道："梅姐，看我给你买好吃的了。"

当她知道好吃的是狗肉包子时，描过的眉皱了一下，心想，狗都不吃狗肉包子，人吃不恶心吗？但是，狗肉包子是她喜欢的小子买的，就像得到宝贝一样高兴。凑近鼻子赞美："好香！"

付修文想了若干借口借钱，就是开不了口，那样子酷似第一次进妓院的客人。她误会了他的想法，以为是求偶，便循循诱导，热情鼓励："只要姐有，就一定满足你。"

"我要做一件大事，姐给我借两万元钱。"

梅雪娇爽快答应："针尖大点儿事，姐借给你。男人就是要干大事。"

付修文没想到如此简单，比从邹苇那里搞两元还容易。她让他晚上去家里拿。

入夜，付修文比赴情人的约会还要准时来到她的家。

梅雪娇做了丰盛的晚餐。白色的餐桌上放着山珍海味，还有红酒。他心想一个租房者，一个借债的享受贵宾待遇，她图什么呢？

梅雪娇不住地劝酒，殷情夹菜，眼光在他身上飞来飞去。他读懂了她渴望的眼神。吃饱喝足正欲离开餐桌时，梅雪娇说："今晚就住这里，明早给你取钱。"

"你儿子呢？还没见过这姐夫呢。"说罢就后悔，这不是同意在此过夜，还打听别人的儿子、丈夫，简直在做贼心虚地在摸她的底。梅雪娇脸色暗下去说："儿子在他父亲那里。我离婚了，我前夫你见过的。"她在抹泪。

付修文无意间触到她心灵的伤疤，那伤疤一个摞一个，风一吹就破。前夫笨猪他见过，一起大战麻将。她的前前夫付修文没见过，她前前夫开矿发了大财，与一个小妖精同居，之后就去了南方。

梅雪娇醉了，他扶重伤员一样扶着她，穿过客厅，进入卧室。脱了衣服的梅雪娇与浴缸里相比更无趣。这时走掉，借款肯定泡汤，为了日后的幸福，为了眼前的功名，他要委屈自己的身体。可是身体断电，就像战场上级指挥不了叛变的下级。微闭双眼，发挥巨大的想象力，以梅雪娇的脸为模子，幻化成戈雅娟；把她身子瘦身，变成邹苇。于是他眼前出现一个牛头不对马嘴的组合，戈雅娟的脸长在邹苇的头上。顿时电路接通，他感觉全身闪闪发亮。

7

梅雪娇讲信誉，无偿借给付修文现金两万元。还另外给他两百元，让他买补品。他有点恶心，这不是变相给他做鸭子的辛苦钱吗？他觉得自己肮脏丑恶，愤怒谴责自己作孽。

两万元在兜里还没揣热，钱却进了别人的口袋。

就在那天下午，在杂志社门口他遇到了戈雅娟。她停住脚步望他一眼，超过了礼貌和应付的时长。他等这一眼太久了，便也抬起眼，眼光立即压弯了。

她靠近他，两个影子迭印在一起。他的鼻子里钻进一个幽淡的香气。此刻眼、鼻孔都在享福，苦坏了那颗心，比后有追兵亡命天涯之徒的心跳得还快。她笑笑说："你紧张成这样，我又不吃人。有时间吗? 到我家去给我帮个忙。"

付修文连说："不忙。"

戈雅娟的家离杂志社不远，就一站路。她住在幸福家园小区。

这是一个高档住宅区，楼群鲜亮，到处是绿树红花，空气里有股香甜的味道。沿途，她与行人打招呼，暗示她交际广泛。

戈雅娟住二楼。她打开门，房子装修豪华，但是弥漫着一股冷清。她解释说："家里没一个男人，就像尼姑庵。重活就得请人。"他急于表现，问干啥活。她努努嘴："也不是啥重活，把阳台上的花盆搬进来。"他抬眼望去，阳台上十几个花盆，花儿开得正艳，花盆沉重，女人肯定搬不动。

他走向阳台，怀抱花盆进屋，十几个花盆很快搬完。他有些后悔干得太快，活儿干完，失去待下去的理由。戈雅娟拿出毛巾让他擦汗。擦罢，她说："再坐会儿。"

付修文坐在沙发上，瞥一眼戈雅娟便馋得不行，转念一想，初次登门就一副猴急的色相，惊吓了对方就会竹篮打水一场空。把目光移回窗外，他的嘴动了动，似乎口水干涸了，说："你的名字真好听。"

戈雅娟话没经过大脑答："好听你拿去。"

付修文耳朵就像注入蜂蜜、甜味入耳入心。这话弹性太大了。再看戈雅娟，一笑两条细眉下一对弯眼，再笑使人欲念丛生，不笑又孤苦伶仃的凄艳。他的思绪跑马了，跑到一个只能意会不能言传的所在。

戈雅娟的手机不解风情地响了。到底是文化人，铃声都是肖邦的曲子。此刻，再牛 B 的肖邦也弹不出风流者浪漫与悲伤，他侧耳聆听电话是男声，有点耳熟。戈雅娟似乎很高兴，机密地回复："我一会儿就到。"

他估计是赴男人的约会，便无趣告辞。她让他等等，一起出去。走出小区，她停住脚步说："有兴趣吗？陪我到一个地方，保证你心惊肉跳，终身难忘。"

他随她上出租车。大约二十分钟车停在幸福路口，两人下车。她在前面带路，他随着她，就像她牵着一只宠物。左拐右拐，右弯左转，他们到了极地娱乐城。付修文早听说过极地娱乐城，是石城最大、最高档的娱乐场所，赌法是从澳门学来的最新玩法。你可以一夜暴富，也可以一夜一贫如洗。

石城是内地城市，当然不会公开开赌场。极地娱乐城的赌场在地下。他们经过两次"验明正身"才抵达地下赌台。赌台边有一个胖子，近了才看清是笨猪，正把十万筹码往闲上押。开牌，笨猪赢了。付修文明白，约戈雅娟来地下赌城的是笨猪。他们可能是麻将玩得不过瘾就来这里玩惊险刺激了。

笨猪赢了钱很高兴，对应约而来的戈雅娟喊："你给我带来了好运。"戈雅娟笑得很是勾魂，勾出来笨猪心中的万丈豪情，把二十万筹码推出去，再次压在闲上。发牌，庄家是 8 点。笨猪翻牌，庄家是 9 点。顿时双眼放光，幸福得要眩晕。眩晕后的笨猪没收手，他要创造传奇——连闯三关，即连本带利全押翻三个跟头。其实他还有个隐秘的心机，若三关闯过去，他要把赢的所有钱用到戈雅娟的身上，他不相信她不动心。如果输了暗示他们无缘，不要枉费心机。这次他没有急着下注，而是凝视电子屏上的走势，计算小注赌客的输赢，从历史资料里发现赢的可能。突然他如魔鬼附体，双眼贼亮，把四十万筹码推出去放在闲上。付修文在盘算，若这次笨猪赢下，笨猪就有了八十万，这比在大山辛苦工作半辈子挣得还多。忌妒泥沙般沉下去，悲凉水中浮尘一样上来。

惊心动魄的时刻到了，发牌时，笨猪面皮抖动，手上冒汗，痴迷的神情胜过教堂虔诚的教徒。

发牌员亮出庄家两张牌加起来5点只能算中等牌。笨猪翻开第一张牌，是红桃4，第二张捏在手里，如同要捏出水，然后慢慢展开，良久颓然扔下那张黑桃6，两张牌点数相加，满10点为零。他的八十万付诸东流。

笨猪摇晃着去洗手间。

笨猪离开后，戈雅娟在他的位置开押。第一盘押一千，输了，第二次押两千又输了，第三次押一万，赢了。她的输赢影响着付修文的心跳和肾上腺素的分泌。他感到奇怪，他们打交道不多，第一次还相当不愉快，为啥对她如此上心？他希望她赢，赢钱的人高兴，高兴使人生情，说不定把她感情的毛毛雨撒给他一点，对他来说，绝对是甘霖。他在各个角度欣赏她、揣摩她。等他回过神来，戈雅娟的筹码越来越少了，脸也变成寡白。她小声嘀咕，与其磨死，不如痛快一死。

　　她的感觉来了，把剩下的所有筹码全押上。开牌时，庄家亮出 8 点，赢他只有 9 点了。她的心就如即将炸开的玉米花，血液撞击耳门。翻开第一张是梅花 Q，花牌点数为零；第二张牌只能是 9，否则就输得落花流水。她的手触上去，双手抓牌，就像抓着一个惊人的秘密。想尽快揭晓答案，又不敢揭开，弯月眼就在牌的背面游离。他比她还急，血红的眼急欲穿过扑克牌抵达谜底。

　　戈雅娟摊牌了，那张梅花 6 坠向赌台，她输了。输了不可怕，可怕的是再没翻本的机会了。她在赌场沉浮与她丈夫有关。三年前丈夫弃她去美国，一去再没消息。听说丈夫与一个黑人女孩同居。戈雅娟心灵破碎，灵魂寂寞就寻找刺激，恰好，笨猪叫她打牌，在赌牌中忘记痛苦，用生不如死的方式来悼念夫君，越悼念她陷得越深。她输掉了积蓄，输掉了汽车，两个月前用房契作抵押借了笨猪五十万的高利。今晚买筹码的十万就是五十万里的最后一点。此时，如果有人给她钱她什么都会干。从前有官员千方百计要她的玉体，有一串有钱男人不怀好意要包养她，最后她都断然拒绝。不是她把三十余岁的身体当宝库看守，更不是她的道德底线有多高，而是觉得对方脏，说不定那些臭男人昨夜还玩了婊子。与他们风流一夜她的血就脏了。眼前这个姓付的，一看就是满肚的花花肠子，钱不多，但是他来自山里，就当绿色食品，万一不行，苟且一下。此时与彼时不一样。

　　她把目光投向付修文，用眼睛问他是否带有钱。从他萎缩的作派和低档服装店模特装扮就知道他没钱。但人不可貌相，万一他有呢？那天不是说稿费没合计吗？应该有一些，他在身上摸钱了。

付修文掏出从梅雪娇那里借来的两万，不到一天，这些钱完成了一趟奇异的旅行。梅雪娇用它巴结付修文，付修文用来讨好戈雅娟。

戈雅娟很是大气，两万元数都不数就去换筹码。再上赌台时，她押哪输哪儿，好像扑克牌和美妇有仇。不到二十分钟，她输得只剩身体了。

他们走出地下赌城，感到做了一个噩梦。她的脑力和体力严重透支，身体像风中纸片，付修文扶住她，她没有拒绝，把他当成拐杖，这拐杖不是龙头拐杖，材质非木质，而是血肉之躯，还没等他支撑稳当，那拐杖就开水发颤，抖得不成样子，他抱住了她，嘴巴就像狗熊舔蜂蜜，这不是吗？她嗅到了一股陈年饭菜的馊味，看见牙龈还粘着一颗小米粒，她突然感到恶心。她一个念头渐渐成形，眼前这个男人到了城市，本质上还是土得掉渣的农民，这气息就是身份证。其实复杂的气息也有戈雅娟自己的。汗气混杂香水味，比臭味更熏人，她全推在他身上。付修文欲贴得更紧，戈雅娟忍无可忍，脸一时冷如冰块。她想用力推他，又想他是恩人，又借了他的钱，推的力道减弱，推脱说："我累了，你快回去吧。"他茫然看着她的背影渐行渐远。她始终没有提那两万块钱什么时候还。

8

《石城文学》发表了郝的《头顶上的眼》。

那天牛主编笑眯眯地走出房间，拍拍付修文的肩，还在脊背上摸摸，逗宠物一般，然后展示书法，依然是他老人家最擅长的几个字：马、牛、羊……付修文不懂书法也能看出这些字神韵非凡，凝视久了给人一种幻觉，马在嘶，牛在叫，羊在咩，付修文真诚赞美。写得太好了，牛主编顺杆爬："那你推荐给《著名作家》吧。"付修文连忙推脱，他们不发书法作品，您有其他文学作品我可以介绍给郝老师。

牛主编一拍脑壳，说，你不说我忘了，我有几首诗你看看，他返回屋里拿出诗作。付看了又看，读了又读，他佩服主编大人的勇气，分行的胡言乱语也敢于示人。付修文搜肠刮肚也找不出一个词赞美，支吾了半晌，说："我不懂诗，我打印出来寄给郝老师吧。"

牛主编说，《头顶上的眼》我给了郝先生最高的稿费，打破我刊纪录。我写了一个作者简介，你一起寄给他。简介上首先介绍他是中共党员，然后是这主席，那理事，这主编，那委员，头衔比他额头上皱纹还多。付修文看罢愣住，作者简介写"中共党员"干吗？难道党员比非党员写得好，发作品党员优先？他不想再与牛在这事上费口舌，说给牛主编寄诗作、下楼、上街、去邮局，路边有个垃圾桶，顺手把牛的诗作扔进去。

到了邮局就像掉进了冰窖，脑壳里盘算，除去《石城文学》给的稿费，亏空了三万多。要命的是钱借给了戈雅娟了，马上要开不了口，要回那些钱就意味着他们俩再无瓜葛。

必须搞到钱。他把能搞钱的人都过滤了一遍，唯一有可能就是梅雪娇。

这次他没有带狗肉包子，而是喝了二两白酒，做了充分的准备，专门去讨梅雪娇欢心的。去的不是时候，他进屋时梅雪娇正在生气。她把一张大照片撕碎，从最大的两块可以隐约地发现是她前夫笨猪。梅雪娇还砸了东西，屋里到处都是碎照片。付修文问，梅姐，生谁的气？梅雪娇避讳："离婚后笨猪想再婚，为儿子着想，我正矛盾。他是人吗？借我五十万去放高利贷，一分钱的利都不给我，这倒罢了，催他还账，他今天推明天，明天推后天。昨晚差点被他暗害了。半夜，瘦猴开了防盗门，要非礼我，我要报警，瘦猴跪下求情，是笨猪给他的防盗门钥匙。离婚后，笨猪说那防盗门钥匙丢了。他一直没安好心。之前笨猪想复婚，遇到戈女人后就变了心。"

付修文骂了几句瘦猴，虚假安慰了梅雪娇一番后，声音变得焦虑而悲伤："梅姐，我想留下保护你、照顾你，但我出了大麻烦，等家里钱一到，我还清你的钱，我就离开石城了。"

梅雪娇追问出了啥大事，他却守口如瓶。她万分焦虑叹息问，就没有解决的办法吗？他嗫嚅半天说，有五万就能迈过这道坎。说完不敢看她，低头看地板。他知道陷入感情旋涡的男女，一方要甩掉另一方的最好办法是，一次一次地向对方借钱，借一次在对方心里矮一次，最后想甩掉对方的先被甩了。想到一次又一次向梅雪娇借钱，她肯定讨厌了。梅雪娇还没厌，说："姐再借你五万。"

门就在这时敲响，三长两短就像接头暗号，她示意他别理，而他每听到一声响，身子就一缩，每一声都敲在他脊梁骨上。梅雪娇让他别出声，到卧室去。

梅雪娇走向防盗门，从头顶上的眼孔里望去，一张肥得流油的圆脸，说："是来还我钱的吗？不然就滚！"

笨猪没有滚，把门敲得哐哐响。梅雪娇吼："再敲我就报警了，你藏有我钥匙。"

笨猪从孔里举起一双尖头皮鞋说，正好让警察抓你的奸夫。这双臭烘烘的皮鞋是姓付的，还不喊他快快出来……

她开了门，眼光像刀、像箭、像戟戳向他，质问："为啥把我的钥匙给瘦猴？安的什么心？"

他愣住，一时语塞。这是他和瘦猴的秘密，就是把杀了笨猪，炖成汤、炸成菜，也不能说出真相。

说是秘密，还不如说密谋。当笨猪看清他们俩复婚即将无望，梅雪娇收回五十万欠款越来越紧时，便让瘦猴拿上防盗门钥匙去偷借条。事成之后五五分成。瘦猴没有选择白天，而是晚上去，他既劫财，也劫色。瘦猴一样没偷着，却被逮个正着。今天笨猪上门探听虚实，打听梅雪娇是否报警。

笨猪在客厅看到一地撕碎的照片，不用拼接，他就知道是自己的。他的脸破了，身子拦腰斩断，腿呢，一地都是。她把他碎尸万段了。

笨猪不想在钥匙上纠缠，他要抓住她的奸夫抢占舆论的制高点，把背叛的责任彻底推给梅雪娇。他威风凛凛地撞开卧室的门，把付修文的衣领当缰绳，勒住一匹小牲口似的，斥责梅雪娇啥时味口变了，老牛吃嫩草。从此我们谁也不认识谁，经济账一笔勾销。梅雪娇把表情调整到无表情，说，看在我一个可怜单身女人分上，把钱还给我吧。笨猪说，你养得起鸭子还差钱？梅雪娇再也无法忍受，狠话从牙缝里挤出，见过不要脸的，没见过如此不要脸的。要不回钱我不在石城混了，咱们法庭上见。笨猪斗不过梅雪娇就把火撒到付修文身上，一脚踢在付的膝盖上，让他跪下，顺手把茶水泼在他脸上。

梅雪娇怕笨猪下毒手。咽下怒火，于是正义的讨伐变成了嚼舌根。三人坐下来私了，梅雪娇做出让步，五十万欠款等笨猪经济好转再还。笨猪走出梅雪娇住宅带走付修文，说有私事单独谈。

两人进了一家小酒馆，笨猪点了两盘下酒菜，强行要付修文喝酒。喝不下就灌。到了两人麻醉时，笨猪大着舌头说，你再跟戈雅娟往来我要你的小命，老子在她身上我花了大本钱。

笨猪胡言乱语不假，为得到戈雅娟，他挖空心思培养她的恶习，买通她身边人教戈雅娟打麻将。三人比着输，让她尝尽甜头。空虚得发疯的戈雅娟迎来了及时雨，越玩越上瘾，牌技越来越精。笨猪用真本领已经赢不了戈雅娟了。偷鸡不成倒蚀一把米，只好开辟疆场，引诱她到地下赌场。到那里的赌客哪个不是输得赤条条的？只有她输得一无所有时才有可能投靠笨猪。现在她身边跟着付修文，他必须警告。

付修文听罢警告哼了几声，如同一只酒瓶歪倒在桌边。等他清醒天已大亮。他拾起手机，有十个未接来电，全是梅雪娇打的。

他挣扎着回到出租屋，梅雪娇迎上去，像是迎接失而复得的宝贝。他的屁股还没有坐稳，她拿出报纸包裹的五万元钱说："你要的钱。"

有五万现金壮胆，他脚下生风出了门，一改从前步行或坐公交车，拦一辆出租车上班。脑壳里像安了点钞机，又把那些钱数了一遍，除了填补郝的稿费，其余部分可以约戈雅娟消费。高级女人没有高档消费不行。至于欠债，他寄托在以后赌场上的运气。他到编辑部时，前门虚掩，轻轻一推，屋里没人。钟女士的电脑开着，暗示她没有走远。如果昨天他会恭候钟女士的到来，听她调遣。今天有了钱，他东张西望一番后，竟对神秘的里间好奇。手指弯曲触动门扇，门板裂开手指宽一条缝，目光穿过窄缝，眼珠差点跌出眼眶，钟女士正在一根又一根拔牛主编脑壳上白毛。桌上放着文件，他们小声嘀咕着的事情，是刊物打算设立文学奖，他们将互相推荐对方。

付修文看得过于迷醉门缝越来越宽，目光越来越粗壮。钟女士斜一眼门缝，慢慢地举起一根白发，旁若无人地继续工作。付修文觉得受了莫大的侮辱，他们忽视他的存在。

付修文用响亮的咳嗽抗议。

钟女士气焰变得嚣张："门都不敲，给我滚出去！"她挥动手臂，动作夸张，就像赶一条狗。她那张曾经朗诵诗的嘴，这时变得肮脏，凶猛吐出她干不了的事，操。

9

单位是不能再去了，至少等两位头头怒火消散，然后再做打算。付修文盘算一下改善关系的时机，只能是他们俩获奖的日子，人逢喜事精神爽嘛。

他把自己关在出租屋。打发日子的最好办法是修改那篇《残卷》。这个小长篇书写他从祖父那里得到一本前不见头，后不见尾的魔法书。书里神奇的魔法，不可思议的奇迹纷至沓来。巨大的好奇心驱使他寻找开头，最后补写结尾。呈现出先中间，再开头，最后结尾的叙事顺序。一边修改一边沉溺其中，他把自己的凶险忘了。他幻想《残卷》在《著名作家》发表之后获得巨大成功，戈雅娟上门祝贺，晚上投怀送抱，何等销魂，何等幸福。

虚幻的幸福只在心里短暂停留，《残卷》结尾面临巨大的困难，叙事无动力成了枯燥无比的劳动。梅雪娇每天给他端茶续水，比侍候产妇还殷勤。为他身体着想，连房事主动戒了。可他是"难产"的"女人"。难产时就怒火冲天，时常怒视梅雪娇，让她不要打扰他干活，给他躲得远远的。他把自己变成囚徒，霸王硬上弓，脑细胞死了又一批。他灰心失望，自己不是写作的料，那些天才作家胡写都漂亮，打一个喷嚏都比他有思想，他只能草草结尾了。

他打开关了很久的手机，一条短信使他眼亮如灯笼，戈雅娟发来的："忙吗？周末可到我家一聚。"一句平常的话，他当成密码破译。几个人聚，聚多久？

周末一大早，他的心提前抵达，肉体滞后买点水果和狗肉包子。挨到九点他敲响了戈雅娟的的房门。她穿着睡衣，身上留着隔夜香。打一个抒情的哈欠，口腔散发的不是馊味，而是凋零的花瓣气味。客套几句后，戈雅娟挨近他说，你和梅雪娇发展到哪一步了？如实告诉我。

付修文以为她吃醋连忙辩白："我与她就是房东与房客的关系，她那样一个胖大嫂，在我眼里就是《阿Q正传》里的吴妈，阿Q喜欢我没兴趣。"

戈雅娟说："你们同居我便祝福，没有我就开心。"

付修文对天发誓："若与她同居，上天会使我变成甲虫。"戈雅娟笑笑，露出白贝一样的牙，压低声音近乎耳语："听说你借了她不少钱，欠账总是要还的。教你一个诀窍，保证你一夜把账还干净。"

"怎么还？"他伸长耳朵。

戈雅娟故作神秘，撩拨他的好奇心。催急了才说："梅雪娇约我大战一场麻将，两千元起底。我准备了好酒好菜，还准备了一台带程序的麻将机。她听你的，你只需把她带到我家……"

这招太狠了，付修文想，干了会做噩梦的，便临时瞎编了一个借口拒绝，说，据他所知，梅雪娇警惕性很高，从来不到信不过的麻将机上玩。

"那我们也可合作。"戈雅娟提出第二个方案："我教你一种暗语。"说着教她手语、眼风、动作。付修文一时听不懂，她便如同小学教师精心辅导学生，教她如何喂牌，两人巧妙配合打死梅雪娇。他的心拉过来，撤过去，始终没有应承。

付修文的电话响了，僵局透过一丝风。电话是邹苇打来的，邹苇哭诉说，她在妇幼保健院做引产手术，要他今天赶回去照顾。他说正在开会。她的声音变了调，斥责说，什么会议比她生命还重要？付修文用传达中央反腐精神来搪塞。邹苇哭声传来："都是你作孽，为啥你快活，让我受罪？太不公平！你不来，我来，把狗日的生到你单位。"

付修文掐断电话，发一条短信过："千万别来，政治学习结束给你打电话。"

戈雅娟对他的通话内容不感兴趣，约他到家可不是听他打电话的，马上切入今晚要实施正事，说起她昨晚做了一个梦，暗示她要发一笔横财。问他是否想入一股。

付修文知道他的资金出了问题，把借鸡抱蛋改变名称。他就犹犹豫豫，好久没有答应。戈雅娟一眼看穿了他的矛盾说："算了，笨猪要入股我没答应，本不想与那类人渣打交道的，现在只能与他合作。"

付修文的心被戳痛，话就脱口而出，好像说晚了就错过了发财良机："我入三万元的股。"

她筹集赌资的目的达到，热情开始冷却，目光如同铁锈。他看懂了她的冷淡，几次起身想走，但是脚被鬼拉扯着。这种私密空间千载难逢。他在等待，渴望出现神迹。

神迹没有出现。她的心平静如水，怎么搅动都没有波澜，一股入骨的悲凉在心间窜上窜下，是不是陷入狂赌失去了爱的能力，抑或是对男人彻底绝望？在她眼里男人没有了美丑，脱了衣服，都是骨头和肉。

时间瘸了腿，日影移动一尺似乎用了大半天。戈雅娟说：

"你去客房眯一会儿，我去做饭。晚上陪我去极地娱乐城。"

付修文没听说过请客睡觉的。美妇邀请别有一番意味，便随戈雅娟进了客房。一进客房，他的腿成了下锅的面，软得一塌糊涂。他抓住了她的手，那手细腻柔软，微微带点静电。戈雅娟挣脱他的手，说："我不舒服。"

他的眼睛里生出无数根绳子，也拉不回她的身子。看来她不给自己机会。灰心失望从脚底攀爬到心尖，每条筋络都收缩变冷。她是在戏弄自己，就如同拿一条腥味十足的鱼逗弄馋嘴的猫，等猫馋涎欲滴时抢走鱼。他躺在床单上燥热无比，脑壳里想起索尔·贝类的话："一只虫子从麦加起飞，飞过亚洲太平洋就想叮你一下。"这一下就是叮不着。叮得太急弄不好事与愿违，那就等，放长线钓大鱼。

等待中，厨房里传来切菜、炒菜的声音，不到一小时喊他吃饭。

几样菜端上餐桌，一个凉拌金针菇，一个葱爆小牛肉，一份板栗乌鸡汤。菜不多，但很精致，既审美又家常。戈雅娟举着手说："你就是吃遍天下美食，也吃不到今天这道菜。"

他看看餐桌上的菜似乎都吃过。

戈雅娟说："我把手指切破了，你吃过人肉吗？并且是我的肉。"她表功般地举着手指。他看着她左手食指上的创可贴，心顿时软若秋天最后一个柿子。他对着创可贴吹几口气，似乎那是灵丹妙药，对她的不满烟一样散去，更坚定了为她投资的信心。

戈雅娟表达婉拒的歉疚，殷勤夹菜不住地劝他多吃。他心里装着事，吃不下。戈雅娟呢，不住盘算时间，心早去了赌场，再美的食物也是粗糠剩菜。他们各自心怀鬼胎吃罢晚饭，急着赶往地下赌城。

在赌城门口，付修文找到取款机，取出三万元交给戈雅娟。他跟着她绕来绕去，最终在一个五百元开押的赌台站住，让他在这里等，她去换筹码。

付修文眼光追着戈雅娟，留意她换多少筹码。她回到赌台对他说，这是六万筹码，正好一人一半。他心里一惊，差点说出你只换了四万。也就是说她谎报投资，还没开赌就赚了两万。他想戳穿她的把戏，但看到她美得心碎的侧影，最后选择了隐忍。

戈雅娟开始下注了。一个多小时输赢输赢再输赢，几乎就是保本。突然她如神佛暗示一样押一万，赢；再押两万，又赢了。一时间戈雅娟在他眼里成了圣女。就这两押，她捞回了虚报的投资，并为他赚了。

戈雅娟目光如烧红的木炭，胸前的衣服被跳动的乳房震得飞扬，手捏不住筹码，他在揣测，此时她一定是最快活的女人，忘记了昔日赌场的惨败，忘记了婚姻破碎，忘记了时间、性别，只剩下赌钱本身。可能比喝了美酒，甚至比新婚之夜还痛快。

在靠墙角的一张赌台前有一双眼睛一闪又一闪，看到戈雅娟和付修文的亲密合作，他的心比木棍捅着还难受。

戈雅娟沉浸在狂喜中，别说闪动的眼，就是一道闪电她也不会在意。那闪动的双眼是笨猪的眼，眼看着戈雅娟赢的筹码堆成小山。让这个女人肆意赢下去，以后给她提鞋都没有机会。再看付修文在自己心仪的女人身后屁颠，他再忍不住怒火，必须把他们俩推下悬崖，再把她拉上来……笨猪溜到洗手间拨通了110："极地地下赌城出了凶杀案，一个女人被打死，两个男人被砍伤……"笨猪知道极地娱乐城背景坚实，一般案情不会出警。谎报成凶杀案谁敢敷衍？这下戈雅娟有苦酒喝了，警察不见凶杀，顺手牵羊抓赌，没收赌资和治安处罚跑不掉。

两辆警车停在极地娱乐城门口，警察呈作战姿势冲进来。当威严的"不许动——"在赌室回响时，戈雅娟正抓着两张牌，和值是9点，对方和值是零蛋，赌注是三万。

警察四下搜索，连一滴血、一根受伤的毛都没找到。赌场老板吓得面如灰土，头垂得如同成熟的稻穗。当听说时追查凶案时，立刻心里放松，满脸铺上一层笑，说："谎报军情，这里一只飞蛾都没伤……走上楼喝茶，要不拿点筹码试试手气……"

领头的警官让手下把赌徒带走，他留下来调查案情。倒霉的戈雅娟、付修文及众赌徒被带上车。

他们被带到公园路派出所，关进置留室。戈雅娟大喊大叫："放我出去——凭什么关我——"

一位老警官拿着一串钥匙，哗啦——哗啦——过来低吼："喊什么？今天有两起重案，现在轮不到办你们，好好待着！还不服气？你们已经构成了赌博罪。"他刚走开又猛然回头，打开置留室，自语道："咋把一男一女关在一起？成全你们好事，想得倒美！"老警察吆喝付修文进了另一间置留室。这里光线暗，一群虫子围着一个灯泡飞。连椅子都没有，只有一个水泥墩，他坐上去，很凉。

更凉的是心，他长这么大，第一次走进了剐匠父亲所说的"黑屋"。身体被囚禁，思维却更加活跃，想到自己本是一个见赌作呕的男人，在乡下因为空虚，更是为小钱走上了麻将桌，到了石城被鬼魅诱惑着到地下城。魅惑不仅是金钱本身，还有色欲。此时，欠了一屁股债。他正胡思乱想着，老警察打开铁门，把他带到一间没门牌的屋子。

老警察让他坐在椅子上，打开那台老式电脑开始问话："姓名？"

"付修文。"

"你与那女人是什么关系？什么时候开始赌博的？"

"我们是普通朋友关系，我陪她去看热闹。"

老警察扯下警帽拍到桌子上发出愤怒的声响："不老实，是你引诱她去豪赌，这是她的笔录。"

付修文想到老警察询问东一榔头西一喇叭，而且不合程序就很不配合，提出要与戈雅娟对质，其实他想知道她的去向，受罪没有。

老警察说戈雅娟已经交清罚款被人领走。

付修文不知道就在半小时之前，笨猪开着车来到公园路派出所交清了她的罚款，迎接凯旋英雄一般把戈雅娟接走，并在皇朝酒店设宴为她压惊。席间，笨猪痛斥告密者。戈雅娟听到他用世间最恶毒的话咒骂小人，心里甚是感激，破例敬了笨猪一杯红酒。

宴席结束，笨猪把戈雅娟送到家门口，试图以恩人的身份上楼，戈雅娟奖赏他一个蜻蜓点水样的吻。笨猪约她去丽江散散心，她说："再说吧。"

老警察询问付修文两小时，也拿不出豪赌的铁证。警察目光从头到脚在付修文身上走一趟，纳闷的是这样一个寒酸小子咋会豪赌？他犹豫片刻便去请示领导。付修文看着老警察出去，他的步态外撇，肚子微挺，极为别扭。其实这是老警察历经千百遍练就的。他从前在乡下派出所当所长，特别崇拜当官的。学当官先学走路，千里之行始于足下嘛。他让儿子从网上下载了乡镇长的"母猪步"，县处长的"螃蟹步"，官没当成，走路酷似残疾人了。

一泡老人尿的工夫，老警察回来说："领导说了，交三千元罚款就放你。"付修文驳斥："我没赌交什么罚款？"

"在赌场不赌博？给我你没赌的证据。"他们俩用两种方言辩论，谁也拿不出证据，就陷入了谁也不动的茫然。

老警察在屋里踱步，踱了无数圈终于妥协："让你的家人或单位来人领你走。"

单位？这下刺痛了付修文的神经。这事捅到单位就是丑闻，比嫖娼光荣不到拿哪儿去，再说牛主编，钟女士会领他走吗？他想到家人，他们在遥远的青山那一边，邹苇在妇幼保健院受罪，怎么忍心让她受惊？猛然间他想到岳主席，只有向他老人家求救了。

老警察拨通了岳主席的电话，岳主席听罢叹了一口长气，比山谷的风还长。失望之余表示爱莫能助，因为他人在上海。岳主席请求公安放人。老警察不理会。他知道妇联，未听说过文联。一个退修的文联主席的话，对警察来说比飞絮还轻。

所有的路都是死路，只能求助牛主编了。牛很恼火，说付修文是单位打杂的，现已被辞退，所作所为与单位无关。他匆忙挂断，似乎怕给他抹黑。电话再打给钟女士。她的回答与牛主编的回答如同克隆，就是两张嘴——男嘴和女嘴——发相同的话。不同的是语音里加入了愤怒与不屑。

一个最应该想起却被忽视的人登场了。

梅雪娇来到老警察面前。

她只与老警察交流，好像付修文一夜之间变成了赃物或臭虫。她说此人是她的房客，欠了她很多债，必须把付修文带走。

不到十分钟就办完手续，老警察把付修文交给梅雪娇。上了她的车，他挤出巴结的笑，低眉顺眼，没话找话。梅雪娇的厌恶掩藏不住，面孔越发垮塌。

车开到寂静处停下来，梅雪娇毫无预兆的爆发了，啪啪的耳光如同鞭炮在他脸上炸响，他的眼前花儿开成一片。愤怒唾液喷一脸。她嘶哑地吼叫："你骗我的钱去嫖，去赌……还我钱！还我钱！"

10

付修文被软禁，一天只供应三包方便面，他吃得满身都是怪味。他的旧手机被收走，裤子不让穿，一条脏脏的短裤裹着下身。这招数防止他逃离，一个没穿裤子的男人怎么坐车？他想

起刚住进来那天，在楼道里撞上的那个男人，那男人的那天，成
了他的今天。两个倒霉的男人隔着时空相遇。恍惚中他觉得他们
俩就是同一个人，或者彼此是对方的幻影。门前拴一条威猛的黑
狗，他一起身，黑狗便竖起耳朵，眼里闪动铜环一样的光，狗嘴
发出狂吠，出逃就别做梦了。

　　梅雪娇第二天来到小屋，没有一句多余的话："还清欠账，
包括房租立马滚。"

　　付修文央求给他手机，不然咋弄钱？梅雪娇想了又想，从旁
边屋子拿来一部烂手机，在她的监督下拨戈雅娟的号。电话那端
铃声响起就是无人接听，反复打，永远不接，可能打了三十多
次，对方按了拒听键。梅雪娇冷冷地说："她和笨猪去丽江旅游
了，打一万次也不会接听。"付修文发一条短信过去：央求她还
钱救人，对方没有理会，仿佛短信发到一个不知终点的所在。付
修文愤怒了，绝望了，狠话冒火冒烟："见到她我要撕碎她，起
诉她。"梅雪娇扯住他的耳朵："起诉她？你的证据呢？有借条
吗？你不是要与她合谋宰我吗？"

　　付修文颓然坐下，都怪自己手痒，心更痒，怪来怪去不顶
用，无奈之下给邹苇发了一条短信立刻关机，他怕最后一线希望
瞬间破灭。

　　第二天上午，邹苇来到城中村的出租屋。她见到不成人样的
男友，她愤怒的目光能戳死他，恶心地干呕。不争气的眼泪死海
之水一样涩，划破一路风尘流进嘴里。

　　梅雪娇知趣退出，望一眼邹苇从长途客车上带来的半瓶矿泉

水，甚是失望，这种女人没几个钱。就是有钱也舍不得为他还冤枉债。她一直倾听屋里的动静，先是哭声，咒骂声，低语声，最后是悄无声息。

声音再次响起是三个小时之后，邹苇打开门喊来梅雪娇："还你钱，这冤孽我带走，让他给我做一辈子奴隶。"其实邹苇刚刚说服张汉，让付修文回去到村小代课。张汉开始用原则推挡，邹苇就打情感牌。理是死的，情是活的，理把事办死了，情往往人救活。

邹苇带着付修文走出城中村，她还拿着那见底的矿泉水。到了长途汽车站，他买了一张晚报在车上消遣，正好看到一则消息，牛主编和钟女士双双获得"石城文学奖"，付修文立即揉皱扔掉。

汽车启动，他靠在邹苇的肩膀上，她推掉他。他狗皮膏药一样贴得更紧。汽车摆晃着，他昏昏睡去，梦在眼前徐徐展开：他们俩在一所村小教课，他拉琴，她唱歌，一群孩子在开满花的草地上唱着跳着……一种巨大的幸福弥漫全身。原来幸福是一种感觉。

"你醒醒。"邹苇推他。

他睁开眼，口水如蚕丝拉扯在椅背，过一会儿又闭上眼，想把梦接着做下去。

苍山迷茫

　　秋雨下了七天七夜，千丝万缕，点点滴滴。一开木门，大雾便涌了进来，没有一点云开日出的意思，这可苦坏了这大山深处的人。困在山上，经过连绵的秋雨长出的蘑菇颜色发黑，没有花纹，是卖不到好价钱的。

　　秋生清早趁着大雾进入苍茫的大山深处，拾回两口袋鲜香菇。眼看就要烂掉，自家又吃不了那么多，看到婆娘的脸比老天还难看，他不禁长长地叹气。秋生吃过饭就出发去镇上。前几天他和镇上饭铺的老板娘玉秀定过口头合同，鲜香菇全部卖给她。

　　秋生的身影融进了大雾里。他有股莫名的兴奋，说不清的激动，喉咙里有什么东西要往外涌，终于有了声"哦嗬——"于是重重叠叠的大山，便来回推挡这粗壮的回声。自从和玉秀订过合同，他心里时而温热，时而忧伤，独自一人老发呆发蠢，老想"哦嗬——"

玉秀的饭铺在古旧苍灰的镇道中央，墙壁用石灰粉过，很鲜亮。铺子里的木桌蒙上了白色桌布，桌子上的鲜花用水洗过，像从山崖上刚采回来那么鲜嫩，那么水灵。秋生还嗅到了一股淡淡的清香。他弄不懂假花怎么还有香气，回头准备询问，及至她往屋里走时香气更浓了，他才明白过来，香气是她身上的。秋生从来没从自己婆娘身上闻到过一点香气。气味是有的：脚气、酸气、汗气、臊气，就是没闻到过香气。这团香雾在他身边萦绕，在他心里激起许多彩色波澜，头上激动得流出了臭汗。

玉秀很忙。一批客人刚走，她又去推动那团青石大磨，秋生便过去："我给你推一气。"玉秀想起他的鲜香菇还没过秤，她说："大哥，我先给你过秤了，你好赶路。"秋生推动石磨，呜呜咽咽的声音催促她往里填东西。白白的豆浆洗了很久，秋生已满头大汗。玉秀取下毛巾给他擦一把，他又闻到了那股清香，外面响起了汽车的声音，又有客人来了。

玉秀把秋生引入里屋的火炉旁："大哥你等等，我把客人打发走了就来。她忽然想起了什么，转过身来说："给你本书消磨一会儿时间。"她再进屋时，发现他把书倒着拿，几滴唾液流在纸上。

她推醒他，请他吃饭。秋生推辞。玉秀说："你为我下了力，还没尝过我做的菜。她夹起一筷子肉丝往他嘴里送。他慌忙把嘴张到极限，把那团肉丝全部包容在嘴里。他含混不清地说了些什么，大约是味道好之类的话。

秋生走时，玉秀问他山上的木料好不好弄，她想做架高低床。

山雾极大，远看是云，近看是雾，他永远走不出那雾的海洋。有团雾在他头脑里，解不散化不开：高低床一头高一头低，那低的一头怎么睡人？在大山里男人和女人各睡一头，这是千古习俗，想做什么事就轻轻地搔动脚板，那一头的人感到了就从被子里拱过来。不管炎夏凉秋，倒也方便了，倒也习惯了。秋生模糊想到，莫不是镇上夫妻兴睡一头？那是有许多不便的，男人嘴里的烟气往女人鼻子里钻，女人嘴里臭气往男人鼻孔里灌，那他们受得了吗？他猛地一拍脑壳明白了一个了不起的谜：镇上的人刷牙就是为睡一头。他想买点牙膏牙刷，照镇上人的样子做做。想到这件事情时他已翻过了两座崖头，浓雾在脚下翻腾汹涌，再回镇上时间怕是不够了。

快回家了，门前那条小河涨了秋水，那几根杉木搭的小桥快漫上水了。婆娘在桥头洗衣裳，不时朝对面山路上张望。她对他到镇上时间久了是很不放心的，怕他花了眼、野了心。

婆娘弓着腰清洗时，露出腰上的肉。秋生见了："你把裤子提上点，人家镇上的女人收拾得整整齐齐的。"

女人望了他一眼，无声地提提裤子，心里想："到了趟镇上就不得了了！"

秋夜寂寞漫长。无声的雨丝永无止息。山风扫过，不知要吹落几多枯黄的枝叶。秋生在灶前烤了一会儿火，心里荒凉骚乱。

他闻到了一股浓烈的汗臭，不知为什么他突然对气味那样敏感。女人进来骑在马桶上哧哧地屙起尿来，尿臊气弥漫着。他气愤地吼了一声："外面屙去，又不是牲口，就在枕边屙屎屙尿。"女人凄然一笑，笑纹凝固在脸上。她像一个犯了错误的孩子站在那里。不知今天男人犯了哪根神经，这也不对头，那也不对劲。尿桶放在枕边有些日子了，他也一直在里边屙，并且是站着，很粗壮的一股往桶里冲溅。就是这晚上了厕所，婆娘打了个尿噤，悲悲戚戚地上了床。男人说："我们请木匠做架高低床。"

"那两个人怎么睡？"

"镇上的人就是这么睡的。"

"你在人家床上睡了？"

"见你的鬼，我这个熊样谁要？"

婆娘放心了，吹熄灯，整个屋子便装满黑暗。

秋生到镇上除了扛筒苦楝树，背篓里还有满满的一口袋鲜香菇。玉秀见了分外感动："没想到大哥这样实心，不知怎么谢你。"秋生极疲劳，吐了口痰，想想不能像在自家屋里那么随便，用脚擦了擦。他转过身来，见玉秀铲点灰倒在痰迹上又仔细地扫，他脸红了。玉秀摸了摸木头，说："好沉，你好大力气。"

"这算个尿，我从山上扛回一根木头，秤钩都拉直了，不知他妈的有几百斤。"玉秀的称赞使他有点自大了，力气真是个好东西。他脱掉胶鞋，在火炉边烤起来，有股臭气飘起，他赶忙把臭脚塞进胶鞋里。玉秀发现了什么，她说："大哥你把鞋脱掉。"

"臭得很，不了！"

"你脱，我看看你的袜底。"

他没办法只好脱了。玉秀左看右看："那花扎得真好，跟真的一样。"

"这是我老婆随便扎的。"

"那认真扎还了得？你爱人一定能干漂亮。"

"还马马虎虎，花的麻的熄了灯反正都一样。"他对爱人一词很陌生，但感到好听。

玉秀笑弯了腰，高兴起来像个孩子，伸手去抓他无意间放出的烟圈，露出腰间的皮带和皮带上面白得不能再白的肉，他想起女人系的皮绳，像从煤炭洞里挖出来的，是不是给她买一根呢？

玉秀挽留秋生吃饭。知道他是闲不住的庄稼人，往板凳上一坐就打瞌睡，就轻轻地说："这么大的雨，里屋安静，你去睡会儿，饭好了我叫你。"秋生望了望窗外，秋雨又紧了，屋檐水扑扑有声，没有伞是走不动的。

秋生怯怯地问："你家当家人呢？"

玉秀很伤感，脸上蒙上了秋雨的阴影。他才想起自己问错了话，她男人在一年前做卖女人的生意，几个月前给枪毙了。她才把小孩放在娘家，在镇上开了爿饭铺。秋生慌忙改正："下次不问你当家人了。"

"你又在说他。"

"哪个下次再说他就枪毙。我蠢得不知倒顺。"

"我就是喜欢老老实实的人。"

秋生不知几多时间睡去，玉秀敲门唤他去吃饭。那床真软，被子真香。如果可能，他愿睡他个一年半载，那才叫痛快。

他筷子夹菜不稳，夹的分量也多了些，尽管他装成一副斯文样子。在大山里，好汉一般肥肉能大块吃，酒能大碗地喝，慢慢地养成了大吃大喝的习惯。

玉秀找出钱给秋生。秋生像欠账似的红了脸，用手挡回："如果看得起我这个大哥，这筒木头就算我送的。"玉秀左右劝说，他还是不听。玉秀就请秋生为她看一会儿门，她到外边去一下。

秋生知道这是有钱的地方，为了看门说不定会出现些麻烦。等他回过神来，她已出门很远了。他不知玉秀为什么对他那么亲。为人看门是信任，是看得起，顿时他有了高大起来的感觉，知道自己是个人物了，神采奕奕地站起，像主人一样把剩余饭菜收拾起来。玉秀很快回来了，手里拿着报纸包着的一团东西："这是送给你们的。"

"是些啥？"他过去查看。

"你拿回去了再看，莫在这里打开。"她把东西放进了他背篓里。

"我走了。我老婆请你有时间上山去玩。"

"落溪坪离你们很近，老后天我外公的生日，我顺便看你家大嫂，我想请她给我扎双鞋底，那么好的针线。"

"你一定要去，我婆娘想见见你这个老板。"

秋生背着背篓出了饭铺，往云雾深处走。背篓里的东西是个巨大的谜，诱惑着他，几次想打开，但玉秀说要他回去再看，总有些道理呢。玉秀看中他的老实可靠，那么就该更老实、更靠得住。

回到他的石屋，他急不可待地打开纸包，里面是一套蓝布制服和一袋银耳珍珠霜。他对女人说："我买了套衣服，给你买了袋不知是啥东西。"语气极为别扭不安。

"不知是哈东西买它做啥？"

"大概是抹脸的。"女人相信了，感动了。她进里屋抹得香气浓重。她给他擦一点："给搞一点，好香。"

"见你的鬼，不洗脸哪个擦脂抹粉？生成不是那块料。"

女人极听话地用手帕在脸上擦了几把："我又闻不到，还不是香你。"

他试穿那套衣服，再合身不过了。他过去老穿对襟布褂，猛然间换上了干部制服，他感到自己忽然高了许多，直了许多。他到镜子前看了看："这家伙长得不错。"孩子气地笑了。婆娘见他年轻了，好看了，呆看了他很久，心跳得比结婚的那晚还快。他想打扮一下婆娘。他们高矮差不多，秋生把裤子脱下来，要她试一下，她坚决推辞："男人裤前开一道门，使屙尿的东西进出方便，女人穿了人家笑掉大牙。"

"镇上的女人就是这样穿的。"

屋里没其他人，女人还是穿了。他替她把裤腰带穿进襻带里。原来她穿上一点不丑，进进出出地走了几遭，多少有点在他面前卖弄的意思。男人见她皮带在两个胯间有节奏地摆动，裤子门也忘了关，几乎是吼："脱下来，你这个蠢东西。我几耳刮打掉你的傻气。"

女人一下愣住，缓过劲来，泪水在眼眶里直打转："你莫为难我，我实在学不会那些酸气。"

"不扯这些了，我们后天有客。"

"哪个客？"

"镇上饭铺的老板娘玉秀，我们的东西都是卖给她，那可是尊菩萨呀！"

"把那块最肥的肉煮上。"在大山里待客肉越肥就越算实心敬意。

"镇上待客兴瘦肉，那么肥哪个吃得下？"

她迷惑不解："一切都由你做主。"

"明天我们收拾一下屋，要不玉秀来了坐不下去。"

这晚秋生睁着眼睛睡觉，玉秀的影子驱不散、赶不开。老式木床更让他想起玉秀床的舒适安逸。半夜里他脚上有温热的液体，接着他听到她微微的哭声，能感到她身子的抽搐，一定非常痛苦伤心。早晨他果然发现了她脸上的泪痕。

尿桶抬了出去，屋里还是有股尿臊气。她燃起端午节割的艾蒿，满屋都是烟雾，四周都是醉醺醺的苦艾气味。秋生找出几年前晚婚节育奖状贴在光线充足的北墙上，这是光荣占面子的事，千万莫让她忽视了！他记起玉秀是看书的，便找出儿子的《语文》《数学》放在八仙桌上，她闲不住就用这消磨时间。地坝里的狗屎、猪屎、牛屎也全部刨起，屋里是竹扫帚扫过的痕迹。他又到对面山崖上采来一束山菊花，插在酒瓶里，他家第一次有了花，有了股似有似无的香气。光线好了，气味纯了。原来光吃肉喝酒是不够的。

浑身热气升腾，他感到肩头有点痒，伸出手摸到了一个温热的小白点，放在掌心一看，是个晶莹洁白的小虱子，身上的茸毛如闪光的丝绒，细细的身子白得像雪，在他掌心爬，如婴儿的抚摩。他断定那小东西是从玉秀床上传来的。他和婆娘身上虱子都是黑色品种，只有那么美的人才能长出那么美的白虱子。他相信玉秀身上的一切都是香的、美的，他悄悄地把这美丽的小动物放回内衣里。

玉秀到落溪坪的日子到了，秋生已把一切收拾停当，现在该打扮一下老婆。玉秀说过他老婆肯定能干漂亮，那么就不能让她有太多的失望。她的衣裤都宽大陈旧，请人做是来不及了，他自作主张地到刚结婚的表妹那里去借。在那里坐了就是开不了口，最后下定决心，有几句话流出来："想想……想……把表妹的衣裳借……借……给我蠢婆娘穿一天。有……有客人要来。"

"哪个客人？"

"来……来了，你就知道了。"

"你不说我不借给你。"

"那就算了。"

"你的相好要来呢！"

"公家的人。"他生怕她继续询问，匆匆离去。他后悔自己不该那样鲁莽，好像人们都知道他心里有鬼，他开始怕见人。

有群年轻人到后山砍柴，看到他收拾了房屋就进去了，其中一个说："收拾新房又准备过婆娘呀！"

"奖状也贴出采了，嘻嘻——"

他恨不得钻到地里去。有了矮下去的害怕，心里涌落了黏稠的黑血，头上冒出了涔涔汗水。他渴望秋雨下大点，再下大点，免得玉秀来。

老天理解他的心情，雨点加大，瓦片上微响不断，远远近近一片迷茫。听到屋外的脚步声，心里就是一阵发紧。无数灰白的光圈在他眼前晃动，那团黑血在弥漫，骨头有些软，时间凝固了，这天为什么那么漫长，为什么不早点黑呢？

他茫然走向河边，河水滔滔北去，几根杉木搭成的桥上水了，在河里艰难挣扎。他眼前一亮，把几根木头弄上岸来，等于拆了桥，山外人进山得过水，没有特殊的事情是不会过河来的。他解放了，轻松了。有闲心站在大门边望远方的雾、天上的云。

时光流到黄昏，婆娘问："你的客人怕是不会来了。"他没回答，只长长地叹了口气。"我去看看。"婆娘说。

"不用了，我们吃饭。"

婆娘是听话的，端来了全部饭菜。

这顿饭他们都斯文，饭只吃了一点，菜几乎没动。婆娘一滴泪滚在碗里，又和着饭咽下了。

天全黑了，玉秀不会来了，他心里很空，有种被人欺骗的感觉。实际上他一天都在注视河岸，她根本没来，那么好看的女人走到哪里都是显眼的。

他有些生气，说了来就该来。他下意识地走上了去镇上的山路，桥没有了。他脱掉鞋，进入没膝的水里。河水的冷凉他一点也没感觉到。在这里可以看到落溪坪。夜色和雾气漫下来，落溪坪看不清了。玉秀绝对不会来了，他看到几个玉秀模样的人飞快地向他移来，马上又消失在大雾里，消失在他眼睛深处。他高一脚低一脚地往回走，明明看到是石头，脚踩下去是水，他恨这路也成了骗子……

秋雨还是老下老下，秋生强迫自己再也不去卖鲜香菇了，哪怕让它烂掉。身上有什么在痒酥酥地爬。在昏黄的油灯下，他脱下衣服仔细翻找，找出白色虱子，将它们全部处决，指甲上升了几朵红花。这晚他走夜尿，哧哧地射在泥地上，他才想起尿桶已抬走。

老婆说："你还是在屋里屙，明天把尿桶抬进来吧。"他没回答，在黑暗里站了很久很久……

"空中飞猪巴克利"

1

"猎狐行动"这个怪胎生在夜晚，见风就长。它起源于皮老板酒后失眠。

那天晚上他喝了很多酒，回家就躺下。身子呼天抢地地呼唤睡眠，脑子却不肯关门。刚有一点睡意，客厅里儿子皮真真逗狗的声音传来。皮真真说："巴克利，我教你认识人民币，这张蓝色的是五十元，这张红色的是一百元，在街上看到了就叼回来。有些狗狗多有用啊，它们看到钱包、现金什么的就叼回家，养活自己外还有积蓄。你要向它们学习，好狗要自食其力。"巴克利嗯嗯两声表示知道了。

儿子是个篮球迷，把最喜欢的球星名字送给了狗。对于巴克利皮老板知道一些皮毛，他外号叫"空中飞猪"，靠无与伦比的大屁股扛开防守扣篮纵横 NBA。姚明 NBA 首秀表现糟糕，巴克利打赌说，姚明得十九分以上，他就亲驴屁股。接下来一场姚明得了二十分，巴克利真的牵来一头驴对着屁股羞涩地 kiss 一下。这人率性。守信，把狗狗命名巴克利，皮老板在心里打了一个钩。

逗狗还在继续，搅扰着皮老板的睡意。皮真真问巴克利，你猜人为啥养狗？你这蠢蛋答不出了是吧？我告诉你，人的良心狗吃了。我要把你的肚子剖开，看是否有良心。它含糊呜呜几声，大概表示否定。

这些话如同夏天的蝉鸣，搅得皮老板头疼，心不住地往下沉。儿子都二十七岁半，在市政府上班两年多了，还幼稚得像孩子，整天不思进取，回家之后就进入另一个空间，不是打游戏，就是逗狗。这样下去怎能进步？一股怒气在心中生成，驱动他下床夸张关紧房门。

关住儿子与狗的对话，老婆的鼾声又起。时而如微风拂过树叶，时而像哄小孩撒尿的嘘嘘声。老皮烦得要死，伸手去拍老婆露出被子的屁股，想想舍不得便打在自己的大腿上。就在这时，一个念头在心中升起，在失眠夜渐渐成形。

一夜无眠的皮老板清早就起床了。月亮还挂在十七楼的窗口，巴克利睡在沙发上，身披奶油色的月光，像幻觉里的动物。它是一条约九十斤的秋田犬，皮毛光滑，体型优美。全身以棕色为主，胸前一块白花如同穿了一个白肚兜。皮老板怕它着凉拿了一条毛毯过去，可是巴克利醒了。他开了顶灯，白花花的光使它眯着眼与主人打过招呼，就把地上的方便袋叼进垃圾桶，折转身子用双爪拂拭茶几——它在打扫卫生讨主人欢心。他让它停住，握着它毛茸茸的前腿说，忙家务不需要你插手；捡钱啦，养家糊口更不要你操心，咱家不缺钱。我要送你去上学，到名犬学校上课，学好本领派你执行一项任务——少主的前程靠你帮忙了。

巴克利是狗中精怪，主人的话它听懂了一些，是要送它出门。它心里满是狐疑与不满，眼里的老皮不再可爱，简直丑死了！屁股上光秃秃的，连尾巴都没有。身上更难看，毛全掉光了，这鬼样子哪有母狗看得上？它把怨恨隐藏着，用哀求的目光望着主人。

皮老板的手在巴克利身上来来去去，既是挠痒也是抚摩，继续说，你到了学校要好好学习，天天……他把最后两个字吸回口腔，怕它搞错了登高或爬上楼顶。他欲叮嘱它不要被母狗勾引，忽然想起不久前带它出去遛，两只花母狗争着引诱，巴克利呢，半闭着眼睛，似乎它们不值得它用整个眼睛看；两只母狗不死心，结成同盟前后拦住巴克利，巴克利哼一声，对着前面的那只就是一个狗屁。

名犬学校在西郊。主楼是白色高楼，后面簇拥着七长八短的建筑物。楼顶有块巨大的广告，夜晚能看到科幻的蓝光照亮远方。皮老板抵达时，门前热闹得像沸腾的汤水。有的主人把狗牵着，有的抱着，有一只骑在主人肩上……穿西服打领带的公狗，穿花裙子的母狗在人丛里穿行。皮老板打开车门，巴克利敏捷如脱兔落地，略一沉思，忽然前脚立起，后腿迈着碎步向前，那样子酷似直立行走的企鹅。那些陌生的狗眼立刻被吸引。

巴克利出尽风头，皮老板脸上如同贴了闪光的面膜，在人与狗的注视下前去报名。

工作人员给皮老板一张表格，问道："你家宝贝学什么课程？"

皮老板愣住，学啥专业没想过，只想让它上学，把目的忘家里了。想了半晌才说，我想让它有趣，更讨人喜欢，尤其是媚人。

"那就让他学心理、才艺、礼仪。"

皮老板说好。其实他是门外汉，没有办法征求巴克利的意愿，课程就定下来。学费是笔大钱，对他来说却是碎银。年轻时他做过小工搞过传销，还在浙江横店影视城当群众演员演过死尸，眼看自己如同死尸一样完蛋了，便突发奇想卖狂犬疫苗，冒充领导亲戚骗些小钱，之后胆子越来越大，买了一套军装摇身一变，以某后勤部军官之名非法集资，竟然成功了。现在承包江河师范学院建筑工程，钱对他来说是一个不断上涨的符号。儿子皮真真大学毕业，要跟着父亲干，皮老板沉思，他想儿子从政，脸板呈老猫状说，老子的成功当今无法复制。还是要削尖脑壳在政界向上，那里自有黄金屋。他苦心谋划的"猎狐行动"虽然荒唐可笑，谁能说不能推儿子一把呢？

办完入学手续，皮老板在训犬员的带领下参观教室、犬舍、训练场和才艺室。在礼仪室的窗口他停下，里面的狗狗脸上贴上一张膜，用支架固定，只露出犬牙和狗眼。训犬员告诉他，那是固化狗的表情，让它们形成肌肉记忆，过一段时间，狗狗就会喜怒哀乐嗔怨怒啦。

离开之前，他给它买了狗粮。"力狼""诗锐""宝路"都是响当当的名牌。接着买雪貂留香沐浴露、蓝豚宠物吹风机，美国进口宠物护发素……

训犬员看到眼红，拍拍巴克利的头说，富二代真幸福！这都是命啊，乡下的野狗还吃屎！

2

巴克利完成学业那天是星期日，皮老板接它回家。一路上巴克利脚步轻快，尾巴摇成一朵花，想早点见到它的主子。

皮真真不知道他的宝贝要回来，在电脑上回看 NBA 超级巨星空中飞猪巴克利的十佳球。在政府工作，天天脸上弄成严肃讨好的表情，神经绷成一面鼓，回家他就借篮球、宠物换脑子。屏幕上的巴克利大帽对方的扣篮，野猪一样杀到篮下劈扣。他脑壳里球员巴克利与狗狗巴克利合二为一，一个全新的怪物诞生了：一个身材强壮的男人，浑身长满狗毛，拖着长长的尾巴，在篮下翻江倒海，卡位、投篮。一个防守队员拽住巴克利的尾巴，巴克利一个超级拉杆重重倒地，但是球进了！皮真真沉溺其中无力自拔。

门被狗嘴推开。巴克利眼皮微睁，嘴皮半张，那是它在学校学会的笑。

皮真真看到巴克利回家，兴奋从内心升起，他快走几步过去与它夸张拥抱，热度超过失散多年的兄弟相见。等他们闹够了，皮老板郑重地把儿子叫到客厅，他有话要说。

"我要给狗狗改名，然后派它去执行一项任务。"

"改啥名？空中飞猪巴克利多好。"

"叫皮真真。"

儿子的心惊讶得摇摇晃晃，怕父亲得了神经病。让狗与自己同名，自己成了一条狗，狗是自己，父亲是狗爹，太混乱、太离谱了！他吐出两个字："不能！"语气比铁还硬。

皮老板的目光黯淡下去，忽然眼珠如同猛吸一口的烟头发光，说："那就叫真真，去掉姓。"

他拽住狗耳朵叫道："你叫真真，听着，你叫真真！"狗狗一脸我是谁，谁是我的茫然。

皮真真不停追问，这到底是为什么？

皮老板含糊其词，我没法告诉你，你悟透了就成熟了。我要把狗狗送给赖教授，让它去完成一项任务。

皮真真脑壳里是一团搅动的糨糊，送给赖教授干啥？你不知道老赖出丑了吗？我都羞于承认是他的学生。

对赖德清的丑闻皮老板是知道的，知根知底的知道。老赖是师范学院汉语言文学专业的教授，教魏晋文学。他老婆蔡文英是个人物，在市政府当秘书长。皮老板经中间人牵线认识了赖教授，认识后不断用糖衣炮弹腐蚀。老赖酒照喝，美食照吃，可是对礼物像对脏水。今年老赖不知哪根神经出了毛病，在学院的学报上发了一篇论文，是与他的研究生李长寿合著的，题目叫《迷人的魏晋风度与精彩的美学表达》。没多久有人向学院学术道德委员会举报，这篇论文是抄袭的。委员会想冷处理，哪知道举报者更进一步捅到学院及新闻媒体，还作了一个表格对比，两篇论文惊人相似。学院不得不处理："行政记过，停职检查。"顾忌他老婆体面，停职就算了。可是老赖哪有脸去上课，就称病在家休养。

皮真真冷冷地看着父亲说，你把巴克利送人，我搬出这个家，在外面租房把它养着。

老皮说，它叫真真，必须送给赖教授。

赖教授住在老城区。皮氏父子在小区大门口停车，牵着真真进了大门。通道两边种了树木花草，金银花缠在树上，细碎的小黄花在风中轻摇，不知名的鸟儿在树上跳来跳去，不时开着肉麻的玩笑。草地上也有狗狗，有只极小的是纯白色，像只翻毛白手套；那只金黄的大一些，酷似女人冬天抱的暖宝宝。真真过去嗅嗅，嫌它们太小便跟上主子向前去。

真真随着主人进门，赖教授神情落寞。皮老板让真真给教授敬礼，它胡乱比画一下。人与狗都漠然。用动物世界的理论解释，他们犯冲。皮老板说，把它送给赖教授解闷。

"我没时间，也没兴趣。"

老皮心里一凉，他设计的"猎狐行动"要完蛋。他不知道赖教授对狗有成见，小时候家里养了一条黑狗，给弟弟舔屎片，那红舌头在屎片上刷来刷去，现在想起还恶心。去年有人给老婆送一只名贵的狗，他们两口子都忙，整天把狗关在屋里。一天它从楼上纵身一跳，血在地上浸成一团暗花，变质牛奶气味经久不散，想起还后怕。

老皮不死心，便拉过真真说，给赖教授跳舞。他扒拉开手机，里面《小苹果》音乐响起，真真直立行走到屋中央，蹦跳，扭身、拍爪，还挤眉弄眼……赖教授舒展开脸上的皱纹说，还像那么回事，比有的大妈跳得还好。

客厅的一扇门打开，一个中年女人走出来，她短发，戴着眼镜，穿着小西服显得富态。皮真真拘谨地站起来，腿软得像煮得过度的面条，说一声：蔡秘书长好。蔡文英停住脚步，眼前这个不起眼的小伙似乎在哪里见过。便问道："你是？"

"我叫皮真真，在市政府秘书科工作。"他声音细得像太监，自己都恶心，便加粗声音说，"是你下边的小兵。"

蔡文英哦了一声，让他坐下。那只狗过来，把尾巴当垫子挨着皮真真坐下。它脸上调整成微笑望着蔡秘书长。她也望着它，光滑的皮毛、匀称的骨架、草食动物般湿润温驯的眼睛，像一个红灯笼照亮了她的眼。

老皮看出喜欢，赶紧说我把它送给赖教授解闷。

蔡文英的脸马上垮塌："别搞那一套，我们家不收礼，带走！"

"好，马上牵走，等它画一幅画了就走。"他唤过真真，从皮包里拿出颜料和宣纸放在桌子上。

狗真真没有推辞，在学校反复练习画画，它一点都不怯场。它前脚搭在桌子上，右爪在蓝色颜料盒里蘸一蘸，悬在空中片刻，然后落在纸上。爪子神经质般滑动，白纸沙沙作响，一片烂树叶出现在上边。它一兴奋就停不下来，左爪伸进红色颜料里一摁，放在纸上游走，停顿，涂抹，一朵花出现了，在像与不像之间，在真实与胡闹的边缘。

老皮鼓掌，小皮拍巴掌，而狗真真两爪相击——那是它为自己加油。

蔡文英脸上的肉解冻，问它叫啥名字？

皮老板抢答，叫真真，真理的真。真真不是皮真真，皮真真不是真真。听起来如绕口令。她又哦了一声之后问，这狗你多少钱买的？

皮老板的话没经过大脑直接从舌尖跌落，一千。

她说，给你两千吧，让它留下来。

老皮说，好哇！看来我生意越做越大了，赚到秘书长的钱了，百分之百的利润。

皮氏父子回到车上，车里是浓如糖稀的惆怅。皮真真眼里有水，他怕水流出来，把脑壳竖起让咸水原路返回。车子开动之时，小皮问老皮，真真是正宗日本秋田犬，最低四万五，就是美国秋田犬也值四万，你为啥说一千？

你傻呀，她什么都懂。

3

巴克利改名成真真，成功安插到赖家之后，"猎狐行动"算正式开始了。皮老板焦急地等待讯息，可是它像入水的王八没有影儿。尽管真真天赋异禀，到底还是一条狗，不会打电话，不会发微信，哪能传回消息？

小皮向老皮透了个消息：蔡秘书长在楼道对自己笑了一下，

还点了头。

老皮想真真表现尚可，特别想去探视。

真真也想回老家探视。它到赖家很久了，与女主人越来越亲近，她凭狗的直觉感到，她离不开它了。

可赖德清看它不顺眼，太下贱了。每天出门，它送出屋门；晚上它恭候在门口，等待她大驾光临。一进来，它叼着拖鞋上去，曲着脊背，笑眯眯地仰头等待女主子的抚摩，它尾巴摇呀摇，摇呀摇，摇得要断。看到这种场景，赖教授冷笑一声，阴阳怪气地说，这狗东西如果是人，肯定爬得快。蔡文英刚坐下，狗真真便静卧在她脚下像做工精良的玩具狗。她想放松绷紧的神经去逗弄真真，嘴里念着：

你拍一，我拍一，
宝宝年年得第一。
你拍二，我拍二，
宝宝爱用花手绢。
你拍三，我拍三，
宝宝喜欢爬黄山。

这时的蔡文英挣脱了皮囊的包裹，一个全新的她出世，似乎回到了童年时光，毛玻璃一样的刻板严肃褪去，脸上闪着真诚的光芒。

逗罢狗已是七点三十五，本市新闻联播开始。这档节目她天天看，雷打不动。画面上蔡秘书长在一家小饭店接受采访。那家饭店送外卖，食物里有烟头。买家告状，饭店回应说，烟头是福利，饭后一支烟，快活似神仙……这鬼怪逻辑激怒了消费者，丑闻越炒越大，蔡秘书长去处理。她对着镜头说，食品安全人命关天，这种饭店必须查封，让黑心经营者无处藏身……她的手柴刀一样劈一下，表达坚定。周围的人鼓掌，看电视的狗真真也拍爪，拍马屁一样拍。

赖教授看不下去了。他教魏晋文学，喜欢用白眼看人、看物，对肉麻的巴结很反感，嘀咕一声恶心！他干呕几声，用表演强调语言。

蔡文英反驳道，它又没抄袭论文，你恶心啥子？

这句话如同一把刀，捅在他心间。一句句恶毒话在口腔翻滚还是忍下去。但他把恨记在狗真真身上。

更可恨的是在十五的晚上。从蔡文英当秘书长后，她借工作繁忙，把夫妻同床的日子缩短为每月两次，每次十分钟。还定了闹钟，铃声响起绝不允许拖延。他强烈反对不平等的条约，但身份不对等，反对有什么用？弄不好每月两次都没了。他有苦无处诉，儿子在加拿大留学，你能用越洋电话说这些？那天晚上月光很好，他在阳台上看月亮，上面的纹路清晰可见。挨到十点，他进入房间她没抬头，埋头上网。

"我们开始吧，你定闹钟。"

她还是不抬头，说："我要处理文件，你憋一下。"在她看来该忍则忍，就像憋尿一样。

　　一股邪火上来，他拉过老婆，要剥去她的衣装。她躲闪着，驱赶着。狗真真呜一声，比听话的下属还懂她的心，牙齿咬着他的裤脚死死往外拽。他的腿像被蜜蜂蜇了一下，卷起裤脚看，有一道划痕，连着一个针尖大的洞眼。当时没在意，谁知会给他带来脱胎换骨的变化呢。她从后面使劲一推，他一败涂地出门，一屁股坐在地上，悲哀地明白在这个家他是三把手了。

　　屋里一把手二把手在低语、亲热、神秘。

　　第二天上班后，真真失去庇护，赖教授不给它狗粮，故意把一块骨头晃晃，塞进自己的嘴里嚼得脆响。它眼睛生出爪子，光滑的皮毛蹭他的腿，那是要吃。得抓住饥饿教训这狗东西。赖教授到厨房找根香肠，剥光，香气四溢。它撒欢过来，那根香肠伸到狗嘴，狗牙还没切上去，香肠乘着手的飞船升空。刚闭嘴，香肠又来了，触到它的胡须，去咬时只有空气。如同它春天捕蝴蝶，抓时蝴蝶飞了，站定时花蝴蝶在它耳朵或者尾巴上招摇。逗弄、调戏循环往复，没有尽头，他享受报复的快意。

　　趁着报复的快感，赖教授进入书房。他要写篇论文打脸举报者。这篇论文要有学术的前瞻性、尖锐性、丰富性。到时在学术界放一个大炮仗！泡杯绿茶，倒一杯酒，再冲杯咖啡——茶是过去，酒是现在，咖啡是将来。论文离不开这三个维度。坐在书桌前绞尽脑汁，咬牙切齿，写每个字都如同做字模，写不下去时他习惯性地查资料，翻阅著名学者的文章参考。终于写了一千字，猛一回头，吓出一身冷汗，有一股馊味，自己又照抄了。

　　他颓废至极，恨脑壳笨，如果能退货到爹娘那里大修、升级多好！也恨他的研究生李长寿，那篇论文交上来时他凭直觉知道论文新颖、丰富，见解独特。他要把赖德清的名字署在前面，李长寿连连说，那感情好！咋不吱一声是抄袭呢？害他沦落至此。他不该叫李长寿，应该叫李短寿。

学院也坏，强制教授写论文，一篇在 SSCI 杂志上发表的论文，奖励一万；在 CSSCI 杂志发的论文奖两千。老师们写论文，发表论文，就如同女人照镜子一样上瘾。他想不通那些狗屁的价值何在，把一张纸变黑、弄脏？有些论文的读者可能只有两人：一个是责编，另一个是作者。他由衷羡慕劳动者，简单、踏实，不必过得虚伪扭曲。不写劳什子了，如果方向错了，撤退就是前进。还不如读几页闲书有意思。

真真站在书房前，里面死一样寂静。它拱了几下门，门扇纹丝不动。肚子一阵乱响，喉咙就像养了一窝小狗崽，它们要冲出来抢食物。如果真真会开口说话，一定要骂他打击报复、虐待畜生。不停地舔毛、咬尾巴，尾巴不能充饥，只是过过瘾。它东闻西嗅到了屋中央，突然狗眼闪闪发光：沙发上有一个猪肚形状的皮包，咬住有一股皮革的气味，味道不如干草。猛地，皮包里露出红色纸片，它隐隐约约记得皮真真的话："巴克利那是钱，遇到了你给我叼回来。"于是，狗嘴钻头一样探进去，尖利的狗牙刺穿纸片扯了出来。它知道那红纸片能换来狗娘、玩具、骨头、牛肉、狗牙棒……凭狗的直觉和它超出犬族的智商，它把五张钱咬住不放，贼头贼脑藏进狗窝里。

赖教授不知道真真在偷钱，看了一会儿闲书就到了中午，独自一人懒得在家做饭，出书房拿起皮包准备去饭店。真真拦住他的去路要食物，他给它一个剜心脚，在两个心跳的时间里，把狗驱赶开，急速出门，如果他长尾巴，一定会夹在门缝里。

囚禁的真真成了疯狗，呜呜叫唤，四处游走，就进了书房。这个文盲对四架藏书没兴趣，鼻子触触书籍翻一个慢吞吞的白眼离开。狗眼里出现了茶杯咖啡杯，一纵身上了书桌。它曾见过人喝得有滋有味，尖嘴就插进咖啡杯，液体入喉很不合胃口味，它火烫般缩脑壳，皱眉，摇头，胡子上的水四散开去。站定片刻，它三脚立在桌面，扬起一只后腿，向咖啡杯注入一股浑黄的尿。

4

真真失踪了。

皮老板得知消息时，他正在看一部抗日神剧。神剧里挖坑埋死尸，把他带到过往演死尸的日子。把他掀进土坑，泥土石块砸来，还要一动不动装死。电话是赖教授打来的，没有寒暄，直杠杠地问，真真回你家了吗？

老皮还没从电视剧里抽出身，懵里懵懂地回答，真真刚下班，我给你叫他。

"不是你儿子皮真真，我家的狗真真失踪了。"

"我们相隔大半个城区，真真再聪明也不记得回家的路。"

老赖叹了口气，很凉、很长。

老皮能嗅到叹息的馊味，看到对方的焦急。其实更急的是老皮自己，"猎狐行动"迂回向前，眼看就要成了，可派去执行任务的真真失踪了，必须找到。他叫来皮真真，父子救火般开车去赖家。

皮氏父子到赖家时，赖教授正在找狗，揭开被子，打开衣柜，甚至掀起马桶盖，狗毛都没找到一根。这屋子关紧之后，蚊子都无法飞进，它隐身了或者化作气体了？他把下午的事在头脑过滤一遍：中午到饭店点了米饭、牛排、蘑菇汤。刚下嘴就闻到一股怪味，胃里开始翻江倒海，他要找经理质问，服务员说："经理在对面饭店吃饭。"他就扔掉筷子掀翻蘑菇汤前去付账，皮包里少了五百元，皮包上有狗牙的咬痕。便回去找钱，在狗窝发现赃款。更使他愤怒的是，回到书房，论文上有狗脚印，咖啡杯、茶杯都加了水，拿起一闻骚气扑鼻。是幻觉还是梦游，是狗在进化的路上，还是人披着狗皮？他不相信这是真的。他顺手拿起晾衣架，要狠狠教训这狗东西。而真真预感到不祥在装睡，衣架暴风雨般击打它的头和脚，说："你个家贼，你个浑蛋，敢往我杯子里撒尿！把你送屠宰场一刀捅了，把你用火锅煮了……"狗毛纷飞，它眼珠晃动，尾巴紧紧夹着，耳朵耷拉下来紧贴着头，脊背拱起微微抽搐，但始终没有逃离。

老赖一边讲述真真离奇失踪，一边带皮家父子查勘现场。

皮真真问："它有啥反常没有？"

"它干了你想不到的坏事，没给它吃的。"

"你最后看到它是什么时候？"

赖教授脑袋突然通电，想起下午出去倒垃圾，开门时李长寿来电话。它是肉身，逃离就在他不经意的那一刻。

老皮问："你常带它去哪里遛？"

"镜像公园，那里有道侧门通向建筑工地，它好几次去草丛里捉蝴蝶，打滚儿。"

皮真真要了些狗粮，父子去公园找真真。他们刚走，蔡文英就回家了。她的目光在搜寻它的所在，没有在赖教授身上停留。他的眼光躲闪，心里寄于空洞渺茫的希望，真真突然归来，免除一场无法预知的家庭风暴。

"真真呢？"她问。

他的嘴就像橡皮做的假货，动了动没有出声。

"真真在哪里？"她的声音有了凌厉，屋里的气压骤然升高。赖教授胡扯道："刚还在呢。"迅速溜出家门，把恐惧抛在身后，拖着沉重的腿出了小区大门。大街上是一片灯的海洋，车辆穿梭来去，行人比暴雨前搬家的蚂蚁还多，一个个行色匆匆如同夹着一泡找不到去处的热尿。穿过繁华的街区右拐，人渐渐少了，街灯稀疏，月光叠加在灯光之上，他的影子时而拉成一根电线杆，时而缩为肥大的侏儒。到了镜像公园之后，走过交叉的小径，上旋转梯子向下就到了他和真真经常玩的地方。没有真真的踪影，也没见皮氏父子，便打老皮的电话。老皮说他看到教授了，你往后转身。他向后转，就看到紫荆树下两个神秘兮兮的人。他失望地走过去，月光下摊着狗粮，味道飘向远方。赖教授猜测，这是引诱饥饿至极的真真上钩。

三人静静站在紫荆树下，目光越拉越长看着草地，草尖上露珠淡淡的明亮，一只四脚兽立起，放大。老赖的心狂跳，忘记了与它矛来盾去的家庭生活，急着去逮真真。皮真真怕惊吓它，拽住教授的衣袖，自己的脚步轻若飞絮前行，嘴里唤着"真真——真真——"。那畜生不肯露面。他改口叫巴克利，一边呼唤一边缓步向它靠近，离它一步距离时抓住狗绳。向前拉一步它退两步，就退到墙角。皮真真扛起真真，就像扛着猎物去赖家。

看到真真归来，蔡文英把狗绳拉得绑紧，生怕它再次失踪，不住地拍它的皮毛，抚摩它的身子，把脖颈草籽摘去……它玩一个小小的失踪，加大了在她心中的重量。在她身边不觉得，失去就天缺一角。

安顿罢真真，蔡文英让皮氏父子坐，破例泡茶，递上水果，感谢他们找回真真。她摘掉眼镜细看真真，它乖乖卧在皮真真的脚下，肚皮一起一伏。这两个名字在她头脑有些混乱，有时在家里看到真真就想到皮真真的存在；在单位偶遇皮真真马上联想到家里的宠物。眼前这个不起眼的年轻人就像海洋里的浮尘，渐渐在她心里沉淀，有了重量和体积。

皮氏父子起身告辞，她握住皮真真的手说，好好干，我会关注你。他的舌头僵硬，好半天吐出一个词"谢谢"。出门后他脚步有些飘，猛然想起几天前，处长神秘兮兮地问："蔡秘书长是你姑姑还是姨？"他舌头打结不知如何回答。处长一笑，好小子还瞒我，蔡秘书长说她家真真聪明，昨天问我皮真真表现么样？你猜我咋说，我的回答是棒极了！综合科的科长快退休了，你有什么想法？

皮真真瞬间明白"猎狐行动"的秘密了。

真真失踪找回来之后变成了另一只狗。前些日子的娇媚消

失，一连三天昏睡，眼皮不愿睁开。猝不及防间它身子抽搐不
已，睁开满是惊恐的眼睛，显然做了噩梦。失踪的那段时间它经
历了什么？是被屠狗者追杀，或者吃了有毒的食物，还是遇到刻
骨铭心的母狗？悬疑的空白赖教授无法填充，他没心情解开这个
谜。他被恶痒折磨得心烦意乱，痒从腿上开始，卷起裤脚，真真
的尖牙划伤的地方红肿，光滑的小腿上打了一个色彩斑斓的补
丁。那是一种深入骨髓的痒，越抓越痒，越痒越抓。更要命的是
他开始厌食，从前的美味现在比猪食还难下咽，米饭入喉沙子一
样粗粝。

这种说不出来的痛苦愈演愈烈。有一天，他瞥见正在进食的
真真，居然鬼使神差地凑过去，他闻到狗粮的异香。那该死的香
味对他简直是极致的诱惑，终于他忍不住尝了一口，狗粮入口满
嘴香，舌尖上是妙不可言的快感，喉咙里伸出蛮不讲理的手把狗
粮抓进无底洞。吃饱后身体发软就坐下，坐下还不舒服就卧地上
了。地上的感觉真好，一瞬间他回到儿时爬行时代，就在地上爬
呀爬。天花板、吊灯在背上，地板成了他的天空、银河、星辰
和云朵。爬来爬去，古怪的幸福弥漫周身。性取向似乎改变了，
他又回忆起昨天遇到一个中年女人牵着一条母狗走来，它走猫
步的姿态，白得发亮的皮毛，尖如狐狸的嘴巴，美得让他心碎。
眼珠就转不动了，浑身喧哗骚动起来，心脏酷似哮喘病发作。
他怔怔瞅了好久，整个一个花痴。还好，那女人和狗拐入巷道不
见了。突然，脑壳轰响冷汗嗖嗖外冒：格里高利·萨姆沙一夜醒
来变成甲虫，自己该不会中狗毒变成……他不能往下想，也不敢

往下想，便把意识齐齐切断。

5

赖教授一边给真真喂"永健口服液"，一边编拜访学院领导的瞎话，打着洗白自己的腹稿。真真不愿喝口服液，他就喝一口还咂咂有声，像哄不愿喝药的孩子。似乎一夜之间，他与真真间冰块消融。它一天失魂落魄，迫切需要兴奋，而"永健口服液"的广告就是"包治百病，兴奋不停！"有个段子他记忆深刻：一个姓张的大爷已经死翘翘了，他孝顺的幺儿死马当成活马医，撬开他爹的嘴，灌进"永健口服液"，死老头顿时复活，现在天天跳广场舞，还勾搭了好几个大妈呢！赖教授想让真真恢复昔日的活泼与喜感。

喂罢狗，他喝了几大口口服液使自己兴奋。不兴奋怎能完成洗白自己的任务？去学院的每一步都岔口丛生，每一步都深不见底，弄不好脸皮丢尽不说，还会叠加更大的羞耻。

论文抄袭事件之后他很少去学院，一次拿东西是借助夜幕的掩护。不是高人皮老板支招，他是没胆量大白天去学院的。老皮让他把抄袭责任推给李长寿，现在李长寿退学开餐馆，论文造假对他来说屁一样轻。好在文章是从李长寿的信箱发出的，老赖没写推荐信——好文章自带合格证，不然，他每个毛孔变成嘴也说不清的。

学院的大小官儿都在。

赖教授把魏晋风度脏衣服一样脱掉，受真真潜移默化的影响，他奉迎得很本色，很艺术，严厉谴责李长寿，责骂自己看错人。他的表演很成功，学院开了碰头会。常务副校长让他发一个声明澄清自己，并暗示他可能调成教学院，那里缺一个副院长，并代问蔡秘书长好。

老赖急着回家报喜。推开家门，客厅烟雾弥漫，纸灰黑蛾子一样飞舞，垃圾桶里残留烧焦的纸。赖德清猜想有一些见不得人的东西在火光中变成了永恒的秘密。屋里气氛十分诡异，能听到不祥来临的嗖嗖响，真真机械摇动尾巴，算是和他打招呼，就烦躁不安走来走去。踹它一脚，它响亮叫一声，还龇牙，这是往日不存在的。他凭神秘的直觉知道老婆这个家出事了。

他想把自己的好消息告诉她，她忙着给手机换卡，把他的话堵在半路，然后回到她的卧室反锁房门打电话。这个家成了一个跷跷板，他上去了，她却要下去。

天黑了，她打开房门，脸上照样铁板一块，说："老赖，今天的事你只当没看到。"

"别叫我老赖，不知情的还以为我是欠账不还的浑蛋。"他此时有底气，"我不是老赖的赖，是不赖的赖。"

"又开始玩文字游戏了。今晚我们同床，不定时间。"

"还是按你定的规章制度办吧！"

那晚他没去她的卧室，神不知鬼不觉之间，他对她的欲火熄灭，身体风息浪止，台风也激不起波浪，不久前还掐指计算每月那两次，曾经试图反拨闹钟延长那十分钟，现在想起来是多么可笑！此时他只想摇动不存在的尾巴，享受四肢着地背朝天的快感。他要躲避蔡文英那张严肃冷酷的脸，先把真真唤到书房，请它做一作画，纪念自己的"反转"，可真真好久不画，技法荒疏，画得比鬼还差。

画毕，真真伏在他的腿上，教授捏住它的"手"，玩性顿起，张开嘴欲教真真念儿歌，马上想到自己教授身份，那么弱智小儿科的东西老婆听见一定会冷嘲热讽，闭嘴把脑壳探出门外观望之后，缩头吟唱：

　　我是一条狗，坐在大门口
　　眼睛流口水，想啃猪骨头
　　捡到一块肉，一咬是石头

它不会念，嘴巴一张一合，哈喇子溢出口腔，赖教授在儿歌里逆流而上回到童年。一玩就停不下来，他与它同时下地，两个并列爬，前后爬，爬过想象的高山，涉过河流，一时满身细汗。

玩得沉醉时，蔡文英的声音传来，她喊真真去陪伴。它装疯卖傻不去，老赖看不下去了，像拉客的小姐一样连哄带骗送它去她的卧室，还用手推，狗脑壳弄进去了，它扭身出来。他想不通为啥，是他们俩有了相同的气息，还是真真捕捉到家庭变天的信号？

等不到真真，蔡文英躺在床上，就像躺在热铁上，换三七二十一种姿势，死人一样闭上眼，可是瞌睡越走越远。窗外有警车的尖厉响声把平静的夜刺穿，在她心中引起隆隆回响。过了好

久，黑夜里的不安沉淀下去，她不由自主想起下午纪委副书记训
诫谈话的情景：他的话虽轻，但是落得重，要她把违纪的事对组
织说清楚。她的事很多，不知说哪一宗。也想把屁股擦干净，可
哪里能找到那么多的手纸？他又尖又细的目光刺痛她错综复杂的
神经，至今还在疼痛。她想得到片刻安宁，哪怕睡着一刻也好。
时间死了，灰色帷幕从床底升起，她的肉身被混沌托起，噩梦徐
徐展开：一双蛮不讲理的手推搡着胳膊，把她囚禁在一座白色的
屋子里，一只黑鸟倒飞而入，啄她的眼珠，用鸟语质问她贪了多
少。醒来时大汗淋漓，感到阵阵眩晕，恐惧在她心里野蛮生长，
胸腔装不下那膨胀变态的心脏了。记不得这半辈子什么时候如此
恐惧了，背上、身子下面湿漉漉的，如同儿时尿床了。孤独感侵
入骨髓，她披上衣服去敲老赖的房门。

　　门敲了七八下，老赖明知故问："谁呀？"蔡文英不回答这
样愚蠢的的问话，继续敲，赖德清磨磨叽叽开了门，说："这么
晚了还不睡？"还夸张打了哈欠，转身躺在床上把一只脚放在真
真背上有节奏地摇晃。

　　蔡文英冷冷地对真真说，我害怕，到我卧室去。

　　赖德清凭耳根都能看清妻子的鬼心眼，让真真去其实是让自
己去，甚至是求欢，这女人往往言不由衷，大难临头还是放不下
臭架子。如果放在狗咬中毒之前，他会跑步前往，当成生活美好的
时辰。现在进她的卧室就像进教室一样让他生厌。冷笑差一点出
声，他假装不懂风情玩起手机。怒火从她心底生成，抢过他的手机
摔在地上，就去揪真真的耳朵："你这无用的狗，你这叛徒……"

真真挣扎着，她捞着狗尾巴向她的卧室拖，一会儿她把狗拖出去，一会儿狗把她拽进来。狗眼里的蔡文英失去了往日的权威，它露出了白牙，这是她最接受不了的，拿起台灯去砸狗头，准头偏得离谱。从前的爱有多深，反目后的恨也有多深，满腔的恨驱使她拿起凳子做武器疯狂追打，还用剜心脚踢。猛地，腿上有利刃一样的东西划过，便蹲下身子细看，狗牙划过一道弯曲的伤痕。

老赖不能作壁上观了，在她腿上抚摩，吹气，说："要快点打狂犬疫苗，你看我这腿，有时痒得不想活！"他把奇形怪状的抓痕亮给蔡文英，她的喉咙冒烟起火，对真真叫嚷："我要处分你！和你拼了！"

第二天早晨，蔡文英打罢狂犬疫苗，拉着老赖去医院做全面检查。结果显示赖德清中毒之后，导致心理、生理病变，目前还不能命名这种病。建议到条件更好的医院检查治疗。

出医院的大门，她打通皮真真的电话："马上把你的狂犬带走……必须杀死深埋！"纪委约谈之后她的话没有一两重，可是皮真真不知情，心由高处跌落到深谷，诚惶诚恐地应承。

有一双手撕碎了皮真真的心，他知道父亲的"猎狐行动"中途流产了。他不敢面对蔡秘书长，便让父亲去处置真真，说："记住它叫巴克利，别弄脏了我的名字。"

老皮拉着巴克利出了赖家小区大门，停住，向前是屠狗火锅铺，向东是江边，向西是回家，生门死门在这里交叉。它不断摇尾巴乞怜，眼里闪着草食动物一样的无辜，他不知道把它牵向哪里。

像人一样

1

桃花镇闹出一个大笑话，柳明仁还在岩洞里躲雨。

六十五岁的牛子瑞，在家里出丑倒也罢了，偏偏躲过村镇干部的监视，借着夜色的掩护溜出桃花镇，冒雨到县城去丢人。

牛子瑞在县政府门前举着一个破纸板，上面写着五个碗大的毛笔字："俺要儿媳妇！"你可以找政府要物资、要钱，甚至要老婆，就是不能要儿媳！好事者围成一个怪圈，不时惊呼爆笑。"政府不赔俺儿媳，俺要到省城，上北京，把桃花镇的丑掀个底朝天。"

吵嚷声惊动了霍县长，他破例接待了牛子瑞。

牛老头的话不断线，霍县长的心悬起，北京要举办奥运会了，竟然有人扬言到首都上访，太不像话了。他脸垮塌下来，想打电话给桃花镇党委书记柳明仁又停住了。他知道此时一开口，就会把对方骂得遍体鳞伤。

霍县长拍拍牛子瑞的肩，说了不少大道理。那些很大很好的词句，牛老头听起来吃力，单刀直入地问："镇上把人弄丢了，到底啥时候赔？"

霍县长让秘书通知柳明仁，今晚务必赶到县城接回牛老头，然后抽人二十四小时看守。

而这时，桃花镇正笼罩在漫天风雨里。柳明仁瑟缩着身子与两名工程师在岩洞里避雨。天色渐暗，他们希望老天把雨停下，搞清水利工程最后两个数据。几天后，桃花镇将与汇力集团草签协议——梯级开发桃花河。

雨点穿过乌黑的云朵，击打着毛茸茸的霉菌和铁青色青苔，山上的植物如同水草。柳明仁的目光穿过雨帘望着翻滚泡沫的桃花河。

这河发源于白云深处，水量充沛。流经鄂渝交界的峡谷时，苍山骤然收拢，挤过空隙的河水跌落三十余丈泻入桃花河。如果在这里建一座电站，水流巨大的落差形成的能量驱动发电机，肯定是滚滚白银流成河。

三年前，副镇长林昕四下浙江，把汇力集团这个商招来了，然而镇长皮杰想私自开发，双方谈谈停停陷入僵局。柳明仁到达桃花镇后又才重新谈判。他知道就是踏破万水千山，也难找到这么好的水资源。他心里如一把架起来的干柴，借助一阵飞来的好风，嗖地燃起大火，他要捆绑开发桃花河，就是汇力集团在建电站的同时，必须为桃花镇建一座饮水净化装置。

天下竟有这样的怪水，表面银子一样，内里钙氟离子严重超标。这里的姑娘个个艳如桃花却因为黄褐色的牙不敢张嘴；更可怕的是，饮用桃花水，人们的肺里、胃里、膀胱里结石疯狂生长。他记得界岭村的牛子瑞结石发作的惨状，老头像撒了盐的蚂蟥，在泥地上翻滚号叫，吐得翻江倒海，哀求让他死一会儿也好。那巨痛如同在他身子里养了一窝老鼠，它们疯狂咬着人的神经。事后，柳明仁想不通那些老鼠没喝春药、没服兴奋剂，咋如此凶猛呢？一个念头在他心中成形，要在自己任期净化饮用水。

柳明仁的手机响了，是县政府打来的。这里信号时断时续，他恨不得把耳朵塞进手机里，隐约听到："今晚赶到县城……闹事的牛子瑞……"

山路泥泞不堪，柳明仁必须动身回镇上。然而河水暴涨，那座木桥被凶猛的洪水冲得摇摇欲坠。他们刚过木桥，那桥就被山洪卷走，三人吓得就像三个鬼魂。

有一束光点在移动摇晃，顷刻又被更浓的夜色填满。近了，是辆摩托车，在柳明仁面前停下。车手掀开头盔，车灯照亮林昕秀美的脸。

林昕说："县里催得急，要你今晚赶到县城。前面塌方了，汽车上不来，我只好骑车来接你。哦，汇力集团的人下午到了。"

听说汇力集团的人来了，他心中一喜，马上心又跌落在更低处，因为牛老头必须马上接回，他又不会分身术，便抱着冬瓜般沉重的头，恨不得把自己劈成两块。

胖工程师要两位领导先回，遥指山腰灯光："我们去那里借宿。"

林昕脸掠过惊恐，那是镇长的老屋，建在鄂渝交界线上，一宅横跨两省。古宅禁止陌生男人进入。她让工程师慢慢往下走，一会儿有人来接二位。

柳明仁让林昕坐后面。摩托车扭着麻花，时而烈马一眼高高跃起，时而重重落下。林昕双手抓紧他的衣摆，见对方没有在意。便箍住他的腰。男人的脊背散发热烘烘的气息，她隐约听到他的心跳像夏天池塘的蛤蟆，咽唾沫的声音也沉闷艰涩。这个在风月场里摔打过的女人暗自笑了。说不清柳明仁是哪一天对她冷淡的，还故意板着脸，从风尘滚过来的林昕知道这个男人就像天空的密云，迟早有一天会化作雨在自己身边降临。

有的男人被勾引变得饶舌、兴奋；有的男人呢，会变得淡漠。变是好事，往左往右都一样。

柳明仁紧握车把，衣服湿透了紧贴皮肉，夜的寒冷使他双手发颤。背后有温热的紧贴，耳朵被她的湿发搔得痒痒的。他试图往前挪动，可身后贴了狗皮膏药，湿湿凉凉腻腻。突地，车灯乱晃几下，车轮撞击石崖，车头如同一头发情的公牛冲下石崖。

柳明仁脑壳里咣的一响，一阵剧疼攀缘而上。一声惊呼在嘴边生成，他怕吓着林昕，又生生咽了回去。

柳明仁试图站起，但是腿像抽了筋，剔掉了骨头。他到县城去接人，接待汇力集团的客人都在今晚，偏偏又跌下石崖，头脑蜂窝一样乱。

2

夜半，风停了，雨住了，月亮从山崖上升起，把光影投射到山野峡谷。两个走夜路的醉汉听到草丛里的呻吟，酒就醒了一半。两人面面相觑，在这猫都不叫春的夜半荒野，这呻吟尤其让人惊悚。老男人倾听一会儿，大喜，他以为是野合的狗男女，捉住他们可以弄几个酒钱。年轻男人听罢，比捉了奸还兴奋。两人弓身前进。当电筒光照亮镇上两个大人物时，年轻男人先怯了场："我啥也没看见，咱是麻糊眼。"老男人附和："俺也是！"

林昕双眼圆睁："麻糊眼能赶夜路？没看见我们出了车祸？给你两个记义务工，把我们送到镇上。"果然，电筒光照亮了轮子朝天的摩托车和他们脸上的血迹。

两个男人一阵嘀咕，都想背轻的，实际上是想背女的。争抢的结果是，两人都过过瘾，换着背。

镇医院大门紧闭，敲门声一声高过一声，就是没回应。四人一起叫喊，像四绺编到一起的发辫，粗大肥硕，楼上一个窗口灯亮了。乡下医院就这样，哪怕你夜晚得急症，哪怕你天亮要死人，也得等到天亮再说。

铁门打开，当牛医生看到满脸是血的柳书记和林镇长时，忙换上笑脸，迈着碎步迎上来，有怠慢的恐惧，有失措的殷勤。林昕看到牛医生来治病，便一脸的不高兴。牛医生本是兽医，乡间男女纷纷外出打工，养猪养牛数量锐减，他凭小舅子当着卫生局长，七弄八弄便改行做了人医。今年居然做了桃花镇医院副院长。

柳明仁龇牙咧嘴往前走，脚步踉跄如同梦游。林昕脚步僵硬，像在水流中行走，却去搀扶柳明仁。她要牛院长安排最好的医生，她说："牛院长你就歇着，别误了柳书记天亮到县城。"

牛院长甚是不满，林昕竟不承认他是好医生。在桃花镇医院，牛院长以专家自居，做兽医时，他成功切除两例包皮，还曾用草药碾成稀泥，治愈多例性病患者。面对桃花镇的头面人物，他把怒火压了，给柳明仁挂了吊瓶。林昕伤得轻，她也要挂吊瓶，其实她是想陪伴柳明仁。

病房外响起敲门声，声与声之间带着犹豫，听上去与坏消息毫无关联。

镇办公室的柴主任偏偏带来了意想不到的坏消息，他说："柳书记，汇力集团的代表祖宗出事了，他打你的手机求救，老是无法接通。"

柳明仁眼前一暗，他要起身下床被柴主任按住。

柴主任的舌头不住地舔嘴，舔了一圈又一圈。每逢难言之隐，老柴就舔嘴，柳明仁急了："你舔够没有？出啥事？"

"祖宗喝醉了酒，只差一点就把桃花酒楼的老板娘那个了。老板已经把祖宗捉住。"

柳明仁脸上的皱纹经过一段毫无目的的游走，最后扭扭捏捏固定在无可奈何的表情上。说："现在祖宗在哪里？"

"软禁在桃花酒楼，他们想私自了结。"

"你让派出所立即出警，我立马就到。"

柴主任磨磨蹭蹭不肯走："安抚牛子瑞是当务之急。牛老头可能掌握着桃花镇一个惊人的秘密，弄不好会出大事。"

柴主任挨柳明仁坐下，又是抚摩伤口，又是询问伤情，对着伤痛处吹气。仿佛能吹出仙气，有消炎止痛的功效。吹毕，喋喋不休地说起牛子瑞。

牛子瑞住在桃花冲，家里养了一群羊，他留着山羊胡，脸就酷似老山羊，家里有儿子、儿媳妇和两个孙女。牛子瑞早年当过兵。喝醉了就对山羊搞军训。老家伙精通羊语。一声立正——那群羊雄赳赳地站立；一声稍息——大羊小羊齐刷刷地伸出右腿；更绝的是羊们列队行进，老头破锣样的嗓子喊着一二一，羊们合着节拍，大蹄小蹄整齐敲击大地。

柳明仁火急火燎，不让柴主任胡扯。柴主任辩解，能把山羊训练成精，这人肯定难缠，何况老头占着几分理。

牛老头的儿媳是牛家花大价钱买的。

牛老头的儿子忠厚老实，模样也不丑，但是人到三十没讨到媳妇。一天，牛子瑞从人贩子那里看到一个女人，模样周正、后翘前凸，牛老头心动了，便去讨价还价。人贩子说，这女人质量好，论个数他就亏大了。你若买就过称，绝对公平，一市斤50元。牛老头死缠硬磨，除掉衣物鞋袜，每斤40元成交。乖乖呀，这个叫李佩环的女人净重一百三十斤。四千多元钱在九十年代绝不是小数目。

　　李佩环失踪在柳书记上任前一个月，就是 2008 年的 5 月。市里要创建计划生育示范市，组织一个模拟验收组来山水县。由于桃花镇善于弄虚作假，臭名在外，自然成了验收重点查访对象。这次查访正巧遇上外地人在这拐卖妇女婴儿被警方查获，抖出桃花镇超生二十胎的内幕。柳书记的前任梁时新因此下台。

　　柳明仁望着柴主任，肚子里的话叽咕地翻着滚，却一句没有翻到嘴上。就是那次模拟验收，把柳明仁从邻县城关镇党委书记跨县调到了桃花镇一把手的位置上。

　　这次模拟验收使山水计划生育排名在全市倒数第一，关了全县计划生育的笼子。县乡相关领导一年内不得提升。皮杰镇长提出了一个响亮的口号："打一场计划生育的翻身仗，以优异的成绩迎接北京奥运。"立马组织一个专班对全镇育龄妇女清理。李佩环在清理时弄丢了。荒唐的是李佩环的男人结了两次扎，不知是手术失败，还是他的筋有神奇的再生功能，她怀了第三胎。她拒绝引产，还把责任推给医生。有人质问，谁能保证李佩环没有其他男人？皮镇长一锤定音："这肚子就是我姓皮的搞大的，产也一定要引产！"

　　皮杰带着一班人对李佩环采取强硬措施，牛子瑞在门前霍霍地磨一把尖刀，不时眯着眼斜视刀锋，威胁道，来一个捅一个，来两个捅一双。双方僵持着。还是皮镇长从后面绕过去捏住刀柄，制服了牛老头。

　　李佩环倒还配合，随专班走出家门。谁也没注意，她在出门前给公公丢了一个眼神。他们押着李佩环走过一段山路，她突然叫嚷要解手，还装模作样要手纸，都没带。她顺手捋了一把树叶愈走愈远。皮镇长让人盯着那女人，李佩环回头大骂："流氓，有什么好看的！"更过分的是她脱掉裤子向男人逼近。盯梢的男人没想到有诈，眯着眼睛抱头鼠窜。一袋烟的工夫过去了，另一袋抽半截了，女人还没动静。皮镇长拨开树枝过去，女人蹲过的地方，痕迹都没有。皮镇长带着人漫山遍野搜寻，从中午找到黄昏，踪影全无。

从这天晚上开始，村组干部在牛家附近蹲守，派出所出动警力查寻，甚至到达她男人打工的地方，李佩环就像一滴水蒸发了。

牛子瑞到镇上要儿媳与众不同。他还率领一群山羊。羊们在走廊里游走，发出咩咩的声音，把黑黑的羊屎蛋撒在地板上，到处弥漫着膻腥。

这些新鲜事柳明仁并不知晓，那时他在邻县任职，而林昕还驱赶过羊群。她接过话头讲，镇上到处传播着这个奇闻。不久，镇政府门前稠稠地围着一群人。皮杰终于露面了，他请牛子瑞到镇长办公室，先是大声争吵，之后是讨价还价。黄昏时牛子瑞才领着羊群离开。事后才知道，皮镇长承诺，在李佩环找到之前，每天补偿误工费五十元，一次性赔偿牛家购买儿媳本金四千二百元。

柳明仁听着皮杰的荒诞故事，脸上抖动着皱纹。林昕知道这是他的两股气在打斗。一股是怒气，从心腑蜿蜒而上；另一股是隐忍，从头脑匍匐而下。两股气在嘴角摆开战场良久，皱纹成了几条僵死的蚯蚓。林昕知道柳明仁选择了隐忍。忍气吞声的柳明仁问柴主任："李佩环失踪案已经了结，牛老头老为啥又大闹县政府？"

柴主任说："据说牛老头在界岭发现儿媳的踪影，在皮宅看到了一个天大的秘密。"

就在这一刻柳明仁决定明天先接回牛老头，他说："不惜代价稳住汇力人，我尽快赶回。"

林昕不怀好意地问："一切包括美人计吗？"

柳明仁的话没经过头脑从舌尖冒了出来："桃花镇的美人数你林镇长了。"

3

柳明仁是桃花镇睡得最晚，起得最早的人。

半睡半醒的街道就像一条猪大肠懒散地爬在桃花河边。房屋一律用石头砌成。墙的正面光鲜，显眼的地方贴满广告，电杆也没闲着，用醒目的红字招引人们去治阳痿早泄、不孕不育、痔疮……他的眼前出现了两则特大好消息，一则是"特色专业培训。包教各种骗术和防诈术，由名师执教，教学方法新颖实用，定期进行学术交流，不定期聘请专家讲座。价格面议"，另一则是"有珍贵宠物出售"，地址用一根箭头指向黑暗的巷道深处。柳明仁丹田里有一团火，正慢慢爬上胸脯和喉咙，他猜想那团火会从口中喷出，没想到火还没到舌头却熄灭了，自作主张地拐一个弯，竟拐成一声冷笑。

车灯剪开黑暗停在柳明仁的身边，他坐上北京吉普在乡间公路上颠簸。这些天他太忙了，恨不得长出四条腿三只手，一天延长到二十五小时。车没开出多远，他强忍住喷涌而出的呕吐还在催司机开快一些。汽车开始爬山，灰白的公路弯来拐去，一直伸到白云深处的老爷顶。

四月的老爷顶树木依旧光秃，山峦上堆积着明亮的浮云，眼前便骤然变黑。车灯刺不透茫茫乳雾，小车就像被浓雾浮起。

一阵肥胖的嗝堵在喉管，柳明仁刚要呕吐，司机把车停下来，原来前面塌方了。司机拿出铁棍在石头上捅。

"别捅了，来烤柴火。"公路边有三间瓦房，木门旁站着一个老头。

柳明仁无奈地走下车，这里离县城还有一百多公里。老头自我介绍："我姓姜，姜子牙的姜。"从耳轮上取出两根白虫一样的香烟非要客人吸，说："你们妥妥歇着，路我马上组织人修。"

客人刚进门，老头就进入正题："闲着也闲着，请客人看稀奇。"老头推开一间房门，南北两面墙上放着两面巨大的镜子，镜面上蒙了一层斑驳的水锈，看上去是一片隔山隔水的恍惚，不明不白的混沌。镜面相映，满屋都是模糊晃动的人影。老头伸手抹镜面的灰尘，说："这镜子霍县长照过，去年腊月也是塌方，霍县长堵在这里了，在这里美美地睡了一宿。这是县长尿过的夜壶。"老头举着瓦罐说："过些年就值大钱了。"

柳明仁不知老头葫芦里卖啥药，便示意司机快走。老头拽住柳明仁的衣袖，说："还有好戏没看呢，来来来，就在后面。"穿过阴暗肮脏的过道，老头立在石头垒成的猪栏前，捏住一根木棍戳了戳，说："懒虫，来客了，快起来！"从乱草里站起一黑一白两头猪。老头隆重介绍说："黑的是公猪，白的是母猪。两口子会节目！来，给客人问一个好。"黑白二猪尾巴扭成花，刷刷摇动，方向相同，节奏一样。"再给客人打啵，亲一个嘴。"两个猪猩红的舌头缠绕。老头眼里闪闪发光，每条皱纹都是得意。"除了我师弟牛子瑞，谁也导演不出这么好的戏。"最后喊出了压轴大戏："给贵客搞点黄的——黑猪伸出长嘴在白猪屁股拱了拱，前脚就搭上去。老头用浓重的方言赞美："对对对，演得好！"

柳明仁心里堵满黑血，说："太过分了。"

老头振振有词："好戏你们看了，还想耍赖不成？就是桃花镇的柳书记看戏照样收钱。"

"这是敲诈！"司机一脸青白。

柳明仁明白掉进了一陷阱，在自己的辖区被一个老头所骗，骗局简单丑陋，传出去是则县级笑话，快快打住。

老头哗哗拨动算盘，眼里闪着玻璃碴那样细碎缭乱的光芒，每人参观霍县长旧居三十元，看戏每人五十元，恕不打折，俺要给师弟牛子瑞筹钱告状……

道路即将抢通。

柳明仁手机响了，是林昕打来的。她焦急询问柳明仁的位置，气越喘越粗，她说："出大事了，祖宗逃了！"

4

汇力集团首席谈判代表祖宗突然逃跑，就像一阵毫不防备的风，将柳明仁渐渐成形的盘算呼地吹成了一盘散沙。任双手怎么用力，也难聚沙成团。在桃花镇流传着一首顺口溜："男人来了要折财，女人来了要失身。"四周客商绕道走，招进一个商比用沙搓一条绳子还难。

林昕在电话里告诉柳明仁，祖宗在桃花酒楼性侵刘敏，只差一点就成了。老板把老祖宗软禁在客房里，天亮时发现祖宗逃跑了。受害人刘敏投了案，出示祖宗写下的欠条一张，事实经过一份。强烈要求警方追回老祖宗，赔偿精神损失费。

太蹊跷了，桃花酒楼的老板娘他见过，丰乳肥臀狐狸眼，一头黑发乱云似的披了一肩，双手习惯性地捂在胸前，似乎在掩盖突兀的风景，更像召唤好色的男人往那儿看。祖宗作为汇力集团的首席谈判代表，什么样的风月场没见过，什么样的美女没经历过。强奸又差一点，这里面有诈。都怪昨晚没及时赶去。

司机过来叫："柳书记，路通了，我们走。"

柳明仁拿着石头画一下，又画一下，他在做一个两难的抉择，如果不回去，桃花镇招商又会搁浅，开发桃花河，净化饮用水会等到驴年马月。千里迢迢把人家招来，让人背一个强奸的恶名逃跑，作为当地的一把手他心里搁不下。只有自己出马才能接回老祖宗，可去县里更急，抗旨是从政最大的忌讳。一声叹息从心间生成，这么巧的事只在戏里看过，他讨厌巧合，然而眼前的事弄成了戏。叹息涌上了他的眉头，最后重重坠下来。手中的石子咚的扔进水里，把自己影像击成一片破碎，他说："掉头，回镇上。"

桃花酒楼门前还停着祖宗的奥迪车，祖宗带着三名随从仓皇逃离。司机从后门溜慢了一步，被老板拽回作人质。

柳明仁走进桃花酒楼时，刘敏正在逗宠物狗。她叫一声，狗回应一声；她一声大叫，狗也大叫一声。柳明仁的影子到了她的脚下，女人还在与狗斗嘴。刘敏抚弄着狗毛说："宝贝，你一天就知道喝酒吃肉啃骨头，还打麻将撩母狗，你还贪，家里的事你不管，老娘被人欺负了，你汪都不汪一声。警察还说老娘欺诈，你屁都不放一个。宝贝，以后你见到坏人就咬，放狗屁臭死他。你要为老娘做主。"那狗汪汪不止，用狗语做出承诺。

柳明仁当然知道刘敏借狗在骂人，早就知道他就在身后。女人的戏演够了，猛一回头，立刻换成一张灿烂的笑脸："柳书记，我骂狗呢。"狗在前面引导，皮绳牵着刘敏走向客厅。侧厅一个熟悉的影子闪过，那面影是皮镇长的弟弟，界岭村的村长皮夫。这家伙鬼头鬼脑干啥呢？然而，刘敏一杯热水递来，用身子挡住了视线。

刘敏在柳明仁的对面坐下，将将长发遮住的半边脸，说："柳书记，你招的那个商是坏蛋！昨晚姓祖的撕裂了我内衣，不是我老公来得快，只差一指头就被糟蹋了。"刘敏即将解开纽扣，出示祖宗的罪证。柳明仁拍了一下桌子，响声轻微还轻。响亮的拍打需要底气，没有底气的发作只能是内伤。

刘敏扣好纽扣，声音变得锐厉："不怕有人护着，我要告状，要他们的工程见鬼去。"

柳明仁不寒而栗，他听出刘敏的弦外之音，他们真正的动机是赶走汇力人。他在用双眼寻找扣留的司机。而祖宗的司机正在窗前，窄窄的房子他一刻也待不住。过去的那段时间他喊叫，没用；擂门，也没用；他用哗哗的尿声嘲笑屋子的阴暗，还是没用。想家如一根火绳，嗖嗖点燃引信，在异乡人心里炸出一个大洞。他再次用吃奶的蛮力擂门。

听到声音，柳明仁到了门前。生锈的铰链上吊着一把"永固"牌铁锁。他让刘敏开门，刘敏却用身子挡住，质问："凭什么？"

司机在门里用南方卷舌音发泄道："你们非法拘禁。这鬼地方还招卯的商……"

一句句南方话如同坚硬的木棍捅在柳明仁的心尖上，以后外地人都不敢到桃花镇。这个书记也当得窝囊透顶，一个剐匠用低劣的骗术骗你。一个开店的女人指着狗骂你。他知道自己不是一个力挽狂澜的人，也不是心智丰沛的人。不知道桃花镇这烂摊子为啥轮到他来收拾？他脸红了，那是羞红的。

司机喋喋不休："开门！"

柳明仁与刘敏僵持着，又不能与女流动手，便拨通了派出所的电话。

派出所长到县城开协调会去了，所以，来的人是去年刚从警校毕业的小李。

小李把刘敏和司机叫到派出所做笔录。

柳明仁回到镇上。他让柴主任联系在市里开会的皮杰，请皮镇长赶到县城，背也要把牛子瑞背回桃花镇。

林昕看到柳明仁一夜之间变得黑瘦，眼神迷茫，顿时飞蛾扑火一样着迷。原来，落魄的男人更不可抗拒。林昕张罗着茶水，他却很漠然，让林昕收拾一下，立刻随他到汇力集团去请回老祖。林昕掩饰住内心的狂喜，只轻轻嗯了一下。

柳明仁摸出一根弯曲的香烟。他不抽烟，只在思绪最乱或做出困难决定之前抽几口。烟圈越来越大，越来越胖，嗓子越来难受。他猛然想起那烟是姜劁匠的劣质烟。

一小时后，小李来向柳书记汇报。

司机与刘敏各执一词，司机做证说，那酒里有鬼，下肚之后浑身都是邪火，骨头酥了麻了，刘敏给祖宗敬酒时，故意把酒杯一荡，酒水撒在祖宗的裤子上。她装得惊慌失措，就在祖宗的裤子上摸呀擦的。老板娘是给祖宗下的套，不然，裤裆又没鱼，你摸它作甚？

刘敏骂司机诬陷、狡辩，还要掌司机的嘴，呸、呸、呸，唾沫满天飞，喷了司机一脸。

柳明仁无心听故事，询问处理结果。

小李说，已经让司机自由啦，他要到法院起诉桃花酒楼非法拘禁。祖宗的汽车要等当事人到场才能处理。祖宗给酒楼写了欠条，小李把巴掌大一张欠条照片展示给柳明仁。他不敢信自己的眼睛，老祖宗竟然打了一千万的欠条。这家伙不是傻了就是疯了，但人家能做到集团高管，肯定不是疯子或傻子，一定有另一种可能性。

柳明仁让小李把欠条借给他一用，小李沉默良久就借了。小李走到门边时又回过头来，告诉柳明仁，他在做笔录时，有人给刘敏打来一个电话，刘敏神色极为反常，神神秘秘到厕所接听。回来后把手机放在桌子上，他心存疑虑，给刘敏添水时，故意把水弄到她的手机上。装成抢救手机的样子，趁机看到那个电话。小李欲言又止，当他说出那个名字时，柳明仁半天合不拢嘴。

<h2 style="text-align:center">5</h2>

柳明仁和林昕到达汇力所在地已是深夜。

这是林昕读过三年大学的城市，对这里熟悉而亲切。不住地说这说那，神情颇为放纵。她提议到梦乡饭店住，那里离汇力集团一街之隔。

三人为住房有些不愉快。柳明仁让林昕住单间，他却要与司机住双人间。林昕与司机目光相对，把不满传来传去。司机说，他爱打呼噜、爱磨牙，强烈请求住单间。柳明仁说，两间房住三人，你住单间，强迫我与林镇长同居？林昕面若桃花，轻轻推了一把柳明仁。这个不好笑的调笑拉近了冷冷的上下级关系，变成了可以开玩笑的男女关系。

柳明仁对师傅说："我也打呼噜，今晚我们比一比谁的鼾声大。"

晚餐是川菜。因为急着赶路，三人有十多个小时没进食了。柳明仁感到米饭像砂石那样粗粝，吃饭就像挑陈年白米里的虫子。林昕不住地夹菜、舀汤。最好的肉夹给柳明仁，在他碗里堆成山；次一些的给司机，那肉就像丘陵；最差的留给自己。

柳明仁懒散地躺在床上，连屁股和脚趾都是疼。司机果然打呼噜，搅得他无法入睡。他烦躁地打开手机。在路上怕接到县里催命的电话，索性关了。来电提醒已将收件箱爆满。几乎全是县里打来的。看来他走了一步险棋，弄不好这次彻底输掉仕途。他想给皮杰打电话探听情况，手指刚按上去又改了主意。自从他到桃花镇，皮杰明里暗里与自己角力。皮杰是土生土长的桃花人，根扎进了镇上每一寸土地，人脉关系好，时时都想架空他。最后柳明仁拨通了柴主任的电话。

老柴可能在娱乐场，嬉笑声隐隐传来。柴主任说，皮镇长已到县城，下午就成功说服了牛老头，明天就带回桃花镇。柳明仁黑隧道一般的心里透进了一丝光，心中悬着的石头落了地。

柴主任爽朗的笑声从千里之外传来，制服牛子瑞的故事使柳明仁的笑容渐渐凝固成蒺藜。

皮镇长只用三百元就降服了那条犟牛。谎称有了李佩环的下落，牛子瑞半信半疑地跟着皮镇长走。到了娱乐城，皮镇长请牛老头洗了头、捶了背，牛老头快活得直哼哼。做最后服务时，小姐们你推我、我推你如同见了鬼。最后价钱涨到三百元，一个最老最丑的小姐拉着牛老头进了密室。老头好狼狈，死死抓住裤腰上的皮绳不放，但他哪经得住小姐的挑逗，秋虫一样爬上去，不到十分钟，警察就冲上去。牛老头吓得缩成一团，花白的头往被子里钻。警察拽出牛老头，尿水就滴落在床单上。牛老头一膝跪在地上，结结巴巴诉苦，说皮镇长让他玩的。警察的脸立刻垮塌："胡说！皮镇长让你吃屎你也吃？"牛子瑞打躬作揖如同鸡啄米。

警察忍不住噗地笑出声来，但款还是要罚得重重的——三千。

皮镇长借钱给牛老头交了罚款。牛子瑞哀求皮镇长为他保密，不然他的老脸没处放。皮镇长犹犹豫豫的，最后勉强答应，条件是牛老头乖乖地回到桃花镇。

柳明仁听罢，恶心得饭菜涌上来，汤汤水水堵了一嘴。苟主任突然变得吞吞吐吐，似有难言之隐。催急了才说，霍县长发大火了，说你一意孤行。柴主任用语气把话的棱角磨平了，传到柳明仁的耳朵里仍然锐厉。

不一意孤行到汇力来又如何呢？一旦集团撤退，他从前的心血全都白费，含氟的水仍会伤害着桃花人的身体。突然想到一个不相干的问题，桃花骗子多，是否与水质有关呢？他这个书记当得累，劳累如果有体积，不知劳累有多大；如果劳累有重量，不知劳累有多重。一年前，他在邻县城关镇当书记，工作顺手，仕途一片光明。也许是命运的捉弄，市里创建"计生"示范市，从各县抽调精兵强将到各县模拟验收。他正巧分到桃花镇，发现桃花镇"计生"一个幽黑的洞——桃花镇严重超生，超生的婴儿下落不明，涉嫌犯罪。柳明仁发现这些疑点，穷追不舍。他还在通报会上批评桃花镇的形式主义、弄虚作假。会后，桃花镇如同下了一场六月雪，由春天骤然坠入冬天。霍县长特地接见了柳明仁，握手再握手，感谢再感谢。霍县长命公安四处寻找被卖掉的婴儿，声势浩大地捉拿人贩，借此转移矛盾焦点。勉强度过危机之后，霍县长匪夷所思地到市里游说，以人才的名义把柳明仁调过来，提议柳明仁到桃花镇任党委书记。

柳明仁清楚霍县长下了一着妙棋，引进批评者，赢得了心比大海还要宽广的美誉。其实把他弄到麾下，想怎么揉就怎么揉。
连续五任桃花镇党委书记，哪个不是信心满满地来，灰溜溜地
走。他知道他在这里的时间不长了，拼了老命做成一件事，滚蛋
之后不至于太狼狈。

一墙之隔的林昕睡得很轻，一片树叶落地都能把她惊醒。窗
帘发白时，她再也睡不着。她在猜测柳明仁睡得好吗？司机鼾声
浮动，他肯定没法睡。他肯定不是抠门节约房钱，而是怕她随意
进入他的房间，在异乡失去约束把持不住。这男人快举白旗了。
此时，她委屈，自己快把尾巴摇断了，他却在防备。这笔账得记
着，等他受不住诱惑求她时，她打算稍作犹豫之后再说行。不能
答应得轻盈顺畅，得有越过万水千山的艰涩和困苦。作为女人，
心里猴急也得装腔作势一小会儿。她被自己的想象逗乐了。

都早早地起了床。

林昕不断拨打祖宗的电话，电话里永远都是那个女人说，您
拨打的电话已关机。林昕急了，说："我到汇力集团找他们的老
总水鱼去。"柳明仁踌躇半晌说："还是单独见祖宗，给他留余
地。呵，你用公用电话给他们打。"

林昕用公用电话再打祖宗的手机，通了。祖宗听说柳明仁一
行到了，心差一点跳出口腔。平静之后说："我们在天香茶室见
面吧。"听语气有惊恐，有无奈。

天香茶室离梦乡酒店不远，坐出租车就十分钟。

祖宗等在门口。

柳明仁第一次见到祖宗。林昕与祖宗是熟人了，寒暄浮在熟

悉的表层，内里却是误解的陌生。寒暄沉下去，陷入谁也推不动的茫然。祖宗点的是西湖龙井，茶水渐渐浅下去，都开不了口。柳明仁想了若干个开头，怎么说都会挑起对方的伤痛，剐掉祖宗一层脸皮。就是绕九曲十八弯，也绕不到不伤祖宗的地方，那么单刀直入倒是一种便捷。于是，柳明仁掏出祖宗写给刘敏的欠条照片。祖宗的脸皮笋皮一样剥落。

林昕知趣地走出茶室。男人在没面子的时候是最不愿异性看到的。

祖宗看着自己的"杰作"，似乎在和自己的鬼魂说话："太可怕了，刘敏给我下套，我就钻了。老板拿着刀逼我，没有现金就打欠条，我故意乱写一通。一千万哪，又不是发地震有那么大的损失吗？数字越离谱，就越不真实，坐实我被威胁的实证。我想桃花酒楼不光为钱，是受人指使，想把我们赶出桃花镇。"

柳明仁听着这些话，与司机所说极为吻合，而且祖宗推断幕后之手与小李所说如出一辙。

祖宗继续向柳明仁透露他的独家秘密。祖宗从酒桌回到单间，刘敏就跟进来，问需要啥服务，他的大脑早已失控。他就调笑说要老板娘。刘敏虚情假意地在他脸上舔一口，推辞说，她岁数大了，不好玩，给他找一个水灵灵的桃花妹。当时他被鬼迷住一样，说老板娘最好。刘敏说，她老公去了县城，晚上十点来客房。

祖宗焦急等待着。刘敏准时推开房门，关门，拉窗帘。刘敏脱一件衣服还摆一个姿势，抛一个媚眼。两人刚脱干净，刘敏又是找干净的毛巾，又是取发卡，慢吞吞的样子故意拖延时间。终于挨到了那一刻，门被哐地踹开。一个黑脸大汉不住地用相机拍照，用脚踢他的下身，拿一把菜刀对他比画，他只好哀求。刘敏突然变脸，骂他流氓、强奸！她又抓又咬，那样子酷似遭人奸污一样。老板条件铁一样硬：付清精神损失费，快快滚出桃花镇。

一个念头浮上柳明仁的大脑，桃花酒楼精心设局，肯定不是光为钱。赶走汇力集团对谁有利？答案指向皮杰。

祖宗怀中的茶见底了，嘴巴张了几张，有话说不出口。柳明仁看透祖宗心事，说："有话尽管直说。"

祖宗便直说了，从桃花镇逃回来，他没敢到集团露面，没想好如何向水董事长汇报。他请柳明仁不要向集团提他在桃花镇糗事，就说我被人劫持。祖宗掏出一张银行卡递给柳明仁："柳书记千里迢迢地来，算我请客。桃花镇的水利工程肯定要让你失望了。"柳明仁重重地把卡推回去，脸上有些不悦。

林昕适时走进茶室。她刚买一套服装就急不可待地穿上了。那服装真好，既有好女人的典雅得体，又有坏女人的风情招摇。祖宗看过去，眼珠亮了。柳明仁知道祖宗好色的毛病又犯了。果然祖宗一扫心中的灰暗，变得饶舌。他建议林昕要戴项链，女人需要点缀、生活需要象征，尤其林镇长这样的女人。他偷窥一眼柳明仁的眼睛，对方眼睛像雨中的池塘含义不明。祖宗大胆邀请林昕去买饰物，吹嘘自己对此鉴赏力硬是一流。

林昕对柳明仁迟钝反应甚是失望。她决定刺柳明仁一下。她面对祖宗目光是欣喜的接纳，心中却是拒绝。男人有时就是要刺激一下，适时地让他们吃点醋，如果他对你有意，一定会做出极不自然的表情。这事曾经风尘的林昕最懂。

林昕进一步试探，她佯装要与祖宗出去，而柳明仁一脸木然，说出的话却慌腔走调了："别闹了！"又转向祖宗，说："请再到桃花镇一趟，还你一个清白，也给桃花镇一个机会。"

祖宗绞手、咬嘴，似十分为难，他说："请二位给我一个面子，今晚我请客，工程的事让水总定夺。"

林昕的手机骤然响起，她嗯几声便走进洗手间。电话是组织部副部长打来的，让林昕明天九时到组织部。副部长是林昕的好友，神神秘秘透露："柳明仁偏离中心工作，擅自行动可能调离。拟让林昕与皮杰搭班子任代理镇长。"

林昕听到这个骤然降临的消息，不仅没有高兴，反而像被飞石击中久久说不出话。事后，她怎么也记不起是如何回应的。这对柳明仁来说太要命了。在他麻烦缠身的关键时刻，不能让他看出一星痕迹。林昕用凉水冲罢脸平静走进茶室。

6

柳明仁在梦乡饭店茫然出神，祖宗只是客气敷衍。汇力集团这扇门怕是难得向桃花镇敞开了。这次他冒着违抗霍县长之命，偏离县上"计生"中心工作，一心要上饮水工程难道真的错了？答案悬在半空中。如果方向错了，撤退就是前进。

祖宗来电话了，他请柳书记和林镇长去梦巴黎饭店吃西餐，水总亲自迎接。

柳明仁感到桃花水利工程的大门又裂开一条缝，只要把脚插进去，那门就有可能打开。兴奋中的柳明仁推开林昕的房门。林昕突然变得手足无措，把本来平整的床单扯皱了，把端正的衣服拽歪了。他一点没看出林昕的不安，倒是从对他的称呼里听出了异样，她说："哥，吃西餐穿这身衣服土了，我们去买一身吧。"她一直称他柳书记或者您。尽管林昕是他亡妻的表妹，可从来没叫过哥。乍听起来别扭，别扭里藏着别一样的东西。

林昕挨柳明仁坐下，身体里涌出一股擦也擦不尽的潮湿。这就是常说的骚或贱，想到贱，她又把身子缩回去。如果他知道她的风尘岁月，他们之间就会有一个深渊。

柳明仁不肯去买衣服，林昕去为他买来了一套西服。一问价，林昕不肯说，柳明仁就不肯穿。林昕舌头都劝麻了。他坚决要她说个价。林昕说五百。这种品牌的衣服只有五百，鬼都不信，无非象征性地收点钱让他踏实。没想到那套西服像是为他量身裁剪的。那是因为林昕内心有把精确的尺，尺度更精准。颜色是他喜欢的银灰，人被西服那么一衬，就显得年轻了五岁。林昕这儿拉拉，那儿拽拽，还拉着他到卫生间的镜子前自我欣赏。

镜子上有层淡淡的雾，他咧咧嘴，镜中人也嘴咧咧，像一对双胞胎在滑稽模仿。

在卫生间狭小的空间里，林昕香气氤氲，且目光含情，柳明仁就如同上岸的鱼，在喘着临终前最后一口气。他心中有两双手，一双想拉近林昕，另一双想推开林昕，两双手拉拉扯扯，脸上汗珠就哧哧生响。林昕又在火上浇油，给他系领带、松裤带。

好在祖宗的电话来了。

他们刚到预留的桌前，水鱼先与林昕握手，还嫌不过瘾，还轻轻拥抱她。"呵，柳书记，我是水鱼，尊重妇女是我们的共同责任啊！"

气氛立刻就轻松了。祖宗却来了兴致，说："拥抱就是尊重，那我天天尊重妇女。"

水鱼沉下脸，说："你还好意思说尊重妇女？你在桃花镇那些烂事我都脸红啊！"

柳明仁与林昕面面相觑，是谁告诉水鱼的？

水鱼语气变得严厉，他说："听说你风流过后还写欠条，丢人哪！你给集团造成多大损失？老祖哇，你该好好管教你的部下。"

风流成性的祖宗自然听懂"部下"这个词的含义变得唯唯诺诺："我一定好好教育部下，以后绝不让它犯错误。"

柳明仁和林昕都笑了。水鱼董事长请林昕点菜："林小姐了解柳书记的口味，尽管点吧。"

林昕知道柳明仁很少享用洋玩意儿，就为他好好点菜吧。

七成熟的牛排，红酒烧蜗牛，法式鹅肝等。其实她也不懂，自然什么贵点什么。这些做工精细，摆放讲究的西式大菜，被一道端上来，又一道撤下去。四个人坐在长方形的餐桌上，在摇曳的烛光下，笔直地挺着身子。林昕僵硬地用着刀叉，优雅地举着酒杯，美酒入肚之后，就有两片桃红，如水墨画里的丹朱，渐渐爬满双颊。柳明仁的目光不便在她脸上过久停留，就移到她的手上。那细长的手指柔嫩细滑，内部似有发光体，根根红润透亮。左手食指有道暗红的伤疤，那一定是少女时代猪草刀剁的。他听亡妻说过，林昕小时候被继母斥责天天打猪草，她打不满比自己高的背篓，继母就拳脚相加。有一次林昕实在打不满硕大的背篓，就自作聪明地架些木棍在底部。继母发现了，打断了两根木棍。最后就罚林昕剁猪草，她一刀差点剁断了食指，鲜血染红了猪草，她就是一声不吭。一丝怜爱爬上柳明仁的心。林昕感到了那温热的目光。她一会儿看烛台，烛台上点了四根白蜡，四根婀娜多姿、摇曳不定的烛光，制造了足够的情调，她一会儿看人，一会儿看景。如此一来，那双好看的双眸游移不定，在风姿绰约的基调上又多了一份风情。想到风情，柳明仁心中又是一伤，也是亡妻隐隐透露的：林昕大三时，家里再无钱供她上学，她便从外省回省城，到一家夜总会唱歌，再后来就坐台，还被一个姓何的神秘人物包养着。她怎样从小姐成为副镇长是一个谜。想到这里，他扭动目光，眼珠像被铆钉固定一样望着烛台。

　　水鱼的目光移过来，眼前这个女人是他秘书的同学，认识好几年了，可林昕却是镜花水月，他喜欢镜花水月的情调。对水鱼来说，进入一个女人的肉体，这个女人就从他心中抹去。他所怀想的，都是没有得手的。林昕感到水鱼目光有点烫人，多毛的腿贴了她的膝盖。林昕清楚她没成为水鱼的情人，先前是没有时机，而今是因为柳明仁。一个从黑咕隆咚的井里爬出来的人，绝不能为了水又跳进井里。林昕抽出自己的腿，话说得甚是甜润："水总曾说为我做一件事，不知失效没有？"

水总嗯、嗯、嗯，表示没有失效。

林昕顺势跟进："请水总到桃花镇签约，不然我就在你集团里，给你倒水、搞卫生，吃你的、喝你的、花你的。"

水鱼脸上皱纹扭得花一样，说："那我不是搞腐败吗？你就不怕鲜花插在牛屎上。"

祖宗插科打诨："我也想做牛屎。"

林昕说："我不是什么花，你们更不是牛屎，你们都是了不起的成功人士。水总给个话，你去还是不去。不去，我们今晚就走，今生今世就难见到我敬爱的水总了。"

水总沉思半晌："下个月我与老祖一起去，收拾他的烂摊子。"

林昕响亮地拍巴掌，食指主动弯向水鱼："拉一个钩，可不能反悔。"

两个食指勾得紧紧的。接着就敲定具体日程。水总强调，当地政府要为投资方营造诚信的投资环境，这是合作的基础。

柳明仁感到山一样沉重的担子终于可卸下一口气了。

回到住地，司机睡得鼾声四起。柳明仁从窗口望出，灯光从看不到尽头的地方来，照到看不清边缘的地方去。他突发奇想，如果这些房子褪色，变得玻璃一样透明，该有多少丑陋肮脏的交易，色情纷飞的图像啊！他突然有了对大城市的恐惧。西餐也不合他的胃口，说吃饱了吧，胃是空的；说没有吃饱吧，他的胃早顶不住了。他进了林昕的房门："我们去吃碗刀削面吧。"

夜晚孤男寡女出去就意味深长。林昕打算吊他的胃口，想装腔作势半分钟，他却打了退堂鼓："那就算了，明天一早回去。"

7

柳明仁在桃花河边发呆，心里憋得要死，找不到一丝透气孔。他在一个碧绿潭边一块青色岩石上蹲下来。

他从汇力集团返回半个月了，集团对桃花水利工程一味沉默。这半个月，镇上发生了古怪变化，人们依然对他客气，但客气里有冷漠。头头脑脑们从不向他汇报工作，哪怕芝麻绿豆那么大一点。有关他与林昕借招商为名，实则旅游的传闻雪球一样越滚越大。光这些喊喊嘈嘈的议论也罢了，从来都没有人被唾沫淹死的。可是，上午的"计生"迎检动员大会使柳明仁乱了分寸。

会前，皮杰礼节性征求一下柳明仁的意见，假惺惺地让他多休息。

柳明仁还是去参加大会了。

"计生"迎检动员大会的确声势浩大。镇村组干部黑压压地坐了一片。皮镇长赫然坐在主席台的正中，却把柳明仁挤旁边。这意味着什么？傻子都能看懂。更要命的是皮杰的讲话，在柳明仁脑壳里溅起一片嘤嗡，皮杰说："由于决策的失误，桃花镇只注重招商，'计生'工作拖了全县的后腿，霍县长讲得好，这是拿全县干部的前程开玩笑……"皮镇长越讲越离谱，火药味越来越浓。柳明仁心中嗖嗖冒火，他就要拍案而起了，没等散会他就独自一人到了桃花河边。

柳明仁看到自己的倒影晃来晃去，一会儿是个人，一会儿是个影儿。无论是人还是影儿都使他讨厌。他感到自己失去了豪情、斗志甚至尊严，也就是掉了魂儿。简直不像一个男人，就是一摊被雨打湿的烂泥，怎么也糊不上墙壁。他到桃花镇几个月了，欺诈仍然横行，水利工程还是一个幻影。潭水变得平静，能听到鱼儿打嗝、螃蟹放屁，那条红花鱼把他的眼珠当饵料，啄一下，又啄一下，鱼儿扫兴而归。游鱼、螃蟹使他暂时忘记了烦恼世事。

天色暗下来，河面上起了一层水雾，他感到一阵寒凉，便走下青色的岩石。有一团影子向他移来，近了，才看清是林昕。他们无言地沿沙滩行走，到了一块光滑的青石板上，林昕坐下来，说："水鱼下星期到桃花镇。"

柳明仁一扫满脸的阴暗，急着要回镇上，似乎他的鞋里进了一窝蚂蚁。林昕却拉住他的衣角："坐下，说会儿话。"

林昕把县组织部找她谈话的内容作了删减，又把她如何找市里管组织的何副书记，为他打报不平的详情掐了头，去了尾，只留下"何书记给县里打了电话，你还稳稳地在桃花镇当书记"。

幸亏有夜色做遮羞布，不然柳明仁的脸会羞得通红的。

林昕不由分说地把他的手攥住，捏着，搓着。两人的手都有一种古怪的舒适感，汗毛根根竖起，每根都张开嘴巴尖叫着。林昕拉近柳明仁，在他雄性躯体上火上浇油，烤得林昕的心如热锅上的花生仁，一蹦一蹦地生疼，是那种销魂的疼。她的瞳孔里毫无来由地闪过另一张男人的脸——何副书记的脸。他夜晚浪荡，白天一本真经，不知道哪个面孔是真的。他是她在娱乐城认识的，她紧紧抓住了他。她必须把他们的秘密藏在身体里、血液里，任私密在心里蔓延、腐烂。老何使她的身份改变，由一个坐台女子变成了公务员，甚至变成了桃花镇副镇长。

8

柳明仁关上房门，在做一件包括林昕都不能露一点风声的机密。这有点东毒西邪的味道。

他的房门被怯怯敲响。他猜想来人是林昕。在这敏感的时刻，绝不要单独与她待在一起。

敲门声三长两短，似是接头暗号，这就不是林昕的风格了。他把机密放在抽屉，锁好。开门。老柴站在门框边不进门。柳明仁一眼就看穿了老柴的心思，怕林昕在屋里。

柴主任耳语地告诉柳明仁，刘敏从县城告状回来了。皮镇长去了桃花酒楼……

柳明仁不喜欢这种诡秘的说话方式，不愿窥视别人的私生活，脸便沉下来。其实，柴主任对领导忠诚，如同一件贴心的棉袄，一曲一皱都合人心意。柳明仁心中狐疑，此时，正是皮镇长得势的时候，为啥一向见风使舵的柴主任却逆风耐动，神神秘秘来说皮杰的坏话？

其实，柴主任来告秘是深思熟虑的，他感到镇上的两位爷越来越难伺候了，两人角力，他夹在两股力量间水草一样摇摆，总有一天会趴下的。眼下，皮杰占着上风，但柳明仁旁边有林昕，林昕背后有市里的何副书记，如其被两股势拉扯着，还不如加进自己的力让双方知道他的价值。

柳明仁淡淡地说："背后少关心领导的私生活。"柴主任无趣地退下去。

柳明仁感到屋里的空气密得像一堵墙，说得出的压力是沉重，说不出的压力更重，这种日子会把心扭麻花的，他不由得打了一个冷战。

林昕这小妖精也伤透了他的脑筋，从出车祸的那个雨夜，她明里暗里把他勾引，就像一把折扇，打开了天边的风月。可到了现在，那折扇哗地合拢。是身体的考量，还是利益的权衡？谜一样难猜。如果此前来敲门的是她，他不会开门，让她吃一回闭门羹；然而，林昕影儿都没有，他又怅然若失。

想到饮水工程，他的心跌落到更低处。这晚，他的思维就是一条意识流。他曾给水鱼打了无数电话，每次对方都说，他忙，快来了。柳明仁恨恨地告诫自己，再也不给你打电话了，这么好的工程，看你来不来求自己。可是，柳明仁永远得不到正确答案。因为还没等到对方答案，他又把电话打过去了。水鱼明确答复，他已让林昕转告书记，下星期五一定到桃花镇。

9

下了一场雨，烟雾笼罩着桃花镇。雨声响亮，响声不是雨滴，而是野草疯长。柳明仁望着桃花河，设想多种方法催水鱼快来，每种方法开始都很宽敞，可越走越窄，最终都咚地撞在墙上。

皮杰想彻底孤立柳明仁。镇政府有个餐厅，吃罢饭的人嘴一抹就走人，胖师傅便在食客的姓名后画一个圈，伙食费按圈圈计算。书记镇长是不画圈的，就是说可以不缴饭钱。柳明仁发现自己的圈画得满满，而皮杰全是空白。从中看出他在大师傅心中的分量。他刚在一张餐桌上坐下，来就餐的人绕过柳明仁，偌大一张餐桌就剩他孤家寡人。皮杰那张桌子已经挤满，笑声、喝汤声响成一片。皮杰谈兴正浓，不一会儿，笑话就堆了一桌。

林昕姗姗来迟。她站在餐厅踌躇片刻就转身离去。有人故意喊话："林镇长，咋不吃饭？"林昕的声音低如蚊虫："不饿！"显然是谎言，不饿你到食堂来干啥？

柳明仁望着林昕的背影，心中一阵咸涩。这个从前与自己关系亲密的女人也不愿与自己同桌，似乎他身上有病菌。不仅如此，每天相遇，她都板着脸。这个怪女人，从此，再也，再也不理这个女人。

他想不理她，她却不能，有急事向他汇报。她在他的办公室站了好久，心中的话比喉咙大说不出口。她能解释她在演戏，怕他们的关系传到何副书记耳朵里，给柳明仁带来灾祸吗？不能！都是为你好，以后你会懂的。

柳明仁不看他，目光散落在半空中："有事吗？"林昕说："水鱼后天到桃花镇。人已在路上。"林昕脸上挤出一丝笑，可想到面临接待、谈判、签约哪一桩都是难，笑容刚刚展开就收住。

对于接待，林昕补充了一个细节，在水鱼的房间里放了一只木桶。

柳明仁没有追问缘由，答应让木匠做杉木桶。

致于皮杰搅局，林昕想玩一把邪的。眼下不能走漏一丝风声。

从他办公室回到自己的房间，她洗了头，还化了淡妆，头发半干半湿且淡香扑鼻，穿上那件既端庄又风情的衣服敲响了皮杰的房门。她绕了一个大圈闲话，把皮杰绕得云深不知处了才说："镇长，你不是老请我出去玩吗？今晚我们出去交交心。"

皮杰凭多年与女人纠缠的经验，预感到他的艳福就要来了。这个使他口水流成线的女人，就要自投罗网了。皮杰的心已经提前抵达，嘴巴却硬，他说："这不好吧！"

林昕早已看穿对方的心思。她喜欢与这种男人过招，有种邪恶的快乐。林昕说："那就算了。"

皮杰连忙问："去哪里？我抽时间去。"

林昕说："后山野猪棚里，我们去吃烤玉米，既饱口福又有野趣，就是有点远。"

能与林昕约一晚，就是翻雪山、过草地他也要去。

晚上八点半，皮杰如约而至。一片墨绿的玉米地，顶端卧着一个三角形的茅草棚。银色的月光撒在玉米上，玉米秆上前面拖一个棒子，后面背一个棒子，空气里弥漫着玉米的甜熟。山脚下的桃花河像固定在大地上的琴弦，琴声穿过茫茫月色传来。

皮杰无心欣赏美景，拨开剑一般的玉米叶，气喘如牛地向目的地进发。

林昕早已等候在窝棚里，把一个嫩玉米烤得焦黄。皮镇长吃着香甜的玉米粒，心里却升起了疑云。这个女人背靠市里一棵大树，一直不把他放在眼里，可今晚主动投怀送抱了，该不会有诈吧？林昕看穿了皮杰纷乱的心思，他想风流，又怕付出代价。林昕说："我约你出来吃烤玉米，先是心血来潮，之后是不能失约。你若觉得不安全，现在走还来得及。不能欺负我啊。"

皮杰心中的疑云还没消散，他说："你怎么想到这地方的？"林昕想说，上次孕检有人说牛子瑞的儿媳可能藏在公公的野猪棚里，我带人来过。但她不能当皮杰提牛子瑞，就想用一颗玉米堵住皮杰的嘴。皮杰不依，要吃林昕嘴里的，乌红的舌头牵引着嘴就伸过去。林昕风情万种呕一口，皮杰脸上落满口水和玉米粒儿。皮杰被撩得浑身冒烟，心跳得万马奔腾，他拉林昕坐在大腿上，林昕没有拒绝，但拿掉皮杰伸进衣服的手，请求说，柳明仁是她哥，汇力集团来签约时，皮杰不要使阴心。

皮杰心里早恨出一个血淋淋的大洞。姓柳的仕途上占了自己的位，经济上坏了他的事，恨不得立马赶走那蔫软的东西。皮杰嘴却说："我会以大局为重的。今晚不谈工作，只谈你我。前段时间听人说，让我们俩在桃花镇搭班子。要是能成，我们一定能搞大事，俗话说一山难容二虎，除非一公和一母。"

火苗闪耀，火舌舔着夜幕。相邻的一个野猪棚里，古歌幽幽唱起：

　　　哎——
　　　情妹去了天那边，
　　　一片影儿都不见。
　　　去年八月亲的嘴，

今年中秋还在甜。

歌声悲伤苍凉，浓重的幽怨压瘪了尾音。皮杰无心倾听，不想搞虚情假意的调情铺垫，抱着美人走向木床。美人挣扎着，活像抱着一条大活鱼。他解上衣的工作进行得很顺利，可解裤子时，他的手像抽了疯，不是皮扣科技含量高，就是扣子加了密，无限的精彩都在镜子里。

林昕推开皮杰，说："你脱，我去方个便。"他站在撒满月光的玉米地里响亮咳嗽三声，有三声喑哑咳嗽回应。皮杰剥光了衣裳在催促，似乎去晚了就会人命关天。不顾了，林昕打开手机录音键回到窝棚。

皮杰的脖子都等直了，可林昕全身冒着寒气，说："睡觉之前我要看你的诚意，我想知道赶走祖宗是不是你操纵的？"没等林昕说完，皮杰就愤怒否认。林昕再问："你真的要搞垮柳明仁，搅黄桃花水利工程吗？"皮杰像挨了一闷棍，说出的话就浓烟滚滚了，他说："你是约我出来受审？想戏弄我？"

林昕偷鸡不成，倒蚀一把米，她想快快脱身。皮杰被情欲冲昏了头，他说："想走没有那么容易，老子要强奸你！"林昕冷笑："你不怕我告你？""我是镇长我怕尿！何老头玩的我也能玩。"

一团黑影滑入木棚。皮杰还以为是野猪或黑熊，惭惭看清是人影，手电照亮了皮杰赤身裸体。来人是牛子瑞，林昕下午找到他，让他潜伏在玉米地里。皮杰慌乱地穿裤子，两只脚捅进一只裤管里，来人右手持着一把弯刀，伸手拽掉皮杰裤子，顺手扔进了火堆里。皮杰挥手要夺弯刀："你是谁？也在我面前撒横？"来人用刀背砸向皮杰的额角："你就是阎王，敢在我棚子里要流氓，我牛老汉照砍不误。"林昕知道牛子瑞要吓唬皮杰就拦得虚情假意。牛老头转向林昕说："闺女，深更半夜来俺棚里作甚？要不是俺惦记野猪糟蹋苞谷，你好好一个闺女就被畜牲糟蹋了。"

火光下皮杰看清来人是牛子瑞，他清楚意识到他被林昕暗算了。他用下三烂手段暗伤牛子瑞，赶走祖宗，今天人家用同样的方法算计了自己。

既然撕破脸，林昕就无所顾忌，她打开录音播放键，皮杰的声音清晰传来："老子要强奸……何老头能玩的我也能玩……"皮杰明白对方在威胁，问道："你要干啥？"

林昕倒也爽快："简单，与汇力集团签约，你若不捣鬼，这录音就删了。"其实皮杰不怕这录音，让他怕的是林昕背后的何副书记。

牛子瑞威风凛凛地看守着皮杰，说："你这狗东西老子扣下了，让你家里拿钱来取。你用一个烂婊子，害得俺卖掉十头肥羊、一头猪交罚款……"

皮杰央求道："我回去给你弄钱，我是镇长，您还不信任我吗？"

"我不信你。"

皮杰说："我打欠条。"

牛子瑞还是不依："你要证明我的清白。"

木棚里没有纸，就用木板代替，没有笔就用木炭书写。皮杰用他大权在握的手写下欠条，在另一块木板上写下："牛子瑞没有嫖娼，特此证明。"牛子瑞举着两块木板："你敢耍赖，我把木板扛到市里去。"

暗夜的闹剧收场了，皮杰光着身子咋回去？皮杰此时显示了高超的智慧，用锅烟灰顺着抹，直着抹，越抹越黑，不久一条黑裤衩就穿在皮杰身上，逼真而性感。

10

第二天，皮杰换了面容。

早餐，柳明仁依旧坐在昨天的位置。皮杰挨着他坐下。当柳明仁碗里的粥见底时，皮杰殷勤接过碗，舀了一勺粥。这个姿态使柳明仁十分诧异。从前，皮杰面上是嚣张，内里是嚣张，现在，把嚣张的外衣脱了，柳明仁如何知道昨晚野猪棚里的好戏呢？

早餐快毕时，皮杰建议开一个水利工程专题会，正好说在柳明仁的心尖上。

专题会开到尾声，水鱼一行抵达桃花镇。随从有夆人现眼的祖宗，技术、安全、预算，设计等方面人员十一人。水鱼住进客房时，在卫生间里看到一个崭新的木桶。桶里有青草野花、碎石。这是谁的安排？竟然知道他的癖好，体贴他的暗疾？知道他只有在这样木桶上，在微缩的大自然里才能痛快地拉撒。一时，他的感情发生了微妙变化。

欢迎晚宴持续了两小时。柳书记和皮镇长作陪，双方都过分客气，吃吃喝喝都缓慢机械。林昕一出场就改变了一切。她像一只艳丽的蝴蝶在席间穿梭，来到水鱼身边时，把转盘转成了一朵花，向水鱼推荐一道有浓郁山野风情的菜——凉拌猴头菇。老水浅尝慢品，渐渐吃出了滋味，筷子便像鸡啄米。

晚宴过后，林昕进自己的小屋，也不开灯。手机里咚地来了一条短信，是水鱼发来的："异乡的寂寞敲打着我的心，能来陪陪我吗？"林昕顺手回复："寂寞时我用心陪您，今晚不方便。"

一切平静下来。

到桃花镇的第二天，水鱼要实地堪察。柳明仁和皮杰各怀心思陪同。林昕主动请缨，由她做后勤保障。她从镇上抽来六名俏媳妇做助手，要亲自主厨做一顿野餐，招待远方的贵客。

一清早，林昕列了采购清单，到市场购买这肉那肉、这菜那菜，又吩咐苟主任提前带人去采鲜蘑菇。

上午八时，一行人厮跟着水鱼向桃花河深处进发。

林昕走在队伍的末尾，她们找到一片彩色沙滩，在此安顿下来操办美食。水鱼一行继续前行。

到了规划中的发电厂，水鱼让人测过水的流量及落差，兴奋得嘴巴咧到耳根上。他们翻过一道山梁——这山梁是重庆的地盘，像楔子插入桃花镇。老水累得汗水流成线了。他在一潭清水前停下，水牛一样去饮水，喉咙里咕咕响，像是里面养了一头小牛犊。祖宗奔过去，夸张叫喊："水总，这水不能喝！"似乎水鱼喝的是毒药。老水哇哇往处吐，把苦胆都快吐出来了。

柳明仁趁机说服水鱼："这水看起来清亮，哪知藏着鬼呢。

老百姓常年喝这样的水，我心痛哪。水总能让百姓喝上干净水，四万桃花人都记得你。工程竣工后，我们给你建一座纪念碑。"

水鱼笑而不答，一脸的高深莫测。当他们到达规划中的水塔位置，一切都发生了逆转。水鱼听完投资、工期、技术汇报之后，便把集团的人员召集到山坳里，避开桃花人做最后评估。

柳明仁脖子伸得比打鸣的公鸡还长，想看清对方一举一动，进而推测工程祸福。该不会节外生枝吧。

偏偏柳暗花不明。水鱼从山坳里返回时，脸上挤出几丝歉意，他说："我们慎重做出决定，汇力集团资助桃花镇三十万元，你们自己解决饮水。如果你们把电站与饮水工程捆绑，我们只好撤离。"

柳明仁从希望的高端，跌入尘埃。三十万元还不够买水管。皮杰说："捆绑开发是桃花镇党委集体的决定，没有商量的余地。"他看到肥皂泡自行破灭，心里不由得哈哈笑。

水鱼沿着来路返回，众人就像一群阴天的鸡若即若离地跟随。

林昕把两石桌野餐准备得姹紫嫣红，既审美又家常。当她得知工程谈判陷入僵局时，手中的菜刀无力垂下。做一件事怎么这么难，比用水打一把菜刀还难。只能死马当成活马医了。她依然笑靥如花走近水鱼，说："你走遍中国，肯定没吃过这么稀奇的肉。"水鱼自作聪明地瞎猜一通。林昕举着左手，说她割了手指上的肉。水鱼打趣道："就那么一星点儿，不够塞牙缝。"林昕又拿起菜刀晃晃，说："只要工程不黄，我给你切，保证你吃够。"

水鱼说："这玩笑可开不得，我都快掉眼泪了。"一顿本是情趣盎然的野餐吃得没滋没味。林昕数着碗里的米粒，皮杰暗喜，筷子不时点击着花朵般的菜肴。

水鱼抹嘴离席，林昕跟上去。他们俩在河边一块倾斜的石板上蹲下。石板下是一潭幽蓝的水。两人时而争论不休，时而悄声细语。河风吹起，潭水里两团影像一时被压成重叠的侏儒，顷刻，又拉成两条细绳。

时间就像满脸寿斑，三寸金莲的老太太，每一步都走得缓慢。柳明仁等得浑身发凉时，林昕嗖地站起，拉起水鱼跳下石板。从林昕的笑脸、一纵一纵的走路姿势可以看出，桃花水利工程柳暗花明了。

水鱼面向众人宣布，他会说服董事会，桃花水利工程及饮水工程明天签约。

林昕与水鱼的秘谈，成了一个硕大的空白。反正，林昕征服了水鱼。一物降一物，泥沙怕洪水，新草怕烈日，没有道理可讲。

11

祖宗留在桃花镇，担任工程指挥长。水鱼临行前叮嘱，让他管好裤带，千万别再闹出乱子。祖宗赌咒发誓，可是一转身，他好色的本性又肆意暴露。他这辈子没改的指望了。

开工前，祖宗协助柳明仁跑工程批文。跑呀跑，跑呀跑，批文终于跑下来了。汇力集团第一笔投资七千万已经到账；挖掘机、推土机、铲车、钢筋、水泥、水管等物资源源不断地运到。开工定在农历八月初一，据推算，这天是个吉日。

八月末的一天，柳明仁去工地的路上遇到两个陌生的河南人，使故事向意想不到的方向滑行。

那天早晨，柳明仁骑着摩托车到工地去，那辆摩托车像顽皮的小马驹不听使唤，他心烦得要命，工地上民工不够用，可祖宗不用一个本地人，在他眼里，当地人没有一个可信。但是昨天，皮杰找到祖宗，一阵花说柳说，祖宗居然同意皮杰推荐的十多个民工。柳明仁莫名其妙地不踏实。

摩托车在泥泞里摇头摆尾，泥点飞溅。轰——摩托车的排气管发出惊天动地的巨响。他像一只被子弹击中的大鸟向前扑去，那车昂头怒吼倒在泥泞里。他触地的那一刻，太阳翻几个跟头，裂成火红的碎片砸向他。

短暂的休克之后，他发现自己躺在厚厚的苔藓上，面前蹲着两个陌生人，一胖一瘦，胖子脸上有块猫眼大的伤疤。两个都操河南口音。胖子说："你这人肉炸弹炸谁呀？"瘦子说："你寻短见怎不放炸药？我们救你，你该不会赖我们吧？"

柳明仁在几次心脏狂跳的间隙中恍然大悟，他被人暗算了。在他摩托车的排气管里悄悄塞进雷管，高温之后，就会车毁人亡，幸亏在平地。

胖子的嘴沾了柳明仁流下的鲜血，嘴巴一张一合就像收缩自如的珊瑚洞，他说："你的仇家好狠，他要神不知鬼不觉地除掉你。"

仇家？柳明仁大脑像泥沙堵住，死活想不起谁是仇家。

胖子又问："你有情敌没？"

柳明仁摇头否认。

胖子把柳明仁腿脚上撕裂的皮抹上去，从脖颈上取下一根红头绳，下面坠着一件古怪的饰物——男性婴儿生殖器。颜色肉红，形态逼真，似乎立刻要滋出一股童子尿。柳明仁担心跌入了梦幻或负时空里，可河南腔真实地在耳边嘤嗡："我被玩意儿害得好惨，我们是来找骗子算账的，他不退钱，我们就找公安报案。"

柳明仁问："他是谁，他们咋骗你的？"

胖子把饰物挂回脖颈，懒婆娘的裹脚一样讲他的受骗经历。他老婆不能生育，中药西药当饭吃，老婆都成药丸了，还是不见怀孕。今年三月，他在山西挖煤，结识了一个桃花镇界岭村的工友。工友提供一个信息，桃花镇狠抓计划生育，有超生的男孩可以领养。经工友牵线，他从河南南阳来到桃花镇的界岭，给了五万的生养费领回一个男婴，回去发现是假的。

柳明仁以为对方在摆龙门阵，硬是不信。瘦子哧地一笑，露出一嘴烟牙，说："俺是实诚人，句句是真，卖主不肯透露姓名，我们只知道孩子是从一幢老宅里抱出来的。主人叫啥皮……夫……那男婴清秀机灵，我们一眼就相中了。我当时只顾高兴；交钱后抱着孩子赶回老家。老婆子换尿布时，傻了！男孩子没有小鸡，左找右找，小鸡掉在地上了。这些黑良心的，在女婴身上安上小鸡，小鸡巴是一家玩具厂用硅胶生产的，你看，还有出厂日期……"

胖子摘下饰物请柳明仁鉴定。

"这些五雷劈的，一个只值七八千的女婴，一旦粘上这玩意儿领养费立刻长到四五万……"胖子的话就像钩子，一钩一钩，使柳明仁满心生疼。在他的辖区出这般龌龊事，脸便烧得快起血泡了，愤怒的柳明仁掏出手机呼叫派出所出警。听到报警，两人惊慌地沿着山道跑了。柳明仁踉跄追起几步，眼睁睁地看出两团人影远去，被树林遮住。

柳明仁被送进医院。还是那间病房，主治的还是"兽医"——牛院长。是命运的捉弄，还是老天恶意重复？他的意识刚一流动，就强行往后折叠。眼下最要紧的是找到两个河南人，沿着这两根简单的线索，拨开迷雾，借机铲除罪恶的泥土，拔掉有毒的花朵。假若能达到目标，就是立马下台，他比升官发财还要高兴百倍，成为一个不可理喻的实例。派出所传来消息，他们界岭明查暗访，没有两个河南人的踪迹，甚至怀疑柳明仁看花了眼。他恨透了这双摔坏的腿，肿胀、疼痛，只能在病房干着急。

林昕闻讯起来。她带来一套睡衣，端来一罐乌鸡汤，也揭去掩盖情爱关系的面纱，露出柔情似水的本色。当他看到主治医生是牛院长时，说："我不放心，咱们转院。"

牛院长信誓旦旦地说："假若治不好，把我的腿给柳书记。"

林昕说："谁要你的罗圈腿。"

当病房只剩下他们俩时，林昕撞上房门，想一想又打开一道缝隙，泪水就顺着秀美的脸流下来。柳明仁抹着，可流下的大于拭去的。

林昕坐在床沿，像是询问又像自语，疼得厉害不？要是我能替你就好了。她脱下戏装，再也演不了假装冷漠的戏了。

柔情缱绻的月光总觉短暂，两个小时被一双蛮不讲理的手压缩成一袋烟那么一会儿。林昕走了，她把时间装进包里，带走了；她把墙上落日余晕层层撕下，也带走了。病房外是一条灰色走廊，模拟出的寂静与死亡。屋里黑了，也不是全黑，有一片初升的月光，白白亮亮地从窗洞里钻进来，在地上掷下一片迷乱的树影。影儿淡了，灰了，没有了，噩梦徐徐展开——

一个嘴洞、眼洞、鼻洞长满白毛的家伙，手里提着一只猪头。那猪头脱毛，进化，展开皱纹古怪笑了几下，笑成一张憨厚的男人的脸。猪嘴张了几下，声音嘶哑地叫道，快来救我——我是你的脑壳——他伸手一摸，脖颈上光秃秃的，一时吓得魂飞魄散。便去营救脑壳，可脑壳泥鳅一样滑走了。最后抓住了散乱的头发，死死不松手。

他从疼痛中醒来，手中还捏着一撮黑白交杂的头发，心跳得惊天动地。

他捏着头发茫然出神，突然生出的几许白发，根根如针，挑着他的神经；刺痛他大如牛卵的心脏。白发意味着他年岁渐老，尽管他才四十岁。生命在无望的挣扎中流失，荒芜、虚度。虚无弥漫全身。脸皮也在打皱，甚至能隐约听到收缩的咝咝声。时间每走一步，他就向生命终点靠近。这些胡思乱想使他的心如同寒风中的枯枝，脆弱而冷硬。

12

天亮时，屋外先是细雨微风，之后，刮起了牛抽筋似的山风。雨势增大，从窗口里望出去，邻近的农舍瓦檐发暗发绿，地上低洼处满是积水，行人匆匆走过，杂乱的脚步踩过积水，溅起暗淡的水光。阴云压得低，一些树漠然戳进阴云里。这种鬼天气，水利工程怕是要停工，柳明仁心慌慌的。

牛子瑞推开病房门，柳明仁眼珠几乎要跳出眼眶。几个月不见，牛子瑞瘦得只剩下黑皮包着骨头，脸酷似一个遭虫蛀被风干的老南瓜。丢掉儿媳又遭污陷，老头就垮了。柳明仁心中的同情、自责绕来绕去，一绕就是上千里，硬是找不到一句安慰的话。

柳明仁对牛子瑞比对姜剞匠客气百倍。牛子瑞一阵哀声叹气后，从身后看不清颜色的布包里掏出一团绿东西，是一包桐麻叶裹着的鲜牛屎一样的东西。"柳书记，我听林镇长说，你担心我这个老汉。今早给你弄了一服草药，接骨连筋灵效得很。"

柳明仁嗅着草药的古怪气味，对功效甚是怀疑。牛子瑞说："这里面有百结蛇、晰蝎尾和二十一种草药。"柳明仁便不好推辞。他包上草药以后，像有双红酥手在抚摩，疼痛随风而去。他在暗自惊叹，草药竟有如此神功，民间偏方真是博大精深哪。

牛子瑞从蛇皮口袋里掏出两块木板，只见一木块上写的欠条；另一块木板写有牛子瑞没有嫖娼的证明，签名都是皮杰。柳明仁如同走进了迷宫，小心地找出暗道机关，以免落入陷阱。半晌，柳明仁明白，牛子瑞被耍了，这种白条怎么要得到钱，证明没有嫖娼，不是变相告诉人们老头曾找暗娼吗？时间一长，木炭痕迹自然淡去，消失，等于没有。皮杰对付老头真是高手。

牛子瑞颠三倒四地说着野猪棚里发生的事，柳明仁既兴奋又扫兴。兴奋的是皮杰作孽遭到报应，扫兴的是林昕守口如瓶。不知道她隐瞒了多少真相。

牛子瑞靠近柳明仁，声音低得近似耳语，他发现了儿媳妇李佩环的行踪。前几天，他去界岭捉猪崽，无意间看到皮家老屋门前的竹竿上晾着一条紫花裤衩好眼熟，走近一看，果然是李佩环的。

柳明仁让牛子瑞快快住嘴，说："你不怕别人笑话，同样的裤衩多着呢！"

牛子瑞露出猴子抓住睾丸那样难堪的笑，他说："那种花色、大小、样式的裤衩肯定是李佩环的，气味也是咱儿媳的。烧成灰咱也认得。竹竿上晾十多张婴儿的尿片、屎片，明眼人一看便知，老宅里养着一窝娃儿。"

柳明仁头脑里驴拉磨一样转了无数圈，莫非皮杰和皮夫一个唱红脸，一个唱花脸，他们之间存在不为人知的利益链条？

牛老头请求柳明仁派人闯进去，救出儿媳妇。似乎没有儿媳，他的生命就是一截枯柴，烧了就是几股青烟。牛老头用令人断肠声音叫道："柳书记，求你了！"在雨天暗淡的天光下，牛子瑞活像一座遭风化的蜡像。

寻找李佩环，柳明仁设想了若干方案，然而每一条都是林中小路，越走越暗。最直接的办法是请公安侦办。可皮宅建在两省的交界线上，去了这边，跑了那边，怎么办都是难。最后，一个笨办法让他激动，眼下谁也不能透露。"我一定给你把儿媳找回来。"

牛子瑞感动得头晕，四行泪水自行下滑，两行鼻涕好像蛐蟮行走，一直到他离开病房都忘记揩一下。

柳明仁斜躺着，神情颓败憔悴，房间显得格外空荡。眼皮越来越沉涩。一张虚幻的网慢慢展开。一颗子弹闪着金属的光泽，翩翩飞着，嘤嘤嗡嗡地叫着，哧地钻进他的鼻梁。他的脑袋草帽一样飞走，一边飞，一边哀号道："我是你脑壳，救救我——"

从噩梦中醒来，他虚汗淋漓，他是一个无神论者，不信神，更不信鬼，但两次惊人相似的白日梦，充满了神秘模糊的暗示，引起阵阵恐惧。童年时寂寞难耐，他曾读过一本烂书——周公解梦。他清楚记得："梦见裸身——必有奸情；梦见掉头——必是掉魂。"难道自己的魂没了？有些异常生理现象为掉魂做了佐证。比如失魂落魄，多梦失眠；比如胆小怕事，了无豪情，如同阴雨天进笼的鸡；还有感情瘦瘪，与刚产完卵的鱼没有多少区别。

窗外阴雨连绵，病房里是浓如糖稀的惆怅，他就睁大眼胡思乱想。他想起儿时老娘老说他掉魂了，招魂的情景清晰如昨。老娘打开大门，脚踏门槛，长声吆吆呼叫他的乳名，声音穿过茫茫夜色，一遍又一遍呼叫他的魂儿归来。

此时，老娘与他生死两隔，只有自己替自己叫了。

他移动身子，用右脚勾动皮鞋，穿上；拄着吱吱响的木拐走向房门，做贼一样东张西望，确信四周无人，便张嘴欲喊。假若肉体之外有非物质的灵魂，他的魂是被惊天一炸吓走的，还是被生活一丝一丝磨走的？没有魂的躯体是一摊死肉，死肉要找灵魂，那么灵魂找不找肉体？他越想越玄，越想越乱。不想了。右手拍打胸口，他的乳名燕麦在他心头生成的时候还很肥大，等涌到喉头从舌头跌落时已悄声如蚊。等喊第二声时，就顺溜多了。

13

招魂。一早一晚，一天两次。

柳明仁做得异常诡秘，这样的日子一天接着一天。到了第七天，他感到身体的变化。大到骨骼，小到经络都有力气。也许是魂儿无枝可依，听到身体的呼唤便顺坡下驴，一丝一缕回到了老家。

这天黄昏，他能扔下拐杖下地行走。

他来到病房窗口，九月的山岗像烟花女子，穿上花里胡哨的服装，一块艳红，一块明黄，一块深褐，一块浅紫。如果大自然会做梦，这应该是山峦的春梦。夕阳落进了西山坳口，桃花河在落日余晖下流动着浓稠的鲜血。几只鸭子浮在血水上，一啄一啄喝着血水。银杏树上有两只麻雀用听不懂的方言开着色情的玩笑。突然，一团黑影掠过河面，压在银杏树上，是多年不见的乌鸦。它们呜里哇啦地叫着，一应一和地吵着。柳明仁背上的汗毛竖起——乌鸦是凶鸟，怪叫是不祥之兆，何况在医院，更何况对着自己。

他最担心工地出事。

柳明仁打电话给祖宗，无法接通；又打给林昕，又是在通话中。他急得像暴雨到来前的蚂蚁。"狗娘……"就要蹦出喉管，又把尾巴缩回去。

柳明仁喘着粗气在生林昕的气。他哪里知道林昕更生气。

皮镇长从市里回来就把林昕叫到房间里。碰上门，虚情假意客套之后扔给她一个牛皮信封："你自己看吧！"

林昕抽出信封里的硬东西，手就像狗咬伤。她先是觉得热，从脚底到头发稍都在冒烟。如果用火柴在身上擦一下，就会嗖地燃起大火。每个毛孔都吱吱往外冒汗。心已缩成一团。她拿起那沓照片，一张张是她耻辱的记录，有坐台的，有何副书记相依偎的，还有与水鱼含情脉脉的。

怪笑爬上皮杰的脸，笑容没有完全展开就瘪了，阴阳怪气地说："林镇长潜伏得好深啦！电视剧《潜伏》怎么不请你去当女主角？"

林昕翻看照片。一张，一张，一共三十张，像三十把刀，刀刀毙命。

皮杰每个毛孔都是得意："其实还不只这些。你大学根本没毕业，就提前坐台就业了。何副书记就是你坐台时钓的大鱼。他帮你改变了身份混时公务员队伍。可惜，老何前天落马了，老东西晚节不保哇！"

林昕脑壳里哐哐当当作响，眼前火花飞溅。她对老何早就不作依靠了。这些照片铁打一样把她钉住，就是全身长满雄辩的嘴也说不清了。"你伪造！"这句话在她心中铁一样生成，到了嘴边却缎子一样软。

"你通过大学同学认识了水鱼，你们上过床没有？"皮杰继续追击。

林昕想辩解，然而，皮杰的话密不透风。"是不是伪造你说了不算；我说了也不算。我把这些交给柳明仁，交给纪委。"

林昕蒙了。这两招是捏她的麻筋，捅她的死穴。来不及了，就是此刻换皮换血都来不及了。她一点一点软下去，问道："你要干什么？"

皮杰在不大的屋子踱着步，他说："一是你把我侍候舒服；二是帮我赶走汇力集团，让柳明仁滚开。记住，事成后桃花电站有你的股份。"

林昕请求说："给我三天时间考虑。"

林昕逃了出来，生怕皮杰反悔。身后的门咚地关上。

那晚深夜，月亮圆得没有一丝缺口，照进柳明仁的房间，地上浮着蓝色烟雾。他半睡半醒之时，房门被敲得哐哐响，那样子不是发生了火灾就是地震。他爬起，开门。柴主任几乎跌倒，舌头塞了一嘴，他说："水利工程塌方了，两个工人埋在隧道里。"

柳明仁脚下的地板在动，身后的墙壁在移，头脑的物件全成了肥肉做的，没有一丝气孔。良久，苟主任才听到柳明仁脑子转动的沙沙声。

他拨通了霍县长的电话，霍县长听完就是一阵劈头盖脸的怒骂……你一意孤行搞啥民心工程，这下你准备承担责任，甚至是法律责任。就是把你埋进去，也要把人救出来。安全责任也是一票否决……县里组织调查组，天亮赶到桃花镇。

霍县长的怒斥就像一记又记响亮的耳光，扇得柳明仁浑身生痛，也把他扇清醒了。他要柴主任启动应急警报，组织各机关男人立刻赶到工地挖土地救人。镇医院除开值班医生，其余人带足药品火速赶到工地。明天一早，附近各村由村组长带队到工地救人。

老槐树上的喇叭一遍遍播着柴主任起草的紧急通知。从街头到街尾，一扇扇窗户亮起来。喊声、怒骂声、工具的撞击声响成一片。电筒光、摩托车灯光，火把光把月夜掏出一个个更白的窟窿。

柳明仁坐着吉普车向工地飞跑，一耸一耸都快失控了，可是柳明仁还在催促。

工地乱得不能再乱。祖宗木然呆坐在指挥部一张桌边，身后站着两名肥汉，大约是防止祖宗出事逃逸。对于出事详情祖宗知道甚少。在出事之前，祖宗与人玩扑克，打的是一种挎裤子的刺激游戏。输一盘脱一条。祖宗那晚的手气出奇的好，一男一女都只剩下裤衩了，况且老祖宗又抓了一手好牌，再有这一盘，祖宗就能功德圆满。

哪知一声闷响击碎了祖宗的梦想，洞子就塌了一角。

祖宗面对隧道的灭顶之灾，仍然舍不得丢下手中的好牌。柳明仁走进指挥部，夺下那手牌朝祖宗脸砸去，祖宗脸臊得酷似扑克里的大王，而柳明仁的脸黑得像小王。对祖宗他不作一星点指望。

柳明仁走出指挥部。门前吊着一颗巨大的灯泡，映照着陆续赶到人们。人群在指挥门前围成一个半圆。人缝里挤出一个三分像鬼七分像人的女人，一阵撕心裂肺的号啕大哭，女人又是要找祖宗拼命，又是要找政府赔人。柳明仁认出女人是桃花酒楼的老板娘——刘敏。从她哭诉里听出，埋在隧道里的两人，一个是她堂兄，一个是她堂弟。是皮杰介绍进去当炮工的，刘敏是兄弟俩的代理人。她伤心欲碎，在地上滚来滚去，双手咚咚拍打着大地。

林昕不忍心看下去，想安抚一下刘敏，刘敏呢，恶狠狠地推开林昕，骂道："别碰我，婊子！"

柳明仁站一块石头上，大喊众人排队。他把前来救援的队伍编成小组，每组十人轮流作业。

锄头的挖掘声，掀动石块的喊声、哭声、咒骂声把夜晚搅得沸沸扬扬，只到青山有一丝灰白，野鸡在树丛里发出清脆的叫声，隧道塌方挖通了。

牛院长带着医生进了隧道。煞白的电筒光下，一个瘦子压在石板下，脑壳已经砸扁，摸摸身子，夜露一样凉，木柴一样硬。里边，泥土埋着一个胖子，弄掉身上的泥土，天啦！老牛宁肯眼睛瞎了，也不愿看到如此惨像，胖子双眼圆睁，双颊皮肤撕裂，恍若两片撕开的面纱。牛院长让人找来两条蛇皮袋罩住死者头部，用担架抬出隧道。

柳明仁骨化如泥，双腿假肢一样不听使唤。他移动到灯光下担架前，取掉蛇皮袋，把胖子撕裂的皮往上拉，似乎那样可以让死者恢复原貌。胖子的眼睛灯笼一样闪了几下，柳明仁试图把眼皮往下抹，可越抹睁得越大，那是死者死不瞑目，柳明仁急切呼唤泪水，然而泪水不肯涌出一滴。双膝发软，他就索性跪下。石子尖利的牙咬着他的膝盖，全然不知。

柳明仁就要站起的那一刹那，猛地看到胖子颈上红头绳拴着的饰物——男婴的小鸡。那不是找皮夫算账的河南人吗？他又在胖脸上找到了那块猫眼形伤疤。他们俩咋会死在隧道里？蹊跷，阴谋！话语在他心中叽叽咕咕地翻滚，出口时连自己都吓了一跳，他说："死者我认得，他们是找皮夫讨债的河南人。这是谋杀！"

"你胡扯，血口喷人！"刘敏酷似铁蒺藜戳穿的猪尿脬，立刻又冲足了气，她冲上去撕咬，一口咬住了柳明仁的脸颊。那狠劲就像要把他吃掉。眼看那团肉就要变成刘敏的食物，林昕的心就碎了一腔血水。她拉扯几下，越拉咬得越紧。林昕也想咬刘敏一口，但是不能。就在刘敏就要吃到肥肉的那一刻，林昕挠了挠刘敏的腋下，瘙痒让刘敏乱颤几下松了口。

电灯泡被飞石击中，裹着凉意的天光还模糊不清。有句话在模糊的天光里窜动："打死他，赶走外地人。"

柳明仁的后背被木棍捅了，脑壳被石块撞击。哗啦——玻璃碎了；哗哧——工棚倒塌；轰隆——油桶爆炸，刹时工地亮如白昼。

柳明仁的心绞成一团黏稠血浆，为了桃花水利工程，他就像一条蚯蚓，白天黑夜拱啊拱，硬件是钻出了一条缝。这轰隆一炸，一切都完了。就在跌倒的一刻，他右手捂胸喊了一声自己的乳名"燕麦"——那是他在招魂，人又稳稳站住。对策是散沙，沙也被他的大脑凝成了团。柳明仁让柴主任保护死尸，他让众人撤离到河边。

柳明仁在人群里找到林昕，说："你立即到汇力集团去，稳住水鱼，保住工程。"

林昕好久不吭声，她把他拉到阴暗处，再说话的时候声音颤颤的："这是你的命根，我去就是。求你一件事，离开这个鬼地方，从政不合适你。哥，忘记我，只当我死了。"

柳明仁当时没听懂林昕的弦外之音，心里抖了抖便挥手与她告别。林昕的眼泪如同树叶上的积水，滴答滴答往下滴答，她知道以后再也见不到这个男人了。

事故调查组和刑警分别抵达桃花镇。

事故的当事人祖宗却毛都不见一根。直到午后，有人发现他躲在一棵老树的树杈里。

经法医鉴定，两名死者都是被钝器击中头部，死亡现场不在隧道。

事故初步认定是爆炸引发的塌方。警方推理：罪犯嫌疑人害死两名死者，之后，把死人弄进隧道制造塌方，借此赶走汇力人，骗取赔偿。根据柳明仁的证词，两名死者从河南来找皮夫算账，皮夫就成了犯罪嫌疑人。然而皮夫和刘敏却像两滴水蒸发了。

警方请河南南阳公安协查，很快得到证实，两死者是南阳罗家岗人，家属已动身前来认领。水利工程遭到严重破坏被迫停工。

14

桃花镇政府办公室静得可怕。柳书记和皮镇长四目相对，目光来回撞击嗖嗖作响。皮杰的目光压成弯弓一样，嘴却很硬：

"老柳，我郑重申明，不管皮夫犯没犯罪与我都没关系。就是犯罪了也不是旧时一人犯罪全家株连。霍县长明确指示，死人案件发生在隧道，隧道穿越的是重庆辖区，案件应移交重庆公安侦办。你要知道，两条人命发生在我镇，综合治理要扣多少分？我县形象会打多少折扣？"

柳明仁被这话抽了一鞭，怒火烧得他的肝腹冒油烟："霍县长会这么说？打死我也不信。两条人命不值扣几分，不可能！"

"霍县长会直接找你谈话的。来，我让你看一件东西。"皮杰仍一个牛皮信封在桌上。

柳明仁拿起信封抽出里面的照片，脸色越来越暗，由人脸变成黄铜，变成铁锈。他的手在抽疯，心也在抽疯。

皮杰收起他的宝贝，反过来安慰柳明仁道："老伙计，婊子回头金不换啦！林昕漂亮能干，我还想喝你们的喜酒呢。给你看的目的，只是让你了解她……"

"你到底要干啥？"

皮杰走近柳明仁，他说："对皮夫我会大义灭亲。好在死人的现场在重庆地盘，综合治理可以不扣我们的分！"他晃动牛皮信封，说："这玩意儿我烧了。"

柳明仁的手机响了，是派出所的小李。小李说他在皮家老屋蹲守皮夫，发现两个神秘妇女，其中一个很像李佩环……柳明仁怕皮杰听去，便对电话胡扯："老同学，你又娶老婆了？恭喜，恭喜！"等皮杰走远，柳明仁又打电话过去，"莫让她们走掉，天黑我来与你汇合。"

等到天黑，柳明仁趁着月光来到皮家老屋附近。除了小李，他没让其他人参与，担心派出所有内鬼。

皮家老屋是一幢几经翻修的古建筑，一半在桃花镇，另一半伸进重庆的地盘里。用麻条石砌成高高的围墙，围着七七四十九间飞檐翘角、窗户上刻着喜鹊寿桃的房子。老宅与桃花水利工程隔河相望。在这偏僻的地方，皮夫弄一个手工鞋厂，显然是遮人耳目的幌子。

柳明仁站在一棵香樟树的阴影里等小李。树杈间溜下一个人，柳明仁见鬼一般吓出一身冷汗，借着月光才看清是小李。

小李让柳明仁听听有古怪的声音。他先听到风吹过树叶，再就是神秘交谈的虫声。忽然他听到隐隐的哭声，又潮湿又阴冷。

他们决定从重庆方向潜入皮宅。如果皮家听到风声定会向桃花地盘转移，就省去了跨省行动的麻烦。柳明仁身高体胖，翻越围墙就笨，就在他攀到围墙顶上的那一刻，一脚踏空跌倒在墙内，发出闷响。老宅几扇窗亮起了灯，狼狗狂叫起来，拉着铁链哗哗作响。柳明仁和小李一动不动，只到皮宅静下来。

寂静中两人搜寻皮宅。他们在最东头房间听到婴儿尖厉的啼哭，那声音是从地板下传来的。小李撬开地板跳下去，电筒光照着他们沿地道悄然行走。地道尽头出现了灯光。小李推开有哭声的房门，一个女人正把乳头往婴儿嘴里塞，试图压制哭声。

女人看到闯入者，惊慌失措地拉下衣襟遮住大奶。小李说："李佩环，你果然在这里！"

李佩环又是作揖又是下跪，她说："我被皮镇长拉去引产，我逃脱后，皮夫收留了我，保护我生仔，仔子被人领养我就分红。"

柳明仁两只眼睛分两处使，一只盯着门外，一只盯着女人说道："藏在这里的，一共有几个女人？"

"我到这里只见到五个女人，他们都生仔分红回家了。"

小李是刚出警校的大学生，便躁得往柳明仁的阴影里躲。婴儿又哭号起来，李佩环抱起婴儿，嘴巴撮成一个半圆，发出哧哧的声音，催促婴儿快快撒尿。婴儿性别不清，人越小或者越老，凭外表很难区分男女。婴儿裆下飞流直下，小鸡巴被激流冲击，鸟一样坠地。小李看得眉毛游走，嘴巴都挪了位。柳明仁说："这又是一个伪装的男婴！"

小李感到一股杀气，惊呼，快离开这里！小李开路，柳明仁断尾，他们穿过地道来到出口。借着透进的月光找到了大门，大门却被封死。屋里弥漫着烟雾，墙上火苗在伸长，蛇信子一样往上蹿。

在越来越暗的火光里，柳明仁的拳头捏成一坨铁。绝不能这样变成青烟，变成灰烬！他四下搜寻，看到木楼有扇窗户，他喊叫小李上楼砸开窗子。

陈年木窗一砸就碎，露出一个硕大的洞，可是洞口离地太高，跳下去不死也残，残比死好。惊乱中，柳明仁看清了窗前有两棵香樟树，密密的枝条牵枝搭叶，如同找到了救命的稻草。两人推搡着，都让对方先跳，如果跳下的人还活着，就接应李佩环母女。

火舌都快舔着屁股了，柳明仁心一横朝着香樟树浓密的枝叶跳下去，手像鹰爪一样伸出去，他抓住了树梢。他落进了树杈里刚刚稳住就疯狂喊叫："往这里跳——"

李佩环抱着婴儿就像折断翅膀的鹞子，裹挟着尖厉的哭声跌落，柳明仁张开的手没能抓住哭声，火光下的泥地溅起一团暗红。

小李也是抓住树枝逃脱的，落地已是烧焦了头发和眉毛。

两人立足未稳便争着去投案自首。柳明仁掰着小李的手，小李是使了蛮力的，两股蛮力螳螂斗法一样咬得紧紧的。柳明仁就怒了："我是乱用职权，造成两条人命与你不相干！"他的指甲划破了小李的手背，刚一挣脱就走出火光，渐行渐远。

15

这年寒冷来得早，刚一入冬就开始下雪。雪不大，落地就化，但寒风长了铁牙，刮到哪儿就咬到哪里。柳明仁瑟缩着脖子走出了县纪委。

两个月零十天，他终于自由了，这些日子他从家里到纪委再到公安局，没有尽头的交代、谈话、审查、交代。现在终于尘埃落定：一是柳明仁乱用职权，间接造成两人致死；二是乱搞两性关系，与林昕纠缠不清；三是涉嫌收取汇力集团贿赂，但查无实据。但考虑到李佩环致死情况特殊，当事人能主动投案，所以撤销柳明仁桃花镇党委书记，保留党籍，调县史志小任资料员。而他的对手皮杰指使刘敏用色情来敲诈祖宗，以卑劣手段降服村民牛子瑞；从皮夫手中拿到三十万元的政治献金，构成受贿罪。查明在柳明仁摩托车排气管内插入雷管，暗害柳明仁，现已被收押。

回到寒冷空旷的家，柳明仁拨通了水鱼的电话。一阵你好，你更好的寒暄之后，水鱼表示，桃花镇铲除了邪恶，投资环境月白风清，汇力集团投资的桃花水利工程马上复工。新的指挥长已重新任命。

水鱼自然要打听给水利工程带来巨大麻烦的皮夫。柳明仁告诉水鱼，皮夫几年前就开始收集镇里的孕检情报，然后高价请孕妇到他的手工布鞋厂打工。皮夫为她们提供保护。婴儿生下来之后，女婴伪装成男婴，采用灌牛奶、注水等手段增重，以每市斤五千多元的高价收取生养费。真相败露在两个讨债的河南人。皮夫的老婆交代，河南人找到皮夫，称他们领养的男孩是假货，不退钱就报警。皮夫用药酒灌醉两人，拿锄把敲碎两人头颅，正好晚上是皮夫的两个心腹值夜班挖隧道，他们把两具尸体背进隧道，用炸药制造塌方的假象。借此赶走汇力人，更想骗取巨额赔偿。

电话都打热了，柳明仁还在说。真相被揭穿，皮夫便煽动村民骚乱，烧毁仓库之后回到老屋。当他和小李进入皮宅，皮夫放火烧掉老屋，携情妇刘敏私奔。当这对男女穿过人迹罕至的鸡心岭时，跌入天坑。刑警在十丈深的天坑里找到他们，两具尸体已经腐烂，可是两具骨骼抱在一起。旁边有个蛇皮袋，里面有大量现金。地老鼠咬碎现金，在两具骨骼做了一个老鼠窝。

这个长长的电话前面都是引子，柳明仁真正动机是打听林昕。说到林昕，水鱼一声叹息，说水利工程出事之后，林昕到过他的办公室，游说他，也游说各位董事，甚至威胁他，如果桃花水利工程终止，她就从窗口里跳下去。直到听说柳书记关进了，林昕就消失了，至今没有音信。

柳明仁拿着电话发呆，水鱼把电话挂了，他还不松手，似乎嗞嗞的电流声能告诉他林昕的去向。

柳明仁在纸上重复地写着两个字，直到把那张写满了、写破了。他脑壳满是林昕的影像，她的声音像音犹在耳。再活五百年也找不到林昕这样美妙的性爱伴侣啦，青春的汁液汩汩横流，要命的呻吟，声声要命。他心中那张嘴在一张一合，这个林昕，你用点点滴滴来赎罪，然后像水消失于水。即使你的眼睛像近视的鱼眼一样暗淡无光，即使你的乳头肿胀、爆裂，即使你的私处磨出厚厚的老茧，只要看到你可爱的脸，听到你略带沙哑的声音，我仍然对你痴迷眷恋……

柳明仁到了桃花镇，是他重获自由的第七天。

镇党委书记和镇长都是嘴上刚长毛的年轻人。他们对柳明仁还算客气，一口一个老领导。当柳明仁收拾东西时，心就凉透了。他的衣物书籍垃圾一样扔在杂物室，上面满是尘土。柳明仁一样也不要了，转身出了房门。身后是书记挽留声一声高过一声，他头也不回地来到桥头的一家旅馆。他本想去林昕住过的小屋呼吸她的气息，如今万万不能了。

旅馆倒也干净，窗口面向界岭。他伫立窗前翘首远望，山头上落满了莹白的雪。那座最高的雪峰之下就是他险些搭上性命的水利工程。他的目光愈拉愈长，透过雪雾似乎看到了千疮百孔的工地，听到雪山的叹息。

他曾在这里丢失灵魂，活得不像人。此时，剥去一切包装反而感到轻松，有了尊严，有了豪情，镜子里的自己像一个活生生的人。

第二天拂晓，他踏着积雪到了车站。

雪地里早已站了一群人。柳明仁刚一露头，人群就开始骚动："柳书记来了。"他借着月光雪光看清了，有牛子瑞、姜剜匠，大多是叫不出名的熟面孔。

柳明仁问："你们来赶车？"他给牛子瑞鞠躬："老人家，我没给你救出儿媳妇，抱愧呀！"

牛子瑞眼泪横流，说："你命都险些搭上，好人哪！"

大如棉桃的雪花落在车窗上。